Johann Wolfgang von Goethe

WERKAUSGABE IN ZEHN BÄNDEN

Band 1

Johann Wolfgang von Goethe

Die Leiden
des jungen Werthers

Briefe aus der Schweiz

Könemann

©1997 für diese Ausgabe
Könemann Verlagsgesellschaft mbH
Bonner Straße 126, D-50968 Köln

Herausgegeben von Bettina Hesse
Gestaltung und Satz: Andreas Pohlmann 714
Herstellungsleiter: Detlev Schaper
Covergestaltung: Peter Feierabend
Printed in Hungary
ISBN 3-89508-662-2

10 9 8 7 6 5 4 3 2

Inhalt

Zueignung

Der Morgen kam. Es scheuchten seine Tritte
Den leisen Schlaf, der mich gelind umfing,
Daß ich, erwacht, aus meiner stillen Hütte
Den Berg hinauf mit frischer Seele ging;
Ich freute mich bei einem jeden Schritte
Der neuen Blume, die voll Tropfen hing:
Der junge Tag erhob sich mit Entzücken,
Und alles war erquickt, mich zu erquicken.

Und wie ich stieg, zog von dem Fluß der Wiesen
Ein Nebel sich in Streifen sacht hervor,
Er wich und wechselte, mich zu umfließen,
Und wuchs geflügelt mir ums Haupt empor.
Des schönen Blicks sollt' ich nicht mehr genießen,
Die Gegend deckte mir ein trüber Flor:
Bald sah ich mich von Wolken wie umgossen
Und mit mir selbst in Dämmrung eingeschlossen.

Auf einmal schien die Sonne durchzudringen,
Im Nebel ließ sich eine Klarheit sehn.
Hier sank er, leise sich hinabzuschwingen,
Hier teilt' er steigend sich um Wald und Höhn.
Wie hofft' ich ihr den ersten Gruß zu bringen!
Sie hofft' ich nach der Trübe doppelt schön.
Der luft'ge Kampf war lange nicht vollendet,
Ein Glanz umgab mich, und ich stand geblendet.

Bald machte mich, die Augen aufzuschlagen,
Ein innrer Trieb des Herzens wieder kühn,
Ich konnt' es nur mit schnellen Blicken wagen,
Denn alles schien zu brennen und zu glühn.
Da schwebte, mit den Wolken hergetragen,
Ein göttlich Weib vor meinen Augen hin:
Kein schöner Bild sah ich in meinem Leben,
Sie sah mich an und blieb verweilend schweben.

Kennst du mich nicht? sprach sie mit einem Munde
Dem aller Lieb' und Treue Ton entfloß:
Erkennst du mich, die ich in manche Wunde
Des Lebens dir den reinsten Balsam goß?
Du kennst mich wohl, an die, zu ew'gem Bunde,
Dein strebend Herz sich fest und fester schloß.
Sah ich dich nicht mit heißen Herzenstränen
Als Knabe schon nach mir dich eifrig sehnen?

Ja! rief ich aus, indem ich selig nieder
Zur Erde sank, lang' hab' ich dich gefühlt;
Du gabst mir Ruh, wenn durch die jungen Glieder
Die Leidenschaft sich rastlos durchgewühlt;
Du hast mir wie mit himmlischen Gefieder
Am heißen Tag die Stirne sanft gekühlt;
Du schenktest mir der Erde beste Gaben,
Und jedes Glück will ich durch dich nur haben!

Dich nenn' ich nicht. Zwar hör' ich dich von vielen
Gar oft genannt, und jeder heißt dich sein
Ein jedes Auge glaubt auf dich zu zielen,
Fast jedem Auge wird dein Strahl zur Pein.
Ach, da ich irrte, hatt' ich viel Gespielen,
Da ich dich kenne, bin ich fast allein:

Ich muß mein Glück nur mit mir selbst genießen,
Dein holdes Licht verdecken und verschließen.

Sie lächelte, sie sprach: Du siehst, wie klug,
Wie nötig war's, euch wenig zu enthüllen!
Kaum bist du sicher vor dem gröbsten Trug,
Kaum bist du Herr vom ersten Kinderwillen,
So glaubst du dich schon Übermensch genug,
Versäumst die Pflicht des Mannes zu erfüllen!
Wieviel bist du von andern unterschieden?
Erkenne dich, leb' mit der Welt im Frieden!

Verzeih mir, rief ich aus, ich meint' es gut!
Soll ich umsonst die Augen offen haben?
Ein froher Wille lebt in meinem Blut,
Ich kenne ganz den Wert von deinen Gaben.
Für andre wächst in mir das edle Gut,
Ich kann und will das Pfund nicht mehr vergraben!
Warum sucht' ich den Weg so sehnsuchtsvoll,
Wenn ich ihn nicht den Brüdern zeigen soll?

Und wie ich sprach, sah mich das hohe Wesen
Mit einem Blick mitleid'ger Nachsicht an;
Ich konnte mich in ihrem Auge lesen,
Was ich verfehlt und was ich recht getan.
Sie lächelte — da war ich schon genesen,
Zu neuen Freuden stieg mein Geist heran:
Ich konnte nun mit innigem Vertrauen
Mich zu ihr nahn und ihre Nähe schauen.

Da reckte sie die Hand aus in die Streifen
Der leichten Wolken und des Dufts umher;
Wie sie ihn faßte, ließ er sich ergreifen,

Er ließ sich ziehn, es war kein Nebel mehr.
Mein Auge konnt' im Tale wieder schweifen,
Gen Himmel blickt' ich, er war hell und hehr.
Nur sah ich sie den reinsten Schleier halten,
Er floß um sie und schwoll in tausend Falten.

Ich kenne dich, ich kenne deine Schwächen,
Ich weiß, was Gutes in dir lebt und glimmt!
— So sagte sie, ich hör' sie ewig sprechen, —
Empfange hier, was ich dir lang' bestimmt!
Dem Glücklichen kann es an nichts gebrechen,
Der dies Geschenk mit stiller Seele nimmt:
Aus Morgenduft gewebt und Sonnenklarheit,
Der Dichtung Schleier aus der Hand der Wahrheit.

Und wenn es dir und deinen Freunden schwüle
Am Mittag wird, so wirf ihn in die Luft!
Sogleich umsäuselt Abendwindes Kühle,
Umhaucht euch Blumen-Würzgeruch und Duft.
Es schweigt das Wehen banger Erdgefühle,
Zum Wolkenbette wandelt sich die Gruft,
Besänftiget wird jede Lebenswelle,
Der Tag wird lieblich, und die Nacht wird helle.

So kommt denn, Freunde, wenn auf euren Wegen
Des Lebens Bürde schwer und schwerer drückt,
Wenn eure Bahn ein frischerneuter Segen
Mit Blumen ziert, mit goldnen Früchten schmückt,
Wir gehn vereint dem nächsten Tag entgegen!
So leben wir, so wandeln wir beglückt.
Und dann auch soll, wenn Enkel um uns trauern,
Zu ihrer Lust noch unsre Liebe dauern.

WERTHER

Die Leiden des jungen Werthers

Was ich von der Geschichte des armen Werthers nur habe auffinden können, habe ich mit Fleiß gesammelt, und leg' es euch hier vor, und weiß, daß ihr mir's danken werdet. Ihr könnt seinem Geiste und seinem Charakter eure Bewunderung und Liebe, seinem Schicksale eure Tränen nicht versagen.

Und du, gute Seele, die du eben den Drang fühlst wie er, schöpfe Trost aus seinem Leiden, und laß das Büchlein deinen Freund sein, wenn du aus Geschick oder eigner Schuld keinen nähern finden kannst.

Erstes Buch

Wie froh bin ich, daß ich weg bin! Bester Freund, was ist das Herz des Menschen! Dich zu verlassen, den ich so liebe, von dem ich unzertrennlich war, und froh zu sein! Ich weiß, du verzeihst mir's. Waren nicht meine übrigen Verbindungen recht ausgesucht vom Schicksal, um ein Herz wie das meine zu ängstigen? Die arme Leonore! Und doch war ich unschuldig. Konnt' ich dafür, daß, während die eigensinnigen Reize ihrer Schwester mir eine angenehme Unterhaltung verschafften, daß eine Leidenschaft in dem armen Herzen sich bildete? Und doch – bin ich ganz unschuldig? Hab' ich nicht ihre Empfindungen genährt? hab' ich mich nicht an den ganz wahren Ausdrücken der Natur, die uns so oft zu lachen machten, so wenig lächerlich sie waren, selbst ergetzt, hab' ich nicht – O was ist der Mensch, daß er über sich klagen darf! Ich will, lieber Freund, ich verspreche dir's, ich will mich bessern, will nicht mehr das bißchen Übel, das uns das Schicksal vorlegt, wiederkäuen, wie ich's immer getan habe; ich will das Gegenwärtige genießen, und das Vergangene soll mir vergangen sein. Gewiß, du hast Recht, Bester, der Schmerzen wären minder unter den Menschen, wenn sie nicht – Gott weiß, warum sie so gemacht sind! – mit so viel Emsigkeit der Einbildungskraft sich beschäftigten, die Erinnerungen des vergangenen Übels zurückzurufen, eher als eine gleichgültige Gegenwart zu ertragen.

Du bist so gut, meiner Mutter zu sagen, daß ich ihr Geschäft bestens betreiben und ihr ehstens Nachricht davon geben werde. Ich habe meine Tante gesprochen und bei weitem das böse Weib nicht gefunden, das man bei uns aus ihr macht. Sie ist eine muntere, heftige Frau von dem besten Herzen. Ich erklärte ihr meiner Mutter Beschwerden über den zurückgehaltenen Erbschaftsanteil; sie sagte mir ihre Gründe, Ursachen und die Bedingungen, unter welchen sie bereit wäre, alles herauszugeben, und mehr als wir verlangten — Kurz, ich mag jetzt nichts davon schreiben, sage meiner Mutter, es werde alles gut gehen. Und ich habe, mein Lieber, wieder bei diesem kleinen Geschäft gefunden, daß Mißverständnisse und Trägheit vielleicht mehr Irrungen in der Welt machen als List und Bosheit. Wenigstens sind die beiden letztern gewiß seltener.

Übrigens befind' ich mich hier gar wohl. Die Einsamkeit ist meinem Herzen köstlicher Balsam in dieser paradiesischen Gegend, und diese Jahrszeit der Jugend wärmt mit aller Fülle mein oft schauderndes Herz. Jeder Baum, jede Hecke ist ein Strauß von Blüten, und man möchte zum Maienkäfer werden, um in dem Meer von Wohlgerüchen herumschweben und alle seine Nahrung darin finden zu können.

Die Stadt selbst ist unangenehm, dagegen rings umher eine unaussprechliche Schönheit der Natur. Das bewog den verstorbenen Grafen von M..., einen Garten auf einem der Hügel anzulegen, die mit der schönsten Mannigfaltigkeit sich kreuzen und die lieblichsten Täler bilden. Der Garten ist einfach, und man fühlt gleich bei dem Eintritte, daß nicht ein wissenschaftlicher Gärtner, sondern ein fühlendes Herz den Plan gezeichnet, das seiner selbst hier genießen wollte. Schon manche Träne hab' ich dem Abgeschiedenen in dem verfallenen Kabinettchen geweint, das sein Lieblingsplätzchen war und auch meins ist. Bald werd' ich Herr vom Garten sein; der Gärtner ist mir zugetan, nur seit den paar Tagen, und er wird sich nicht übel dabei befinden.

———

Am 10. Mai.

Eine wunderbare Heiterkeit hat meine ganze Seele eingenommen, gleich den süßen Frühlingsmorgen, die ich mit ganzem Herzen genieße. Ich bin allein und freue mich meines Lebens in dieser Gegend, die für solche Seelen geschaffen ist wie die meine. Ich bin so glücklich, mein Bester, so ganz in dem Gefühl von ruhigem Dasein versunken, daß meine Kunst darunter leidet. Ich könnte jetzt nicht zeichnen, nicht einen Strich, und bin nie ein größerer Maler gewesen als in diesen Augenblicken. Wenn das liebe Tal um mich dampft, und die hohe Sonne an der Oberfläche der undurchdringlichen Finsternis meines Waldes ruht, und nur einzelne Strahlen sich in das innere Heiligtum stehlen, ich dann im hohen Grase am fallenden Bache liege, und näher an der Erde tausend mannigfaltige Gräschen mir merkwürdig werden, wenn ich das Wimmeln der kleinen Welt zwischen Halmen, die unzähligen, unergründlichen Gestalten der Würmchen, der Mückchen näher an meinem Herzen fühle, und fühle die Gegenwart des Allmächtigen, der uns nach seinem Bilde schuf, das Wehen des Allliebenden, der uns in ewiger Wonne schwebend trägt und erhält; mein Freund! wenn's dann um meine Augen dämmert, und die Welt um mich her und der Himmel ganz in meiner Seele ruhn wie die Gestalt einer Geliebten – dann sehn' ich mich oft und denke: ach könntest du das wieder ausdrücken, könntest du dem Papier das einhauchen, was so voll, so warm in dir lebt, daß es würde der Spiegel deiner Seele, wie deine Seele ist der Spiegel des unendlichen Gottes! Mein Freund – Aber ich gehe darüber zu Grunde, ich erliege unter der Gewalt der Herrlichkeit dieser Erscheinungen.

Am 12. Mai.

Ich weiß nicht, ob täuschende Geister um diese Gegend schweben, oder ob die warme, himmlische Phantasie in meinem Herzen ist, die mir alles rings umher so paradiesisch macht. Da ist gleich vor dem Orte ein Brunnen, ein Brunnen, an den ich gebannt bin wie

Melusine mit ihren Schwestern. – Du gehst einen kleinen Hügel hinunter und findest dich vor einem Gewölbe, da wohl zwanzig Stufen hinabgehen, wo unten das klarste Wasser aus Marmorfelsen quillt. Die kleine Mauer, die oben umher die Einfassung macht, die hohen Bäume, die den Platz rings umher bedecken, die Kühle des Orts: das hat alles so was Anzügliches, was Schauerliches. Es vergeht kein Tag, daß ich nicht eine Stunde da sitze. Da kommen dann die Mädchen aus der Stadt und holen Wasser, das harmloseste Geschäft und das nötigste, das ehemals die Töchter der Könige selbst verrichteten. Wenn ich da sitze, so lebt die patriarchalische Idee so lebhaft um mich, wie sie, alle die Altväter, am Brunnen Bekanntschaft machen und freien, und wie um die Brunnen und Quellen wohltätige Geister schweben. O der muß nie nach einer schweren Sommertagswanderung sich an des Brunnens Kühle gelabt haben, der das nicht mitempfinden kann.

———

Am 13. Mai.

Du fragst, ob du mir meine Bücher schicken sollst? – Lieber, ich bitte dich um Gottes willen, laß mir sie vom Hals! Ich will nicht mehr geleitet, ermuntert, angefeuert sein, braust dieses Herz doch genug aus sich selbst; ich brauche Wiegengesang, und den hab' ich in seiner Fülle gefunden in meinem Homer. Wie oft lull' ich mein empörtes Blut zur Ruhe, denn so ungleich, so unstet hast du nichts gesehn als dieses Herz. Lieber! brauch' ich dir das zu sagen, der du so oft die Last getragen hast, mich vom Kummer zur Ausschweifung und von süßer Melancholie zur verderblichen Leidenschaft übergehen zu sehn? Auch halt' ich mein Herzchen wie ein krankes Kind; jeder Wille wird ihm gestattet. Sage das nicht weiter; es gibt Leute, die mir's verübeln würden.

Die geringen Leute des Orts kennen mich schon und lieben mich, besonders die Kinder. Wie ich im Anfange mich zu ihnen gesellte, sie freundschaftlich fragte über dies und das, glaubten einige, ich wollte ihrer spotten, und fertigten mich wohl gar grob ab. Ich ließ mich das nicht verdrießen; nur fühlt' ich, was ich schon oft bemerkt habe, auf das lebhafteste: Leute von einigem Stande werden sich immer in kalter Entfernung vom gemeinen Volke halten, als glaubten sie durch Annäherung zu verlieren; und dann gibt's Flüchtlinge und üble Spaßvögel, die sich herabzulassen scheinen, um ihren Übermut dem armen Volke desto empfindlicher zu machen.

Ich weiß wohl, daß wir nicht gleich sind, noch sein können; aber ich halte dafür, daß der, der nötig zu haben glaubt, vom so genannten Pöbel sich zu entfernen, um den Respekt zu erhalten, eben so tadelhaft ist als ein Feiger, der sich vor seinem Feinde verbirgt, weil er zu unterliegen fürchtet.

Letzthin kam ich zum Brunnen, und fand ein junges Dienstmädchen, das ihr Gefäß auf die unterste Treppe gesetzt hatte und sich umsah, ob keine Kamerädin kommen wollte, ihr's auf den Kopf zu helfen. Ich stieg hinunter und sah sie an. — Soll ich Ihr helfen, Jungfer? sagt' ich. — Sie ward rot über und über. — O nein, Herr! sagte sie. — Ohne Umstände. — Sie legte ihren Kringen zurecht, und ich half ihr. Sie dankte und stieg hinauf.

Ich hab' allerlei Bekanntschaft gemacht, Gesellschaft hab' ich noch keine gefunden. Ich weiß nicht, was ich Anzügliches für die Menschen haben muß; es mögen mich ihrer so viele und hängen sich an mich, und da tut mir's weh, wenn unser Weg nur eine kleine Strecke mit einander geht. Wenn du fragst, wie die Leute hier sind? muß ich dir sagen: wie überall! Es ist ein einförmiges Ding um das Menschengeschlecht. Die meisten verarbeiten den größten Teil der Zeit, um zu leben, und das Bißchen, das ihnen von Freiheit übrig bleibt, ängstigt sie so, daß sie alle Mittel aufsuchen, um's los zu werden. O Bestimmung des Menschen!

Aber eine recht gute Art Volks! Wenn ich mich manchmal vergesse, manchmal mit ihnen die Freuden genieße, die den Menschen noch gewährt sind, an einem artig besetzten Tisch mit aller Offen- und Treuherzigkeit sich herumzuspaßen, eine Spazierfahrt einen Tanz zur rechten Zeit anzuordnen, und dergleichen, das tut eine ganz gute Wirkung auf mich; nur muß mir nicht einfallen, daß noch so viele andere Kräfte in mir ruhen, die alle ungenutzt vermodern und die ich sorgfältig verbergen muß. Ach, das engt das ganze Herz so ein — Und doch! mißverstanden zu werden, ist das Schicksal von unser einem.

Ach, daß die Freundin meiner Jugend dahin ist! ach, daß ich sie je gekannt habe! — Ich würde sagen: Du bist ein Tor! du suchst, was hienieden nicht zu finden ist; aber ich habe sie gehabt, ich hab' das Herz gefühlt, die große Seele, in deren Gegenwart ich mir schien mehr zu sein, als ich war, weil ich alles war, was ich sein konnte. Guter Gott! blieb da eine einzige Kraft meiner Seele ungenutzt? Konnt' ich nicht vor ihr das ganze wunderbare Gefühl entwickeln, mit dem mein Herz die Natur umfaßt? War unser Umgang nicht ein ewiges Weben von der feinsten Empfindung, dem schärfsten Witze, dessen Modifikationen, bis zur Unart, alle mit dem Stempel des Genies bezeichnet waren? Und nun! — Ach ihre Jahre, die sie voraus hatte, führten sie früher ans Grab als mich. Nie werd' ich sie vergessen, nie ihren festen Sinn und ihre göttliche Duldung.

Vor wenig Tagen traf ich einen jungen V… an, einen offnen Jungen, mit einer gar glücklichen Gesichtsbildung. Er kommt erst von

Akademien, dünkt sich eben nicht weise, aber glaubt doch, er wisse mehr als andere. Auch war er fleißig, wie ich an allerlei spüre, kurz, er hat hübsche Kenntnisse. Da er hörte, daß ich viel zeichnete und Griechisch könnte (zwei Meteore hier zu Land), wandt' er sich an mich und kramte viel Wissens aus, von Batteux bis zu Wood, von de Piles zu Winckelmann, und versicherte mich, er habe Sulzers Theorie, den ersten Teil, ganz durchgelesen und besitze ein Manuskript von Heynen über das Studium der Antike. Ich ließ das gut sein.

Noch gar einen braven Mann hab' ich kennen lernen, den fürstlichen Amtmann, einen offenen, treuherzigen Menschen. Man sagt, es soll eine Seelenfreude sein, ihn unter seinen Kindern zu sehen, deren er neun hat; besonders macht man viel Wesens von seiner ältesten Tochter. Er hat mich zu sich gebeten, und ich will ihn ehster Tage besuchen. Er wohnt auf einem fürstlichen Jagdhofe, anderthalb Stunden von hier, wohin er nach dem Tode seiner Frau zu ziehen die Erlaubnis erhielt, da ihm der Aufenthalt hier in der Stadt und im Amthause zu weh tat.

Sonst sind mir einige verzerrte Originale in den Weg gelaufen, an denen alles unausstehlich ist, am unerträglichsten ihre Freundschaftsbezeigungen.

Leb' wohl! der Brief wird dir recht sein, er ist ganz historisch.

———

Am 22. Mai.

Daß das Leben des Menschen nur ein Traum sei, ist manchem schon so vorgekommen, und auch mit mir zieht dieses Gefühl immer herum. Wenn ich die Einschränkung ansehe, in welcher die tätigen und forschenden Kräfte des Menschen eingesperrt sind; wenn ich sehe, wie alle Wirksamkeit dahinaus läuft, sich die Befriedigung von Bedürfnissen zu verschaffen, die wieder keinen Zweck haben, als unsere arme Existenz zu verlängern, und dann, daß alle Beruhigung über gewisse Punkte des Nachforschens nur eine träumende Resignation ist, da man sich die Wände, zwischen denen man gefangen sitzt, mit bunten Gestalten und lichten Aussichten bemalt — Das alles, Wilhelm, macht mich stumm. Ich kehre in mich selbst zurück, und finde eine Welt! Wieder mehr in Ahnung und dunkler Begier als in Darstellung und lebendiger Kraft. Und da schwimmt alles vor meinen Sinnen, und ich lächle dann so träumend weiter in die Welt.

Daß die Kinder nicht wissen, warum sie wollen, darin sind alle hochgelahrte Schul- und Hofmeister einig; daß aber auch Erwachsene gleich Kindern auf diesem Erdboden herumtaumeln, und wie jene nicht wissen, woher sie kommen und wohin sie gehen, eben so wenig nach wahren Zwecken handeln, eben so durch Biskuit und Kuchen und Birkenreiser regiert werden: das will niemand gern glauben, und mich dünkt, man kann's mit Händen greifen.

Ich gestehe dir gern, denn ich weiß, was du mir hierauf sagen möchtest, daß diejenigen die Glücklichsten sind, die gleich den Kindern in den Tag hinein leben, ihre Puppen herumschleppen, aus- und anziehen, und mit großem Respekt um die Schublade umherschleichen, wo Mama das Zuckerbrot hinein geschlossen hat, und, wenn sie das gewünschte endlich erhaschen, es mit vollen Backen verzehren und rufen: Mehr! — Das sind glückliche Geschöpfe. Auch denen ist's wohl, die ihren Lumpenbeschäftigungen oder wohl gar ihren Leidenschaften prächtige Titel geben, und sie dem Menschengeschlechte als Riesenoperationen zu dessen Heil und Wohlfahrt anschreiben. — Wohl dem, der so sein kann! Wer aber in seiner Demut erkennt, wo das alles hinausläuft, wer da sieht, wie artig jeder Bürger, dem's wohl ist, sein Gärtchen zum Paradiese zuzustutzen weiß, und wie unverdrossen auch der Unglückliche unter der Bürde seinen Weg fortkeicht, und alle gleich interessiert sind, das Licht dieser Sonne noch eine Minute länger zu sehn — ja, der ist still und bildet auch seine Welt aus sich selbst, und ist auch glücklich, weil er ein Mensch ist. Und dann, so eingeschränkt er ist, hält er doch immer im Herzen das süße Gefühl der Freiheit, und daß er diesen Kerker verlassen kann, wann er will.

Am 26. Mai.

Du kennst von alters her meine Art, mich anzubauen, mir irgend an einem vertraulichen Ort ein Hüttchen aufzuschlagen und da mit aller Einschränkung zu herbergen. Auch hier hab' ich wieder ein Plätzchen angetroffen, das mich angezogen hat.

Ungefähr eine Stunde von der Stadt liegt ein Ort, den sie Wahlheim* nennen. Die Lage an einem Hügel ist sehr interessant, und wenn man oben auf dem Fußpfade zum Dorf herausgeht, übersieht man auf einmal das ganze Tal. Eine gute Wirtin, die gefällig und munter in ihrem Alter ist, schenkt Wein, Bier, Kaffee; und was über alles geht, sind zwei Linden, die mit ihren ausgebreiteten Ästen den kleinen Platz vor der Kirche bedecken, der ringsum mit Bauerhäusern, Scheunen und Höfen eingeschlossen ist. So vertraulich, so heimlich hab' ich nicht leicht ein Plätzchen gefunden, und dahin laß' ich mein Tischchen aus dem Wirtshause bringen und meinen Stuhl, trinke meinen Kaffee da, und lese meinen Homer. Das erstemal, als ich durch einen Zufall an einem schönen Nachmittage unter die Linden kam, fand ich das Plätzchen so einsam. Es war alles im Felde; nur ein Knabe von ungefähr vier Jahren saß an der Erde und hielt ein anderes, etwa halbjähriges, vor ihm zwischen seinen Füßen sitzendes Kind mit beiden Armen wider

---

* Der Leser wird sich keine Mühe geben, die hier genannten Orte zu suchen; man hat sich genötigt gesehen, die im Originale befindlichen wahren Namen zu verändern.

seine Brust, so daß er ihm zu einer Art von Sessel diente, und ungeachtet der Munterkeit, womit er aus seinen schwarzen Augen herumschaute, ganz ruhig saß. Mich vergnügte der Anblick: ich setzte mich auf einen Pflug, der gegenüber stand, und zeichnete die brüderliche Stellung mit vielem Ergetzen. Ich fügte den nächsten Zaun, ein Scheunentor und einige gebrochene Wagenräder bei, alles, wie es hinter einander stand, und fand nach Verlauf einer Stunde, daß ich eine wohlgeordnete, sehr interessante Zeichnung verfertiget hatte, ohne das mindeste von dem Meinen hinzuzutun. Das bestärkte mich in meinem Vorsatze, mich künftig allein an die Natur zu halten. Sie allein ist unendlich reich, und sie allein bildet den großen Künstler. Man kann zum Vorteile der Regeln viel sagen, ungefähr was man zum Lobe der bürgerlichen Gesellschaft sagen kann. Ein Mensch, der sich nach ihnen bildet, wird nie etwas Abgeschmacktes und Schlechtes hervorbringen, wie einer, der sich durch Gesetze und Wohlstand modeln läßt, nie ein unerträglicher Nachbar, nie ein merkwürdiger Bösewicht werden kann; dagegen wird aber auch alle Regel, man rede was man wolle, das wahre Gefühl von Natur und den wahren Ausdruck derselben zerstören! Sag' du, das ist zu hart! sie schränkt nur ein, beschneidet die geilen Reben etc. — Guter Freund, soll ich dir ein Gleichnis geben? Es ist damit wie mit der Liebe. Ein junges Herz hängt ganz an einem Mädchen, bringt alle Stunden seines Tages bei ihr zu, verschwendet alle seine Kräfte, all sein Vermögen, um ihr jeden Augenblick auszudrücken, daß er sich ganz ihr hingibt. Und da käme ein Philister, ein Mann, der in einem öffentlichen Amte steht, und sagte zu ihm: Feiner junger Herr! lieben ist menschlich, nur müßt Ihr menschlich lieben! Teilet Eure Stunden ein, die einen zur Arbeit, und die Erholungsstunden widmet Eurem Mädchen. Berechnet Euer Vermögen, und was Euch von Eurer Notdurft übrig bleibt, davon verwehr' ich Euch nicht, ihr ein Geschenk, nur nicht zu oft, zu machen, etwa zu ihrem Geburts- und Namenstage etc. — Folgt der Mensch, so gibt's einen brauchbaren jungen Menschen, und ich will selbst jedem Fürsten raten, ihn in ein Kollegium zu setzen; nur mit seiner Liebe ist's am Ende und, wenn er ein Künstler ist, mit seiner Kunst. O meine Freunde! warum der Strom des Genies so selten ausbricht, so selten in hohen Fluten hereinbraust und eure staunende Seele erschüttert? – Liebe Freunde, da wohnen die gelaßnen Herren auf beiden Seiten des Ufers, denen ihre Gartenhäuschen, Tulpenbeete und Krautfelder zu Grunde gehen würden, die daher in Zeiten mit Dämmen und Ableiten der künftig drohenden Gefahr abzuwehren wissen.

Am 27. Mai.

Ich bin, wie ich sehe, in Verzückung, Gleichnisse und Deklamation verfallen, und habe darüber vergessen, dir auszuerzählen, was mit den Kindern weiter geworden ist. Ich saß, ganz in malerische Empfindung vertieft, die dir mein gestriges Blatt sehr zerstückt darlegt, auf meinem Pfluge wohl zwei Stunden. Da kommt gegen Abend eine junge Frau auf die Kinder los, die sich indes nicht gerührt hatten, mit einem Körbchen am Arm und ruft von weitem: Philipps, du bist recht brav. – Sie grüßte mich, ich dankte ihr, stand auf, trat näher hin und fragte sie, ob sie Mutter von den Kindern wäre? Sie bejahte es, und indem sie dem ältesten einen halben Weck gab, nahm sie das kleine auf und küßte es mit aller mütterlichen Liebe. Ich habe, sagte sie, meinem Philipps das Kleine zu halten gegeben und bin mit meinem Ältesten in die Stadt gegangen, um Weißbrot zu holen und Zucker und ein irden Breipfännchen. – Ich sah das alles in dem Korbe, dessen Deckel abgefallen war. – Ich will meinem Hans (das war der Name des Jüngsten) ein Süppchen kochen zum Abende; der lose Vogel, der Große, hat mir gestern das Pfännchen zerbrochen, als er sich mit Philippsen um die Scharre des Breis zankte. — Ich fragte nach dem Ältesten, und sie hatte mir kaum gesagt, daß er sich auf der Wiese mit ein paar Gänsen herumjage, als er gesprungen kam und dem Zweiten eine Haselgerte mitbrachte. Ich unterhielt mich weiter mit dem Weibe, und erfuhr, daß sie des Schulmeisters Tochter sei, und daß ihr Mann eine Reise in die Schweiz gemacht habe, um die Erbschaft eines Vetters zu holen. — Sie haben ihn drum betrügen wollen, sagte sie, und ihm auf seine Briefe nicht geantwortet; da ist er selbst hinein gegangen. Wenn ihm nur kein Unglück widerfahren ist, ich höre nichts von ihm. — Es ward mir schwer, mich von dem Weibe loszumachen, gab jedem der Kinder einen Kreuzer, und auch fürs jüngste gab ich ihr einen, ihm einen Weck zur Suppe mitzubringen, wenn sie in die Stadt ginge, und so schieden wir von einander.

Ich sage dir, mein Schatz, wenn meine Sinne gar nicht mehr halten wollen, so lindert all den Tumult der Anblick eines solchen Geschöpfs, das in glücklicher Gelassenheit den engen Kreis seines Daseins hingeht, von einem Tage zum andern sich durchhilft, die Blätter abfallen sieht, und nichts dabei denkt, als daß der Winter kommt.

Seit der Zeit bin ich oft draußen. Die Kinder sind ganz an mich gewöhnt, sie kriegen Zucker, wenn ich Kaffee trinke, und teilen das Butterbrot und die saure Milch mit mir des Abends. Sonntags fehlt ihnen der Kreuzer nie, und wenn ich nicht nach der Betstunde da bin, so hat die Wirtin Ordre, ihn auszuzahlen.

Sie sind vertraut, erzählen mir allerhand, und besonders ergetz’ ich mich an ihren Leidenschaften und simpeln Ausbrüchen des Begehrens, wenn mehr Kinder aus dem Dorfe sich versammeln.

Viele Mühe hat mich’s gekostet, der Mutter ihre Besorgnis zu nehmen, sie möchten den Herrn inkommodieren.

Was ich dir neulich von der Malerei sagte, gilt gewiß auch von der Dichtkunst; es ist nur, daß man das Vortreffliche erkenne und es auszusprechen wage, und das ist freilich mit wenigem viel gesagt. Ich habe heut' eine Szene gehabt, die rein abgeschrieben, die schönste Idylle von der Welt gäbe; doch was soll Dichtung, Szene und Idylle? muß es denn immer gebosselt sein, wenn wir teil an einer Naturerscheinung nehmen sollen?

Wenn du auf diesen Eingang viel Hohes und Vornehmes erwartest so bist du wieder übel betrogen; es ist nichts als ein Bauernbursch, der mich zu dieser lebhaften Teilnehmung hingerissen hat. — Ich werde, wie gewöhnlich, schlecht erzählen, und du wirst mich, wie gewöhnlich, denk' ich, übertrieben finden; es ist wieder Wahlheim, und immer Wahlheim, das diese Seltenheiten hervorbringt.

Es war eine Gesellschaft draußen unter den Linden, Kaffee zu trinken. Weil sie mir nicht ganz anstand, so blieb ich unter einem Vorwande zurück.

Ein Bauerbursch kam aus einem benachbarten Hause und beschäftigte sich, an dem Pfluge, den ich neulich gezeichnet hatte, etwas zurecht zu machen. Da mir sein Wesen gefiel, redete ich ihn an, fragte nach seinen Umständen, wir waren bald bekannt und, wie mir's gewöhnlich mit dieser Art Leuten geht, bald vertraut. Er erzählte mir, daß er bei einer Witwe in Diensten sei und von ihr gar wohl gehalten werde. Er sprach so vieles von ihr und lobte sie dergestalt, daß ich bald merken konnte, er sei ihr mit Leib und Seele zugetan. Sie sei nicht mehr jung, sagte er, sie sei von ihrem ersten Mann übel gehalten worden, wolle nicht mehr heiraten, und aus seiner Erzählung leuchtete so merklich hervor, wie schön, wie reizend sie für ihn sei, wie sehr er wünsche, daß sie ihn wählen möchte, um das Andenken der Fehler ihres ersten Mannes auszulöschen, daß ich Wort für Wort wiederholen müßte, um dir die reine Neigung, die Liebe und Treue dieses Menschen anschaulich zu machen. Ja, ich müßte die Gabe des größten Dichters besitzen, um dir zugleich den Ausdruck seiner Gebärden, die Harmonie seiner Stimme, das heimliche Feuer seiner Blicke lebendig darstellen zu können. Nein, es sprechen keine Worte die Zartheit aus, die in seinem ganzen Wesen und Ausdruck war; es ist alles nur plump, was ich wieder vorbringen könnte. Besonders rührte mich, wie er fürchtete, ich möchte über sein Verhältnis zu ihr ungleich denken und an ihrer guten Aufführung zweifeln. Wie reizend es war, wenn er von ihrer Gestalt, von ihrem Körper sprach, der ihn ohne jugendliche Reize gewaltsam an sich zog und fesselte, kann ich mir nur in meiner innersten Seele wiederholen. Ich hab' in meinem Leben die dringende Begierde und das heiße, sehnliche Verlangen nicht in dieser Reinheit gesehen, ja wohl kann ich sagen: in dieser Reinheit nicht gedacht und geträumt. Schelte mich nicht, wenn ich dir sage, daß bei der Erinnerung dieser Unschuld und Wahrheit mir die innerste Seele glüht, und daß mich das Bild dieser Treue und Zärtlichkeit überall verfolgt, und daß ich, wie selbst davon entzündet, lechze und schmachte.

Ich will nun suchen, auch sie ehstens zu sehn, oder vielmehr, wenn ich's recht bedenke, ich will's vermeiden. Es ist besser, ich sehe sie durch die Augen ihres Liebhabers; vielleicht erscheint sie mir vor meinen eignen Augen nicht so, wie sie jetzt vor mir steht, und warum soll ich mir das schöne Bild verderben?

———

Am 16. Junius.

Warum ich dir nicht schreibe? — Fragst du das und bist doch auch der Gelehrten einer. Du solltest raten, daß ich mich wohl befinde, und zwar — Kurz und gut, ich habe eine Bekanntschaft gemacht, die mein Herz näher angeht. Ich habe — ich weiß nicht.

Dir in der Ordnung zu erzählen, wie's zugegangen ist, daß ich eins der liebenswürdigsten Geschöpfe habe kennen lernen, wird schwer halten. Ich bin vergnügt und glücklich, und also kein guter Historienschreiber.

Einen Engel! – Pfui! das sagt jeder von der Seinigen, nicht wahr? Und doch bin ich nicht im stande, dir zu sagen, wie sie vollkommen ist, warum sie vollkommen ist; genug, sie hat allen meinen Sinn gefangen genommen.

So viel Einfalt bei so viel Verstand, so viel Güte bei so viel Festigkeit, und die Ruhe der Seele bei dem wahren Leben und der Tätigkeit. –

Das ist alles garstiges Gewäsch, was ich da von ihr sage, leidige Abstraktionen, die nicht einen Zug ihres Selbst ausdrücken. Ein andermal – nein, nicht ein andermal, jetzt gleich will ich dir's erzählen. Tu' ich's jetzt nicht, so geschäh' es niemals. Denn, unter uns, seit ich angefangen habe zu schreiben, war ich schon dreimal im Begriffe, die Feder niederzulegen, mein Pferd satteln zu lassen und hinauszureiten. Und doch schwur ich mir heut' früh, nicht hinauszureiten, und gehe doch alle Augenblick' ans Fenster, zu sehen, wie hoch die Sonne noch steht. – – –

Ich hab's nicht überwinden können, ich mußte zu ihr hinaus. Da bin ich wieder, Wilhelm, will mein Butterbrot zu Nacht essen und dir schreiben. Welch eine Wonne das für meine Seele ist, sie in dem Kreise der lieben, muntern Kinder, ihrer acht Geschwister, zu sehen! –

Wenn ich so fortfahre, wirst du am Ende so klug sein wie am Anfange. Höre denn, ich will mich zwingen, ins Detail zu gehen.

Ich schrieb dir neulich, wie ich den Amtmann S... habe kennen lernen, und wie er mich gebeten habe, ihn bald in seiner Einsiedelei, oder vielmehr seinem kleinen Königreiche zu besuchen. Ich vernachlässigte das, und wäre vielleicht nie hingekommen, hätte mir der Zufall nicht den Schatz entdeckt, der in der stillen Gegend verborgen liegt.

Unsere jungen Leute hatten einen Ball auf dem Lande angestellt, zu dem ich mich denn auch willig finden ließ. Ich bot einem hiesigen, schönen, übrigens unbedeutenden Mädchen die Hand, und es wurde ausgemacht, daß ich eine Kutsche nehmen, mit meiner Tänzerin und ihrer Base nach dem Orte der Lustbarkeit hinausfahren und auf dem Wege Charlotten S... mitnehmen sollte. — Sie werden ein schönes Frauenzimmer kennen lernen, sagte meine Gesellschafterin, da wir durch den weiten, ausgehauenen Wald nach dem Jagdhause fuhren. — Nehmen Sie sich in Acht, versetzte die Base, daß Sie sich nicht verlieben! — Wie so? sagt' ich. — Sie ist schon vergeben, antwortete jene, an einen sehr braven Mann, der weggereist ist, seine Sachen in Ordnung zu bringen, weil sein Vater gestorben ist, und sich um eine ansehnliche Versorgung zu bewerben. — Die Nachricht war mir ziemlich gleichgültig.

Die Sonne war noch eine Viertelstunde vom Gebirge, als wir vor dem Hoftore anfuhren. Es war sehr schwül, und die Frauenzimmer äußerten ihre Besorgnis wegen eines Gewitters, das sich in weißgrauen, dumpfichten Wölkchen rings am Horizonte zusammenzuziehen schien. Ich täuschte ihre Furcht mit anmaßlicher Wetterkunde, ob mir gleich selbst zu ahnen anfing, unsere Lustbarkeit werde einen Stoß leiden.

Ich war ausgestiegen, und eine Magd, die ans Tor kam, bat uns, einen Augenblick zu verziehen, Mamsell Lottchen würde gleich kommen. Ich ging durch den Hof nach dem wohlgebauten Hause, und da ich die vorliegenden Treppen hinaufgestiegen war und in die Tür trat, fiel mir das reizendste Schauspiel in die Augen, das ich je gesehen habe. In dem Vorsaale wimmelten sechs Kinder, von eilf zu zwei Jahren, um ein Mädchen von schöner Gestalt, mittlerer Größe, die ein simples weißes Kleid, mit blaßroten Schleifen an Arm und Brust, anhatte. Sie hielt ein schwarzes Brot und schnitt ihren Kleinen rings herum jedem sein Stück nach Proportion ihres Alters und Appetits ab, gab's jedem mit solcher Freundlichkeit, und jedes rief so ungekünstelt sein: Danke! indem es mit den klei-

nen Händchen lang' in die Höh' gereicht hatte, eh' es noch abgeschnitten war, und nun mit seinem Abendbrote vergnügt entweder wegsprang, oder nach seinem stillern Charakter gelassen davonging nach dem Hoftore zu, um die Fremden und die Kutsche zu sehen, darin ihre Lotte wegfahren sollte. — Ich bitte um Vergebung, sagte sie, daß ich Sie hereinbemühe und die Frauenzimmer warten lasse. Über dem Anziehen und allerlei Bestellungen fürs Haus in meiner Abwesenheit habe ich vergessen, meinen Kindern ihr Vesperbrot zu geben, und sie wollen von niemanden Brot geschnitten haben als von mir. — Ich machte ihr ein unbedeutendes Kompliment, meine ganze Seele ruhte auf der Gestalt, dem Tone, dem Betragen, und ich hatte eben Zeit, mich von der Überraschung zu erholen, als sie in die Stube lief, ihre Handschuhe und den Fächer zu holen. Die Kleinen sahen mich in einiger Entfernung so von der Seite an, und ich ging auf das jüngste los, das ein Kind von der glücklichsten Gesichtsbildung war. Es zog sich zurück, als eben Lotte zur Türe heraus kam und sagte: Louis, gib dem Herrn Vetter eine Hand. — Das tat der Knabe sehr freimütig, und ich konnte mich nicht enthalten, ihn, ungeachtet seines kleinen Rotznäschens, herzlich zu küssen. — Vetter? sagt' ich, indem ich ihr die Hand reichte, glauben Sie, daß ich des Glücks wert sei, mit Ihnen verwandt zu sein? — O, sagte sie mit einem leichtfertigen Lächeln, unsere Vetterschaft ist sehr weitläufig, und es wäre mir leid, wenn Sie der schlimmste drunter sein sollten. — Im Gehen gab sie Sophien, der ältesten Schwester nach ihr, einem Mädchen von ungefähr eilf Jahren, den Auftrag, wohl auf die Kinder Acht zu haben und den Papa zu grüßen, wenn er vom Spazierritte nach Hause käme. Den Kleinen sagte sie, sie sollten ihrer Schwester Sophie folgen, als wenn sie's selber wäre, das denn auch einige ausdrücklich versprachen. Eine kleine, naseweise Blondine aber, von ungefähr sechs Jahren, sagte: Du bist's doch nicht, Lottchen, wir haben dich doch lieber. — Die zwei ältesten Knaben waren hinten auf die Kutsche geklettert, und auf mein Vorbitten erlaubte sie ihnen, bis

vor den Wald mitzufahren, wenn sie versprächen, sich nicht zu necken, und sich recht fest zu halten.

Wir hatten uns kaum zurecht gesetzt, die Frauenzimmer sich bewillkommt, wechselsweis über den Anzug, vorzüglich über die Hüte ihre Anmerkungen gemacht und die Gesellschaft, die man erwartete, gehörig durchgezogen, als Lotte den Kutscher halten und ihre Brüder herabsteigen ließ, die noch einmal ihre Hand zu küssen begehrten, das denn der älteste mit aller Zärtlichkeit, die dem Alter von fünfzehn Jahren eigen sein kann, der andere mit viel Heftigkeit und Leichtsinn tat. Sie ließ die Kleinen noch einmal grüßen, und wir fuhren weiter.

Die Base fragte, ob sie mit dem Buche fertig wäre, das sie ihr neulich geschickt hätte. — Nein, sagte Lotte, es gefällt mir nicht, Sie können's wieder haben. Das vorige war auch nicht besser. — Ich erstaunte, als ich fragte, was es für Bücher wären: und sie mir antwortete:* — Ich fand so viel Charakter in allem, was sie sagte, ich sah mit jedem Wort neue Reize, neue Strahlen des Geistes aus ihren Gesichtszügen hervorbrechen, die sich nach und nach vergnügt zu entfalten schienen, weil sie an mir fühlte, daß ich sie verstand.

Wie ich jünger war, sagte sie, liebte ich nichts so sehr als Romane. Weiß Gott, wie wohl mir's war, wenn ich mich Sonntags so in ein Eckchen setzen und mit ganzem Herzen an dem Glück und Unstern einer Miß Jenny teil nehmen konnte. Ich leugne auch nicht, daß die Art noch einige Reize für mich hat. Doch da ich so selten an ein Buch komme, so muß es auch recht nach meinem Geschmack sein. Und der Autor ist mir der liebste, in dem ich meine Welt wieder finde, bei dem's zugeht wie um mich, und dessen Geschichte mir doch so interessant und herzlich wird als mein ei-

* Man sieht sich genötiget, diese Stelle des Briefes zu unterdrücken, um niemand Gelegenheit zu einiger Beschwerde zu geben. Obgleich im Grunde jedem Autor wenig an dem Urteile eines einzelnen Mädchens und eines jungen, unsteten Menschen gelegen sein kann.

gen häuslich Leben, das freilich kein Paradies, aber doch im ganzen eine Quelle unsäglicher Glückseligkeit ist.

Ich bemühte mich, meine Bewegungen über diese Worte zu verbergen. Das ging freilich nicht weit: denn da ich sie mit solcher Wahrheit im Vorbeigehen vom Landpriester von Wakefield, vom — * reden hörte, kam ich ganz außer mich, sagte ihr alles, was ich mußte, und bemerkte erst nach einiger Zeit, da Lotte das Gespräch an die anderen wendete, daß diese die Zeit über mit offenen Augen, als säßen sie nicht da, dagesessen hatten. Die Base sah mich mehr als einmal mit einem spöttischen Näschen an, daran mir aber nicht gelegen war.

Das Gespräch fiel aufs Vergnügen am Tanze. — Wenn diese Leidenschaft ein Fehler ist, sagte Lotte, so gesteh' ich Ihnen gern, ich weiß mir nichts übers Tanzen. Und wenn ich was im Kopfe habe, und mir auf meinem verstimmten Klavier einen Contretanz vortrommle, so ist alles wieder gut.

Wie ich mich unter dem Gespräche in den schwarzen Augen weidete! wie die lebendigen Lippen und die frischen, muntern Wangen meine ganze Seele anzogen! wie ich, in den herrlichen Sinn ihrer Rede ganz versunken, oft gar die Worte nicht hörte, mit denen sie sich ausdrückte! — davon hast du eine Vorstellung, weil du mich kennst. Kurz, ich stieg aus dem Wagen wie ein Träumender, als wir vor dem Lusthause still hielten, und war so in Träumen rings in der dämmernden Welt verloren, daß ich auf die Musik kaum achtete, die uns von dem erleuchteten Saal herunter entgegenschallte.

Die zwei Herren Audran und ein gewisser N. N. — wer behält alle die Namen! — die der Base und Lottens Tänzer waren, empfingen uns am Schlage, bemächtigten sich ihrer Frauenzimmer, und ich führte das meinige hinauf.

---

* Man hat auch hier die Namen einiger vaterländischen Autoren ausgelassen. Wer teil an Lottens Beifall hat, wird es gewiß an seinem Herzen fühlen, wenn er diese Stelle lesen sollte, und sonst braucht's ja niemand zu wissen.

Wir schlangen uns in Menuets um einander herum; ich forderte ein Frauenzimmer nach dem andern auf, und just die unleidlichsten konnten nicht dazu kommen, einem die Hand zu reichen und ein Ende zu machen. Lotte und ihr Tänzer fingen einen Englischen an, und wie wohl mir's war, als sie auch in der Reihe die Figur mit uns anfing, magst du fühlen. Tanzen muß man sie sehen! Siehst du, sie ist so mit ganzem Herzen und mit ganzer Seele dabei, ihr ganzer Körper *eine* Harmonie, so sorglos, so unbefangen, als wenn das eigentlich alles wäre, als wenn sie sonst nichts dächte, nichts empfände; und in dem Augenblicke gewiß schwindet alles andere vor ihr.

Ich bat sie um den zweiten Contretanz; sie sagte mir den dritten zu, und mit der liebenswürdigsten Freimütigkeit von der Welt versicherte sie mich, daß sie herzlich gern deutsch tanze. — Es ist hier so Mode, fuhr sie fort, daß jedes Paar, das zusammen gehört, beim Deutschen zusammenbleibt, und mein Chapeau walzt schlecht und dankt mir's, wenn ich ihm die Arbeit erlasse. Ihr Frauenzimmer kann's auch nicht und mag nicht, und ich habe im Englischen gesehen, daß Sie gut walzen; wenn Sie nun mein sein wollen fürs Deutsche, so gehen Sie und bitten sich's von meinem Herrn aus, und ich will zu Ihrer Dame gehen. — Ich gab ihr die Hand darauf, und wir machten aus, daß ihr Tänzer inzwischen meine Tänzerin unterhalten sollte.

Nun ging's an! und wir ergetzten uns eine Weile an mannigfaltigen Schlingungen der Arme. Mit welchem Reize, mit welcher Flüchtigkeit bewegte sie sich! und da wir nun gar ans Walzen kamen und wie die Sphären um einander herumrollten, ging's freilich anfangs, weil's die wenigsten können, ein bißchen bunt durch einander. Wir waren klug und ließen sie austoben, und als die Ungeschicktesten den Plan geräumt hatten, fielen wir ein und hielten mit noch einem Paare, mit Audran und seiner Tänzerin, wacker aus. Nie ist mir's so leicht vom Flecke gegangen. Ich war kein Mensch mehr. Das liebenswürdigste Geschöpf in den Armen zu haben und mit ihr herumzufliegen wie Wetter, das alles rings umher verging, und — Wilhelm, um ehrlich zu sein, tat ich aber doch den Schwur, daß ein Mädchen, das ich liebte, auf das ich Ansprüche hätte, mir nie mit einem andern walzen sollte als mit mir, und wenn ich drüber zu Grunde gehen müßte. Du verstehst mich!

Wir machten einige Touren gehend im Saale, um zu verschnaufen. Dann setzte sie sich, und die Orangen, die ich beiseite gebracht hatte, die nun die einzigen noch übrigen waren, taten vortreffliche Wirkung, nur daß mir mit jedem Schnittchen, das sie einer unbescheidenen Nachbarin ehrenhalben zuteilte, ein Stich durchs Herz ging.

Beim dritten englischen Tanz waren wir das zweite Paar. Wie wir die Reihe durchtanzten und ich, weiß Gott mit wie viel Wonne, an ihrem Arm und Auge hing, das voll vom wahrsten Ausdruck des offensten, reinsten Vergnügens war, kommen wir an eine Frau, die mir wegen ihrer liebenswürdigen Miene auf einem nicht mehr ganz jungen Gesichte merkwürdig gewesen war. Sie sieht Lotten lächelnd an, hebt einen drohenden Finger auf und nennt den Namen Albert zweimal im Vorbeifliegen mit viel Bedeutung.

Wer ist Albert? sagt' ich zu Lotten, wenn's nicht Vermessenheit ist zu fragen. — Sie war im Begriff zu antworten, als wir uns scheiden mußten, um die große Achte zu machen, und mich dünkte einiges Nachdenken auf ihrer Stirn zu sehen, als wir so vor einander vorbeikreuzten. — Was soll ich's Ihnen leugnen, sagte sie, indem sie mir die Hand zur Promenade bot. Albert ist ein braver Mensch, dem ich so gut als verlobt bin. — Nun war mir das nichts Neues (denn die Mädchen hatten mir's auf dem Wege gesagt) und war mir doch so ganz neu, weil ich es noch nicht im Verhältnis auf sie, die mir in so wenig Augenblicken so wert geworden war, gedacht hatte. Genug, ich verwirrte mich, vergaß mich und kam zwischen das unrechte Paar hinein, daß alles drunter und drüber ging und Lottens ganze Gegenwart und Zerren und Ziehen nötig war, um es schnell wieder in Ordnung zu bringen.

Der Tanz war noch nicht zu Ende, als die Blitze, die wir schon lange am Horizonte leuchten gesehn, und die ich immer für Wetterkühlen ausgegeben hatte, viel stärker zu werden anfingen und der Donner die Musik überstimmte. Drei Frauenzimmer liefen aus der Reihe, denen ihre Herren folgten; die Unordnung wurde allgemein, und die Musik hörte auf. Es ist natürlich, wenn uns ein Unglück, oder etwas Schreckliches im Vergnügen überrascht, daß es stärkere Eindrücke auf uns macht als sonst, teils wegen des Gegensatzes, der sich so lebhaft empfinden läßt, teils und noch mehr, weil unsere Sinne einmal der Fühlbarkeit geöffnet sind und also desto schneller einen Eindruck annehmen. Diesen Ursachen muß ich die wunderbaren Grimassen zuschreiben, in die ich mehrere Frauenzimmer ausbrechen sah. Die klügste setzte sich in eine Ecke, mit dem Rücken gegen das Fenster, und hielt die Ohren zu. Eine andere kniete vor ihr nieder, und verbarg den Kopf in der ersten Schoß. Eine dritte schob sich zwischen beide hinein und umfaßte ihre Schwesterchen mit tausend Tränen. Einige wollten nach Hause; andere, die noch weniger wußten, was sie taten, hatten nicht so viel Besinnungskraft, den Keckheiten unsrer jungen Schlucker zu steuern, die sehr beschäftigt zu sein schienen, alle die ängstlichen Gebete, die dem Himmel bestimmt waren, von den Lippen der schönen Bedrängten wegzufangen. Einige unsrer Herren hatten sich hinabbegeben, um ein Pfeifchen in Ruhe zu rauchen; und die übrige Gesellschaft schlug es nicht aus, als die Wirtin auf den klugen Einfall kam, uns ein Zimmer anzuweisen, das Läden und Vorhänge hätte. Kaum waren wir da angelangt, als Lotte beschäftigt war, einen Kreis von Stühlen zu stellen und, als sich die Gesellschaft auf ihre Bitte gesetzt hatte, den Vortrag zu einem Spiele zu tun.

Ich sah manchen, der in Hoffnung auf ein saftiges Pfand sein Mäulchen spitzte, und seine Glieder reckte. – Wir spielen Zählens, sagte sie. Nun gebt Acht! Ich geh' im Kreise herum von der Rechten zur Linken, und so zählt ihr auch rings herum, jeder die Zahl, die an ihn kommt, und das muß gehen wie ein Lauffeuer, und wer stockt oder sich irrt, kriegt eine Ohrfeige, und so bis tausend. –

Nun war das lustig anzusehen. Sie ging mit ausgestrecktem Arm im Kreise herum. Eins, fing der erste an, der Nachbar zwei, drei der folgende, und so fort. Dann fing sie an, geschwinder zu gehen, immer geschwinder; da versah's einer: Patsch! eine Ohrfeige, und über das Gelächter der folgende auch Patsch! Und immer geschwinder. Ich selbst kriegte zwei Maulschellen, und glaubte mit innigem Vergnügen zu bemerken, daß sie stärker seien, als sie den übrigen zuzumessen pflegte. Ein allgemeines Gelächter und Geschwärm endigte das Spiel, ehe noch das Tausend ausgezählt war. Die Vertrautesten zogen einander beiseite, das Gewitter war vorüber, und ich folgte Lotten in den Saal. Unterwegs sagte sie: Über die Ohrfeigen haben sie Wetter und alles vergessen! — Ich konnte ihr nichts antworten. — Ich war, fuhr sie fort, eine der Furchtsamsten, und indem ich mich herzhaft stellte, um den andern Mut zu geben, bin ich mutig geworden. — Wir traten ans Fenster. Es donnerte abseitwärts, und der herrliche Regen säuselte auf das Land, und der erquickendste Wohlgeruch stieg in aller Fülle einer warmen Luft zu uns auf. Sie stand auf ihren Ellenbogen gestützt, ihr Blick durchdrang die Gegend; sie sah gen Himmel und auf mich, ich sah ihr Auge tränenvoll, sie legte ihre Hand auf die meinige, und sagte — Klopstock! — Ich erinnerte mich sogleich der herrlichen Ode, die ihr in Gedanken lag, und versank in dem Strome von Empfindungen, den sie in dieser Losung über mich ausgoß. Ich ertrug's nicht, neigte mich auf ihre Hand und küßte sie unter den wonnevollsten Tränen. Und sah nach ihrem Auge wieder — Edler! hättest du deine Vergötterung in diesem Blicke gesehen, und möcht' ich nun deinen so oft entweihten Namen nie wieder nennen hören!

Wo ich neulich mit meiner Erzählung geblieben bin, weiß ich nicht mehr; das weiß ich, daß es zwei Uhr des Nachts war, als ich zu Bette kam, und daß, wenn ich dir hätte vorschwatzen können, statt zu schreiben, ich dich vielleicht bis an den Morgen aufgehalten hätte.

Was auf unsrer Hereinfahrt vom Balle geschehen ist, hab' ich noch nicht erzählt, hab' auch heute keinen Tag dazu.

Es war der herrlichste Sonnenaufgang. Der tröpfelnde Wald und das erfrischte Feld umher! Unsere Gesellschafterinnen nickten ein. Sie fragte mich, ob ich nicht auch von der Partie sein wollte; ihrentwegen sollt' ich unbekümmert sein. — So lange ich diese Augen offen sehe, sagt' ich und sah sie fest an, so lange hat's keine Gefahr. — Und wir haben beide ausgehalten bis an ihr Tor, da ihr die Magd leise aufmachte und auf ihr Fragen versicherte, daß Vater und Kleine wohl seien, und alle noch schliefen. Da verließ ich sie mit der Bitte, sie selbigen Tags noch sehen zu dürfen; sie gestand mir's zu, und ich bin gekommen: und seit der Zeit können Sonne, Mond und Sterne geruhig ihre Wirtschaft treiben, ich weiß weder daß Tag noch daß Nacht ist, und die ganze Welt verliert sich um mich her.

———

Ich lebe so glückliche Tage, wie sie Gott seinen Heiligen ausspart; und mit mir mag werden was will, so darf ich nicht sagen, daß ich die Freuden, die reinsten Freuden des Lebens nicht genossen habe. — Du kennst mein Wahlheim; dort bin ich völlig etabliert, von da hab' ich nur eine halbe Stunde zu Lotten, dort fühl' ich mich selbst und alles Glück, das dem Menschen gegeben ist.

Hätt' ich gedacht, als ich mir Wahlheim zum Zwecke meiner

Spaziergänge wählte, daß es so nahe am Himmel läge! Wie oft habe ich das Jagdhaus, das nun alle meine Wünsche einschließt, auf meinen weiten Wanderungen, bald vom Berge, bald von der Ebne über den Fluß gesehn!

Lieber Wilhelm, ich habe allerlei nachgedacht, über die Begier im Menschen, sich auszubreiten, neue Entdeckungen zu machen, herumzuschweifen; und dann wieder über den inneren Trieb, sich der Einschränkung willig zu ergeben, in dem Gleise der Gewohnheit so hinzufahren, und sich weder um Rechts noch um Links zu bekümmern.

Es ist wunderbar: wie ich hieher kam und vom Hügel in das schöne Tal schaute, wie es mich rings umher anzog. − Dort das Wäldchen! − Ach könntest du dich in seine Schatten mischen! − Dort die Spitze des Berges! − Ach könntest du von da die weite Gegend überschauen! − Die in einander geketteten Hügel und vertraulichen Täler! − O könnte ich mich in ihnen verlieren! − − Ich eilte hin, und kehrte zurück, und hatte nicht gefunden, was ich hoffte. O es ist mit der Ferne wie mit der Zukunft! Ein großes dämmerndes Ganze ruht vor unsrer Seele, unsere Empfindung verschwimmt darin wie unser Auge, und wir sehnen uns, ach! unser ganzes Wesen hinzugeben, uns mit aller Wonne eines einzigen großen, herrlichen Gefühls ausfüllen zu lassen. − Und ach! wenn wir hinzu eilen, wenn das Dort nun Hier wird, ist alles vor wie nach und wir stehen in unsrer Armut, in unsrer Eingeschränktheit, und unsere Seele lechzt nach entschlüpftem Labsale.

So sehnt sich der unruhigste Vagabund zuletzt wieder nach seinem Vaterlande und findet in seiner Hütte, an der Brust seiner Gattin, in dem Kreise seiner Kinder, in den Geschäften zu ihrer Erhaltung die Wonne, die er in der weiten Welt vergebens suchte.

Wenn ich des Morgens mit Sonnenaufgange hinaus gehe nach meinem Wahlheim, und dort im Wirtsgarten mir meine Zuckererbsen selbst pflücke, mich hinsetze, sie abfädme und dazwischen in meinem Homer lese; wenn ich denn in der kleinen Küche mir einen Topf wähle, mir Butter aussteche, Schoten ans Feuer stelle, zudecke, und mich dazu setze, sie manchmal umzuschütteln: da fühl' ich so lebhaft, wie die übermütigen Freier der Penelope Ochsen und Schweine schlachten, zerlegen und braten. Es ist nichts, das mich so mit einer stillen, wahren Empfindung ausfüllte als die Züge patriarchalischen Lebens, die ich, Gott sei Dank, ohne Affektation in meine Lebensart verweben kann.

Wie wohl ist mir's, daß mein Herz die simple, harmlose Wonne des Menschen fühlen kann, der ein Krauthaupt auf seinen Tisch bringt, das er selbst gezogen, und nun nicht den Kohl allein, sondern all die guten Tage, den schönen Morgen, da er ihn pflanzte, die lieblichen Abende, da er ihn begoß, und da er an dem fortschreitenden Wachstum seine Freude hatte, alle in *einem* Augenblicke wieder mit genießt.

———

Am 29. Junius.

Vorgestern kam der Medikus hier aus der Stadt hinaus zum Amtmann und fand mich auf der Erde unter Lottens Kindern, wie einige auf mir herumkrabbelten, andere mich neckten, und wie ich sie kitzelte und ein großes Geschrei mit ihnen erregte. Der Doktor, der eine sehr dogmatische Drahtpuppe ist, unterm Reden seine Manschetten in Falten legt und einen Kräusel ohne Ende herauszupft, fand dieses unter der Würde eines gescheiten Menschen; das merkte ich an seiner Nase. Ich ließ mich aber in nichts stören, ließ ihn sehr vernünftige Sachen abhandeln, und baute den Kindern ihre Kartenhäuser wieder, die sie zerschlagen hatten. Auch ging er darauf in der Stadt herum und beklagte: des Amtmanns Kinder wären so schon ungezogen genug, der Werther verderbe sie nun völlig.

Ja, lieber Wilhelm, meinem Herzen sind die Kinder am nächsten auf der Erde. Wenn ich ihnen zusehe, und in dem kleinen Dinge die Keime aller Tugenden, aller Kräfte sehe, die sie einmal so nötig brauchen werden; wenn ich in dem Eigensinne künftige Standhaftigkeit und Festigkeit des Charakters, in dem Mutwillen guten Humor und Leichtigkeit, über die Gefahren der Welt hinzuschlüpfen, erblicke, alles so unverdorben, so ganz! — immer, immer wiederhol' ich dann die goldenen Worte des Lehrers der Menschen: Wenn ihr nicht werdet wie eines von diesen! Und nun, mein Bester, sie, die unsersgleichen sind, die wir als unsere Muster ansehen sollten, behandeln wir als Untertanen. Sie sollen keinen Willen haben! — Haben wir denn keinen? und wo liegt das Vorrecht? — Weil wir älter sind und gescheiter! — Guter Gott von deinem Himmel, alte Kinder siehst du, und junge Kinder, und nichts weiter; und an welchen du mehr Freude hast, das hat dein Sohn schon lange verkündigt. Aber sie glauben an ihn und hören ihn nicht, — das ist auch was Altes! — und bilden ihre Kinder nach sich und — Adieu, Wilhelm! Ich mag darüber nicht weiter radotieren.

Am 1. Julius.

Was Lotte einem Kranken sein muß, fühl'ich an meinem eignen Herzen, das übler dran ist als manches, das auf dem Siechbette verschmachtet. Sie wird einige Tage in der Stadt bei einer rechtschaffnen Frau zubringen, die sich nach der Aussage der Ärzte ihrem Ende naht, und in diesen letzten Augenblicken Lotten um sich haben will. Ich war vorige Woche mit ihr, den Pfarrer von St... zu besuchen; ein Örtchen, das eine Stunde seitwärts im Gebirge liegt. Wir kamen gegen Vier dahin. Lotte hatte ihre zweite Schwester mitgenommen. Als wir in den mit zwei hohen Nußbäumen überschatteten Pfarrhof traten, saß der gute alte Mann auf einer Bank vor der Haustür, und da er Lotten sah, ward er wie neu belebt, vergaß seinen Knotenstock, und wagte sich auf, ihr entgegen. Sie lief hin zu ihm, nötigte ihn sich niederzulassen, indem sie sich zu ihm setzte, brachte viele Grüße von ihrem Vater, herzte seinen garstigen schmutzigen jüngsten Buben, das Quakelchen seines Alters. Du hättest sie sehen sollen, wie sie den Alten beschäftigte, wie sie ihre Stimme erhob, um seinen halb tauben Ohren vernehmlich zu werden, wie sie ihm von jungen, robusten Leuten erzählte, die unvermutet gestorben wären, von der Vortrefflichkeit des Karlsbades, und wie sie seinen Entschluß lobte, künftigen Sommer hinzugehen, wie sie fand, daß er viel besser aussähe, viel munterer sei als das letztemal, da sie ihn gesehn. – Ich hatte indes der Frau Pfarrerin meine Höflichkeiten gemacht. Der Alte wurde ganz munter, und da ich nicht umhin konnte, die schönen Nußbäume zu loben, die uns so lieblich beschatteten, fing er an, uns, wiewohl mit einiger Beschwerlichkeit, die Geschichte davon zu geben. – Den alten, sagte er, wissen wir nicht, wer den gepflanzt hat: einige sagen dieser, andere jener Pfarrer. Der jüngere aber dort hinten ist so alt als meine Frau, im Oktober fünfzig Jahr. Ihr Vater pflanzte ihn des Morgens, als sie gegen Abend geboren wurde. Er war mein Vorfahr im Amt, und wie lieb ihm der Baum war, ist nicht zu sagen; mir ist er's gewiß nicht weniger. Meine Frau saß darunter auf einem Balken und strickte, da ich vor sieben und zwanzig Jahren als ein armer Student zum erstenmale hier in den Hof kam. – Lotte fragte nach seiner Tochter: es hieß, sie sei mit Herrn Schmidt auf die Wiese hinaus zu den Arbeitern, und der Alte fuhr in seiner Erzählung fort: wie sein Vorfahr ihn liebgewonnen und die Tochter dazu, und wie er erst sein Vikar und dann sein Nachfolger geworden. Die Geschichte war nicht lange zu Ende, als die Jungfer Pfarrerin mit dem sogenannten Herrn Schmidt durch den Garten herkam; sie bewillkommte Lotten mit herzlicher Wärme, und ich muß sagen, sie gefiel mir nicht übel: eine rasche, wohlgewachsne

Brünette, die einen die kurze Zeit über auf dem Lande wohl unterhalten hätte. Ihr Liebhaber (denn als solchen stellte sich Herr Schmidt gleich dar), ein feiner, doch stiller Mensch, der sich nicht in unsere Gespräche mischen wollte, ob ihn gleich Lotte immer hereinzog. Was mich am meisten betrübte, war, daß ich an seinen Gesichtszügen zu bemerken schien, es sei mehr Eigensinn und übler Humor als Eingeschränktheit des Verstandes, der ihn sich mitzuteilen hinderte. In der Folge ward dies leider nur zu deutlich; denn als Friederike beim Spazierengehn mit Lotten und gelegentlich auch mit mir ging, wurde des Herrn Angesicht, das ohnedies einer bräunlichen Farbe war, so sichtlich verdunkelt, daß es Zeit war, daß Lotte mich beim Ärmel zupfte und mir zu verstehn gab, daß ich mit Friederiken zu artig getan. Nun verdrießt mich nichts mehr, als wenn die Menschen einander plagen, am meisten, wenn junge Leute in der Blüte des Lebens, da sie am offensten für alle Freuden sein könnten, einander die paar guten Tage mit Fratzen verderben und nur erst zu spät das Unersetzliche ihrer Verschwendung einsehen. Mir wurmte das, und ich konnte nicht umhin, da wir gegen Abend in den Pfarrhof zurückkehrten und an einem Tische Milch aßen und das Gespräch auf Freude und Leid der Welt sich wendete, den Faden zu ergreifen und recht herzlich gegen die üble Laune zu reden. — Wir Menschen beklagen uns oft, fing ich an, das der guten Tage so wenig sind und der schlimmen so viel, und, wie mich dünkt, meist mit Unrecht. Wenn wir immer ein offenes Herz hätten, das Gute zu genießen, das uns Gott für jeden Tag bereitet, wir würden alsdenn auch Kraft genug haben, das Übel zu tragen, wenn es kommt. — Wir haben aber unser Gemüt nicht in unsrer Gewalt, versetzte die Pfarrerin; wie viel hängt vom Körper ab! wenn einem nicht wohl ist, ist's einem überall nicht recht. — Ich gestand ihr das ein. Wir wollen's also, fuhr ich fort, als eine Krankheit ansehen und fragen, ob dafür kein Mittel ist? — Das läßt sich hören, sagte Lotte, ich glaube wenigstens, daß viel von uns abhängt. Ich weiß es an mir. Wenn mich etwas neckt und mich ver-

drießlich machen will, spring' ich auf und sing' ein paar Contre-
tänze den Garten auf und ab, gleich ist's weg. — Das war's, was ich
sagen wollte, versetzte ich: es ist mit der üblen Laune völlig wie mit
der Trägheit, denn es ist eine Art von Trägheit. Unsere Natur hängt
sehr dahin, und doch, wenn wir nur einmal die Kraft haben, uns
zu ermannen, geht uns die Arbeit frisch von der Hand, und wir
finden in der Tätigkeit ein wahres Vergnügen. — Friederike war
sehr aufmerksam, und der junge Mensch wandte mir ein, daß man
nicht Herr über sich selbst sei, und am wenigsten über seine Empfindungen gebieten könne. — Es ist hier die Frage von einer unangenehmen Empfindung, versetzt' ich, die doch jedermann gerne
los ist; und niemand weiß, wie weit seine Kräfte gehn, bis er sie
versucht hat. Gewiß, wer krank ist, wird bei allen Ärzten herum
fragen, und die größten Resignationen, die bittersten Arzeneien
wird er nicht abweisen, um seine gewünschte Gesundheit zu erhalten. — Ich bemerkte, daß der ehrliche Alte sein Gehör anstrengte,
um an unserem Diskurse teil zu nehmen, ich erhob die Stimme,
indem ich die Rede gegen ihn wandte. Man predigt gegen so viele
Laster, sagt' ich, ich habe noch nie gehört, daß man gegen die üble
Laune vom Predigtstuhle gearbeitet hätte.* — Das müßten die
Stadtpfarrer tun, sagt' er, die Bauern haben keinen bösen Humor,
doch könnt's auch zuweilen nicht schaden, es wäre eine Lektion
für seine Frau wenigstens, und für den Herrn Amtmann. — Die
Gesellschaft lachte, und er herzlich mit, bis er in einen Husten verfiel, der unsern Diskurs eine Zeitlang unterbrach; darauf denn der
junge Mensch wieder das Wort nahm: Sie nannten den bösen
Humor ein Laster; mich deucht, das ist übertrieben. — Mit nich-
ten, gab ich zur Antwort, wenn das, womit man sich selbst und
seinem Nächsten schadet, diesen Namen verdient. Ist es nicht
genug, daß wir einander nicht glücklich machen können, müssen

* Wir haben nun von Lavatern eine treffliche Predigt hierüber, unter denen über
das Buch Jonas.

48

wir auch noch einander das Vergnügen rauben, das jedes Herz sich noch manchmal selbst gewähren kann? Und nennen Sie mir den Menschen, der übler Laune ist und so brav dabei, sie zu verbergen, sie allein zu tragen, ohne die Freude um sich her zu zerstören! Oder ist sie nicht vielmehr ein innerer Unmut über unsre eigne Unwürdigkeit, ein Mißfallen an uns selbst, das immer mit einem Neide verknüpft ist, der durch eine törichte Eitelkeit aufgehetzt wird? Wir sehen glückliche Menschen, die wir nicht glücklich machen, und das ist unerträglich. — Lotte lächelte mich an, da sie die Bewegung sah, mit der ich redete, und eine Träne in Friederikens Auge spornte mich, fortzufahren. — Wehe denen, sagt' ich, die sich der Gewalt bedienen, die sie über ein Herz haben, um ihm die einfachen Freuden zu rauben, die aus ihm selbst hervorkeimen. Alle Geschenke, alle Gefälligkeiten der Welt ersetzen nicht einen Augenblick Vergnügen an sich selbst, den uns eine neidische Unbehaglichkeit unsers Tyrannen vergällt hat.

Mein ganzes Herz war voll in diesem Augenblicke; die Erinnerung so manches Vergangenen drängte sich an meine Seele, und die Tränen kamen mir in die Augen.

Wer sich das nur täglich sagte, rief ich aus: du vermagst nichts auf deine Freunde, als ihnen ihre Freuden zu lassen und ihr Glück zu vermehren, indem du es mit ihnen genießest. Vermagst du, wenn ihre innre Seele von einer ängstigenden Leidenschaft gequält, vom Kummer zerrüttet ist, ihnen einen Tropfen Linderung zu geben?

Und wenn die letzte, bangste Krankheit dann über das Geschöpf herfällt, das du in blühenden Tagen untergraben hast, und sie nun da liegt in dem erbärmlichsten Ermatten, das Aug' gefühllos gen Himmel sieht, der Todesschweiß auf der blassen Stirne abwechselt, und du vor dem Bette stehst wie ein Verdammter, in dem innigsten Gefühl, daß du nichts vermagst mit deinem ganzen Vermögen, und die Angst dich inwendig krampft, daß du alles hingeben möchtest, dem untergehenden Geschöpfe einen Tropfen Stärkung, einen Funken Mut einflößen zu können.

Die Erinnerung einer solchen Szene, wobei ich gegenwärtig war, fiel mit ganzer Gewalt bei diesen Worten über mich. Ich nahm das Schnupftuch vor die Augen, und verließ die Gesellschaft, und nur Lottens Stimme, die mir rief, wir wollten fort, brachte mich zu mir selbst. Und wie sie mich auf dem Wege schalt, über den zu warmen Anteil an allem, und daß ich darüber zu Grunde gehen würde! daß ich mich schonen sollte! — O der Engel! Um deinetwillen muß ich leben!

———

Am 6. Julius.

Sie ist immer um ihre sterbende Freundin, und ist immer dieselbe, immer das gegenwärtige, holde Geschöpf, das, wo sie hinsieht, Schmerzen lindert und Glückliche macht. Sie ging gestern Abend mit Mariannen und dem kleinen Malchen spazieren, ich wußt' es und traf sie an, und wir gingen zusammen. Nach einem Wege von anderthalb Stunden kamen wir gegen die Stadt zurück, an den Brunnen, der mir so wert, und nun tausendmal werter ist. Lotte setzte sich aufs Mäuerchen, wir standen vor ihr. Ich sah umher, ach! und die Zeit, da mein Herz so allein war, lebte wieder vor mir auf. — Lieber Brunnen, sagt' ich, seither hab' ich nicht mehr an deiner Kühle geruht, hab' in eilendem Vorübergehn dich manchmal nicht angesehn. — Ich blickte hinab und sah, daß Malchen mit einem Glase Wasser sehr beschäftigt heraufstieg. — Ich sah Lotten an und fühlte alles, was ich an ihr habe. Indem kommt Malchen mit einem Glase. Marianne wollt' es ihr abnehmen: Nein! rief das Kind mit dem süßten Ausdrucke, nein, Lottchen, du sollst zuerst trinken! — Ich ward über die Wahrheit, über die Güte, womit sie das ausrief, so entzückt, daß ich meine Empfindung mit nichts ausdrücken konnte, als ich nahm das Kind von der Erde und küßte es lebhaft, das sogleich zu schreien und zu weinen anfing. — Sie haben übel getan, sagte Lotte. — Ich war betroffen. — Komm, Malchen, fuhr sie fort, indem sie es bei der Hand nahm und die Stufen hinabführte, da wasche dich aus der frischen Quelle geschwind, geschwind, da tut's nichts. — Wie ich so dastand und zusah, mit welcher Emsigkeit das Kleine mit seinen nassen Händchen die Backen rieb, mit welchem Glauben, daß durch die Wunderquelle alle Verunreinigung abgespült und die Schmach abgetan würde, einen häßlichen Bart zu kriegen; wie Lotte sagte: es ist genug, und das Kind doch immer eifrig fortwusch, als wenn Viel mehr täte als Wenig — ich sage dir, Wilhelm, ich habe mit mehr Respekt nie einer Taufhandlung beigewohnt; und als Lotte herauf kam, hätt' ich mich gern vor ihr niedergeworfen wie vor einem Propheten, der die Schulden einer Nation weggeweiht hat.

Des Abends konnt' ich nicht umhin, in der Freude meines Herzens den Vorfall einem Manne zu erzählen, dem ich Menschensinn zutraute, weil er Verstand hat; aber wie kam ich an! Er sagte, das sei sehr übel von Lotten gewesen; man solle den Kindern nichts weis machen; dergleichen gebe zu unzähligen Irrtümern und Aberglauben Anlaß, wovor man die Kinder frühzeitig bewahren müsse. — Nun fiel mir ein, daß der Mann vor acht Tagen hatte taufen lassen, drum ließ ich's vorbeigehen, und blieb in meinem Herzen der Wahrheit getreu: wir sollen es mit den Kindern machen wie Gott mit uns, der uns am glücklichsten macht, wenn er uns in freundlichem Wahne so hintaumeln läßt.

———

Am 8. Julius.

Was man ein Kind ist! Was man nach so einem Blicke geizt! Was man ein Kind ist! — Wir waren nach Wahlheim gegangen. Die

Frauenzimmer fuhren hinaus, und während unsrer Spaziergänge glaubt' ich in Lottens schwarzen Augen — ich bin ein Tor, verzeih mir's! du solltest sie sehen, diese Augen. — Daß ich kurz bin (denn die Augen fallen mir zu vor Schlaf): siehe, die Frauenzimmer stiegen ein, da standen um die Kutsche der junge W..., Selstadt und Audran und ich. Da ward aus dem Schlage geplaudert mit den Kerlchen, die freilich leicht und lüftig genug waren. — Ich suchte Lottens Augen; ach, sie gingen von einem zum andern! Aber auf mich! mich! mich! der ganz allein auf sie resigniert dastand, fielen sie nicht! — Mein Herz sagte ihr tausend Adieu! Und sie sah mich nicht! Die Kutsche fuhr vorbei, und eine Träne stand mir im Auge. Ich sah ihr nach und sah Lottens Kopfputz sich zum Schlage heraus lehnen, und sie wandte sich um zu sehn, ach! nach mir? — Lieber! In dieser Ungewißheit schweb' ich; das ist mein Trost: vielleicht hat sie sich nach mir umgesehen! Vielleicht! — Gute Nacht! O, was ich ein Kind bin!

———

Am 10. Julius.

Die alberne Figur, die ich mache, wenn in Gesellschaft von ihr gesprochen wird, solltest du sehen! Wenn man mich nun gar fragt, wie sie mir gefällt? — Gefällt! das Wort hasse ich auf den Tod. Was muß das für ein Mensch sein, dem Lotte gefällt, dem sie nicht alle Sinnen, alle Empfindungen ausfüllt! Gefällt! Neulich fragte mich einer, wie mir Ossian gefiele!

———

Frau M... ist sehr schlecht; ich bete für ihr Leben, weil ich mit Lotten dulde. Ich seh' sie selten bei meiner Freundin, und heut' hat sie mir einen wunderbaren Vorfall erzählt. — Der alte M... ist ein geiziger, rangiger Filz, der seine Frau im Leben was rechts geplagt und eingeschränkt hat; doch hat sich die Frau immer durchzuhelfen gewußt. Vor wenigen Tagen, als der Arzt ihr das Leben abgesprochen hatte, ließ sie ihren Mann kommen — Lotte war im Zimmer — und redete ihn also an: Ich muß dir eine Sache gestehn, die nach meinem Tode Verwirrung und Verdruß machen könnte. Ich habe bisher die Haushaltung geführt, so ordentlich und sparsam als möglich: allein du wirst mir verzeihen, daß ich dich diese dreißig Jahre her hintergangen habe. Du bestimmtest im Anfange unsrer Heirat ein Geringes für die Bestreitung der Küche und anderer häuslichen Ausgaben. Als unsere Haushaltung stärker wurde, unser Gewerbe größer, warst du nicht zu bewegen, mein Wochengeld nach dem Verhältnisse zu vermehren; kurz, du weißt, daß du in den Zeiten, da sie am größten war, verlangtest, ich solle mit sieben Gulden die Woche auskommen. Die hab' ich denn ohne Widerrede genommen und mir den Überschuß wöchentlich aus der Losung geholt, da niemand vermutete, daß die Frau die Kasse bestehlen würde. Ich habe nichts verschwendet und wäre auch, ohne es zu bekennen, getrost der Ewigkeit entgegen gegangen, wenn nicht diejenige, die nach mir das Hauswesen zu führen hat, sich nicht zu helfen wissen würde, und du doch immer darauf bestehen könntest, deine erste Frau sei damit ausgekommen.

Ich redete mit Lotten über die unglaubliche Verblendung des Menschensinns, daß einer nicht argwohnen soll, dahinter müsse was anders stecken, wenn eins mit sieben Gulden hinreicht, wo man den Aufwand vielleicht um zweimal so viel sieht. Aber ich hab' selbst Leute gekannt, die des Propheten ewiges Ölkrüglein ohne Verwunderung in ihrem Hause angenommen hätten.

Nein, ich betrüge mich nicht! Ich lese in ihren schwarzen Augen wahre Teilnehmung an mir, und meinem Schicksal. Ja ich fühle, und darin darf ich meinem Herzen trauen, daß sie — o darf ich, kann ich den Himmel in diesen Worten aussprechen? — daß sie mich liebt!

Mich liebt! — Und wie wert ich mir selbst werde, wie ich — dir darf ich's wohl sagen, du hast Sinn für so etwas — wie ich mich selbst anbete, seitdem sie mich liebt!

Ob das Vermessenheit ist oder Gefühl des wahren Verhältnisses? — Ich kenne den Menschen nicht, von dem ich etwas in Lottens Herzen fürchtete. Und doch — wenn sie von ihrem Bräutigam spricht, mit solcher Wärme, solcher Liebe von ihm spricht — da ist mir's wie einem, der aller seiner Ehren und Würden entsetzt, und dem der Degen genommen wird.

———

Ach wie mir das durch alle Adern läuft, wenn mein Finger unversehens den ihrigen berührt, wenn unsere Füße sich unter dem Tische begegnen! Ich ziehe zurück wie vom Feuer, und eine geheime Kraft zieht mich wieder vorwärts — mir wird's so schwindlig vor allen Sinnen. — O! und ihre Unschuld, ihre unbefangne Seele fühlt nicht, wie sehr mich die kleinen Vertraulichkeiten peinigen. Wenn sie gar im Gespräch ihre Hand auf die meinige legt und im Interesse der Unterredung näher zu mir rückt, daß der himmlische Atem ihres Mundes meine Lippen erreichen kann — ich glaube zu versinken, wie vom Wetter gerührt. — Und, Wilhelm! wenn ich mich jemals unterstehe, diesen Himmel, dieses Vertrauen —! Du verstehst mich. Nein, mein Herz ist so verderbt nicht! Schwach!

schwach genug! – Und ist das nicht Verderben? –

Sie ist mir heilig. Alle Begier schweigt in ihrer Gegenwart. Ich weiß nie, wie mir ist, wenn ich bei ihr bin; es ist, als wenn die Seele sich mir in allen Nerven umkehrte. – Sie hat eine Melodie, die sie auf dem Klaviere spielt mit der Kraft eines Engels, so simpel und so geistvoll! Es ist ihr Leiblied, und mich stellt es von aller Pein, Verwirrung und Grillen her, wenn sie nur die erste Note davon greift.

Kein Wort von der Zauberkraft der alten Musik ist mir unwahrscheinlich, wie mich der einfache Gesang angreift! Und wie sie ihn anzubringen weiß, oft zur Zeit, wo ich mir eine Kugel vor den Kopf schießen möchte! Die Irrung und Finsternis meiner Seele zerstreut sich, und ich atme wieder freier.

Am 18. Julius.

Wilhelm, was ist unserem Herzen die Welt ohne Liebe! Was eine Zauberlaterne ist ohne Licht! Kaum bringst du das Lämpchen hinein, so scheinen dir die buntesten Bilder an deine weiße Wand! Und wenn's nichts wäre als das, als vorübergehende Phantome, so macht's doch immer unser Glück, wenn wir wie frische Jungen davor stehen und uns über die Wundererscheinungen entzücken. Heut' konnt' ich nicht zu Lotten, eine unvermeidliche Gesellschaft hielt mich ab. Was war zu tun? Ich schickte meinen Diener hinaus, nur um einen Menschen um mich zu haben, der ihr heute nahe gekommen wäre. Mit welcher Ungeduld ich ihn erwartete, mit welcher Freude ich ihn wieder sah! Ich hätt' ihn gern beim Kopfe genommen und geküßt, wenn ich mich nicht geschämt hätte.

Man erzählt von dem Bononischen Stein, daß er, wenn man ihn in die Sonne legt, ihre Strahlen anzieht und eine Weile bei Nacht leuchtet. So war mir's mit dem Burschen. Das Gefühl, daß ihre Augen auf seinem Gesicht, seinen Backen, seinen Rockknöpfen und dem Kragen am Surtout geruht hatten, machte mir das alles so heilig, so wert! Ich hätte in dem Augenblick den Jungen nicht um tausend Taler gegeben. Es war mir so wohl in seiner Gegenwart. — Bewahre dich Gott, daß du darüber lachst. Wilhelm, sind das Phantome, wenn es uns wohl ist?

———

Den 19. Julius.

Ich werde sie sehen! ruf' ich morgens aus, wenn ich mich ermuntere und mit aller Heiterkeit der schönen Sonne entgegenblicke; ich werde sie sehen! Und da hab' ich für den ganzen Tag keinen Wunsch weiter. Alles, alles verschlingt sich in dieser Aussicht.

———

Den 20. Julius.

Eure Idee will noch nicht die meinige werden, daß ich mit dem Gesandten nach *** gehen soll. Ich liebe die Subordination nicht sehr, und wir wissen alle, daß der Mann noch dazu ein widriger Mensch ist. Meine Mutter möchte mich gern in Aktivität haben, sagst du; das hat mich zu lachen gemacht. Bin ich jetzt nicht auch aktiv, und ist's im Grund nicht einerlei, ob ich Erbsen zähle oder Linsen? Alles in der Welt läuft doch auf eine Lumperei hinaus, und ein Mensch, der um anderer willen, ohne daß es seine eigene Leidenschaft, sein eigenes Bedürfnis ist, sich um Geld oder Ehre oder sonst was abarbeitet, ist immer ein Tor.

Da dir so sehr daran gelegen ist, daß ich mein Zeichnen nicht ver-
nachlässige, möcht' ich lieber die ganze Sache übergehen als dir
sagen, daß zeither wenig getan wird.

Noch nie war ich glücklicher, noch nie war meine Empfindung
an der Natur, bis aufs Steinchen, aufs Gräschen herunter, voller
und inniger, und doch — Ich weiß nicht, wie ich mich ausdrücken
soll, meine vorstellende Kraft ist so schwach, alles schwimmt und
schwankt so vor meiner Seele, daß ich keinen Umriß packen kann;
aber ich bilde mir ein, wenn ich Thon hätte oder Wachs, so wollte
ich's wohl herausbilden. Ich werde auch Thon nehmen, wenn's
länger währt, und kneten, und sollten's Kuchen werden!

Lottens Porträt habe ich dreimal angefangen, und habe mich
dreimal prostituiert; das mich um so mehr verdrießt, weil ich vor
einiger Zeit sehr glücklich im Treffen war. Darauf habe ich denn
ihren Schattenriß gemacht, und damit soll mir gnügen.

Ja, liebe Lotte, ich will alles besorgen und bestellen; geben Sie mir
nur mehr Aufträge, nur recht oft. Um eins bitte ich Sie: keinen
Sand mehr auf die Zettelchen, die Sie mir schreiben. Heute führte
ich es schnell nach der Lippe, und die Zähne knisterten mir.

Ich habe mir schon manchmal vorgenommen, sie nicht so oft zu sehn. Ja wer das halten könnte! Alle Tage unterlieg' ich der Versuchung, und verspreche mir heilig: morgen willst du einmal wegbleiben, und wenn der Morgen kommt, finde ich doch wieder eine unwiderstehliche Ursache, und eh' ich mich's versehe, bin ich bei ihr. Entweder sie hat des Abends gesagt: Sie kommen doch morgen? – Wer könnte da wegbleiben? Oder sie gibt mir einen Auftrag, und ich finde schicklich, ihr selbst die Antwort zu bringen; oder der Tag ist gar zu schön, ich gehe nach Wahlheim, und wenn ich nun da bin, ist's nur noch eine halbe Stunde zu ihr! – Ich bin zu nah in der Atmosphäre – Zuck! so bin ich dort. Meine Großmutter hatte ein Märchen vom Magnetenberg. Die Schiffe, die zu nahe kamen, wurden auf einmal alles Eisenwerks beraubt, die Nägel flogen dem Berge zu, und die armen Elenden scheiterten zwischen den über einander stürzenden Brettern.

Albert ist angekommen, und ich werde gehen; und wenn er der beste, der edelste Mensch wäre, unter den ich mich in jeder Betrachtung zu stellen bereit wäre, so wär's unerträglich, ihn vor meinem Angesicht im Besitz so vieler Vollkommenheit zu sehen. – Besitz! – Genug, Wilhelm, der Bräutigam ist da! Ein braver lieber Mann, dem man gut sein muß. Glücklicherweise war ich nicht beim Empfange! Das hätte mir das Herz zerrissen. Auch ist er so ehrlich und hat Lotten in meiner Gegenwart noch nicht ein einzigmal geküßt. Das lohn' ihm Gott! Um des Respekts willen, den er vor dem Mädchen hat, muß ich ihn lieben. Er will mir wohl, und ich vermute, das ist Lottens Werk mehr als seiner eignen Empfindung: denn darin sind die Weiber fein und haben Recht; wenn sie zwei Verehrer in gutem Vernehmen mit einander erhalten können, ist der Vorteil immer ihr, so selten es auch angeht.

Indes kann ich Alberten meine Achtung nicht versagen. Seine gelaßne Außenseite sticht gegen die Unruhe meines Charakters sehr lebhaft ab, die sich nicht verbergen läßt. Er hat viel Gefühl, und weiß, was er an Lotten hat. Er scheint wenig üble Laune zu haben, und du weißt, das ist die Sünde, die ich ärger hasse am Menschen als alle andre.

Er hält mich für einen Menschen von Sinn; und meine Anhänglichkeit an Lotten, meine warme Freude, die ich an allen ihren Handlungen habe, vermehrt seinen Triumph, und er liebt sie nur desto mehr. Ob er sie nicht manchmal mit kleiner Eifersüchtelei peinigt, das laß' ich dahingestellt sein, wenigstens würd' ich an seinem Platze nicht ganz sicher vor diesem Teufel bleiben.

Dem sei nun wie ihm wolle! meine Freude, bei Lotten zu sein, ist hin. Soll ich das Torheit nennen oder Verblendung? — Was braucht's Namen! erzählt die Sache an sich! — Ich wußte alles, was ich jetzt weiß, eh' Albert kam; ich wußte, daß ich keine Prätension an sie zu machen hatte, machte auch keine — das heißt, insofern es möglich ist, bei so viel Liebenswürdigkeit nicht zu begehren. — Und jetzt macht der Fratze große Augen, da der andere nun wirklich kommt, und ihm das Mädchen wegnimmt.

Ich beiße die Zähne auf einander, und spotte über mein Elend, und spottete derer doppelt und dreifach, die sagen könnten, ich sollte mich resignieren, und weil's nun einmal nicht anders sein könnte — Schafft mir diese Strohmänner vom Hals! — Ich laufe in den Wäldern herum, und wenn ich zu Lotten komme, und Albert bei ihr sitzt im Gärtchen unter der Laube, und ich nicht weiter kann, so bin ich ausgelassen närrisch, und fange viel Possen, viel verwirrtes Zeug an. — Um Gottes willen, sagte mir Lotte heut', ich bitte Sie, keine Szene wie die von gestern Abend! Sie sind fürchterlich, wenn Sie so lustig sind. — Unter uns, ich passe die Zeit ab, wenn er zu tun hat; wutsch! bin ich drauß, und da ist mir's immer wohl, wenn ich sie allein finde.

Am 8. August.

Ich bitte dich, lieber Wilhelm, es war gewiß nicht auf dich geredt, wenn ich die Menschen unerträglich schalt, die von uns Ergebung in unvermeidliche Schicksale fordern. Ich dachte wahrlich nicht daran, daß du von ähnlicher Meinung sein könntest. Und im Grunde hast du Recht. Nur eins, mein Bester: in der Welt ist es sehr selten mit dem *Entweder Oder* getan; die Empfindungen und Handlungsweisen schattieren sich so mannigfaltig, als Abfälle zwischen einer Habichts- und Stumpfnase sind.

Du wirst mir also nicht übel nehmen, wenn ich dir dein ganzes Argument einräume, und mich doch zwischen dem *Entweder Oder* durchzustehlen suche.

Entweder, sagst du, hast du Hoffnung auf Lotten, oder du hast keine. Gut, im ersten Fall such' sie durchzutreiben, suche die Erfüllung deiner Wünsche zu umfassen: im anderen Fall ermanne dich, und suche einer elenden Empfindung los zu werden, die alle deine Kräfte verzehren muß. — Bester! das ist wohl gesagt, und — bald gesagt.

Und kannst du von dem Unglücklichen, dessen Leben unter einer schleichenden Krankheit unaufhaltsam allmählich abstirbt, kannst du von ihm verlangen, er solle durch einen Dolchstoß der Qual auf einmal ein Ende machen? Und raubt das Übel, das ihm die Kräfte verzehrt, ihm nicht auch zugleich den Mut, sich davon zu befreien?

Zwar könntest du mir mit einem verwandten Gleichnisse antworten: Wer ließe sich nicht lieber den Arm abnehmen, als daß er durch Zaudern und Zagen sein Leben aufs Spiel setzte? — Ich weiß nicht! — und wir wollen uns nicht in Gleichnissen herumbeißen. Genug — Ja, Wilhelm, ich habe manchmal so einen Augenblick aufspringenden, abschüttelnden Muts, und da — wenn ich nur wüßte wohin, ich ginge wohl.

Abends.

Mein Tagebuch, das ich seit einiger Zeit vernachlässiget, fiel mir heut' wieder in die Hände, und ich bin erstaunt, wie ich so wissentlich in das alles, Schritt vor Schritt, hinein gegangen bin! Wie ich über meinen Zustand immer so klar gesehen, und doch gehandelt habe wie ein Kind, jetzt noch so klar sehe, und es noch keinen Anschein zur Besserung hat.

Am 10. August.

Ich könnte das beste, glücklichste Leben führen, wenn ich nicht ein Tor wäre. So schöne Umstände vereinigen sich nicht leicht, eines Menschen Seele zu ergetzen, als die sind, in denen ich mich jetzt befinde. Ach so gewiß ist's, daß unser Herz allein sein Glück macht. — Ein Glied der liebenswürdigen Familie zu sein, von dem Alten geliebt zu werden wie ein Sohn, von den Kleinen wie ein Vater, und von Lotten! — dann der ehrliche Albert, der durch keine launische Unart mein Glück stört; der mich mit herzlicher Freundschaft umfaßt; dem ich nach Lotten das Liebste auf der Welt bin! — Wilhelm, es ist eine Freude, uns zu hören, wenn wir spazieren gehn und uns einander von Lotten unterhalten: es ist in der Welt nichts Lächerlichers erfunden worden als dieses Verhältnis, und doch kommen mir oft darüber die Tränen in die Augen.

Wenn er mir von ihrer rechtschaffenen Mutter erzählt: wie sie auf ihrem Todbette Lotten ihr Haus und ihre Kinder übergeben und ihm Lotten anbefohlen habe, wie seit der Zeit ein ganz anderer Geist Lotten belebt habe, wie sie, in der Sorge für ihre Wirtschaft und in dem Ernste, eine wahre Mutter geworden, wie kein Augenblick ihrer Zeit ohne tätige Liebe, ohne Arbeit verstrichen, und dennoch ihre Munterkeit, ihr leichter Sinn sie nie dabei verlassen habe. — Ich gehe so neben ihm hin und pflücke Blumen am Wege, füge sie sehr sorgfältig in einen Strauß und — werfe sie in den vorüberfließenden Strom, und sehe ihnen nach, wie sie leise hinunter wallen. — Ich weiß nicht, ob ich dir geschrieben habe, daß Albert hier bleiben, und ein Amt mit einem artigen Auskommen vom Hofe erhalten wird, wo er sehr beliebt ist. In Ordnung und Emsigkeit in Geschäften hab' ich wenig seinesgleichen gesehen.

Am 12. August.

Gewiß, Albert ist der beste Mensch unter dem Himmel. Ich habe gestern eine wunderbare Szene mit ihm gehabt. Ich kam zu ihm, um Abschied von ihm zu nehmen; denn mich wandelte die Lust an, ins Gebirge zu reiten, von woher ich dir auch jetzt schreibe, und wie ich in der Stube auf und ab gehe, fallen mir seine Pistolen in die Augen. — Borg' mir die Pistolen, sagt' ich, zu meiner Reise. — Meintwegen, sagt' er, wenn du dir die Mühe nehmen willst, sie zu laden; bei mir hängen sie nur pro forma. — Ich nahm eine herunter, und er fuhr fort: Seit mir meine Vorsicht einen so unartigen Streich gespielt hat, mag ich mit dem Zeug' nichts mehr zu tun haben. – Ich war neugierig, die Geschichte zu wissen. – Ich hielt mich, erzählte er, wohl ein Vierteljahr auf dem Lande bei einem Freunde auf, hatte ein Paar Terzerolen ungeladen, und schlief ruhig. Einmal an einem regnichten Nachmittage, da ich müßig sitze, weiß ich nicht, wie mir einfällt: wir könnten überfallen werden, wir könnten die Terzerolen nötig haben und könnten – du weißt ja, wie das ist. – Ich gab sie dem Bedienten, sie zu putzen und zu laden; und der dahlt mit den Mädchen, will sie erschrecken, und Gott weiß wie, das Gewehr geht los, da der Ladstock noch drin steckt, und schießt den Ladstock einem Mädchen zur Maus herein an der rechten Hand, und zerschlägt ihr den Daumen. Da hatt' ich das Lamentieren, und die Kur zu bezahlen oben drein, und seit der Zeit laß' ich alles Gewehr ungeladen. Lieber Schatz, was ist Vorsicht? die Gefahr läßt sich nicht auslernen! Zwar – Nun weißt du, daß ich den Menschen sehr lieb habe bis auf seine *Zwar*; denn versteht sich's nicht von selbst, daß jeder allgemeine Satz Ausnahmen leidet? Aber so rechtfertig ist der Mensch! wenn er glaubt, etwas Übereiltes, Allgemeines, Halbwahres gesagt zu haben, so hört er dir nicht auf zu limitieren, zu modifizieren und ab- und zuzutun, bis zuletzt gar nichts mehr an der Sache ist. Und bei diesem Anlaß kam er sehr tief in Text: ich hörte endlich gar nicht weiter auf ihn, verfiel in Grillen, und mit einer auffahrenden Gebärde drückte ich mir die Mündung der Pistole übers rechte Aug' an die Stirn. – Pfui! sagte Albert, indem er mir die Pistole herabzog, was soll das? – Sie ist nicht geladen, sagt' ich. – Und auch so, was soll's? versetzt' er ungeduldig. Ich kann mir nicht vorstellen, wie ein Mensch so töricht sein kann, sich zu erschießen; der bloße Gedanke erregt mir Widerwillen.

Daß ihr Menschen, rief ich aus, um von einer Sache zu reden, gleich sprechen müßt: das ist töricht, das ist klug, das ist gut, das ist bös! Und was will das alles heißen? Habt ihr deswegen die innern Verhältnisse einer Handlung erforscht? wißt ihr mit Bestimmtheit die Ursachen zu entwickeln, warum sie geschah, warum sie geschehen mußte? Hättet ihr das, ihr würdet nicht so eilfertig mit euren Urteilen sein.

Du wirst mir zugeben, sagte Albert, daß gewisse Handlungen lasterhaft bleiben, sie mögen geschehen, aus welchem Beweggrunde sie wollen.

Ich zuckte die Achseln, und gab's ihm zu. – Doch, mein Lieber fuhr ich fort, finden sich auch hier einige Ausnahmen. Es ist wahr, der Diebstahl ist ein Laster: aber der Mensch, der, um sich und die Seinigen vom gegenwärtigen Hungertode zu erretten, auf Raub ausgeht, verdient der Mitleiden oder Strafe? Wer hebt den ersten Stein auf gegen den Ehemann, der im gerechten Zorne sein untreues Weib und ihren nichtswürdigen Verführer aufopfert? gegen das Mädchen, das in einer wonnevollen Stunde sich in den unaufhaltsamen Freuden der Liebe verliert? Unsere Gesetze selbst, diese kaltblütigen Pedanten, lassen sich rühren und halten ihre Strafe zurück.

Das ist ganz was anders, versetzte Albert, weil ein Mensch, den seine Leidenschaften hinreißen, alle Besinnungskraft verliert, und als ein Trunkener, als ein Wahnsinniger angesehen wird.

Ach ihr vernünftigen Leute! rief ich lächelnd aus. Leidenschaft! Trunkenheit! Wahnsinn! Ihr steht so gelassen, so ohne Teilnehmung da, ihr sittlichen Menschen, scheltet den Trinker, verabscheut den Unsinnigen, geht vorbei wie der Priester, und dankt Gott wie der Pharisäer, daß er euch nicht gemacht hat wie einen von diesen. Ich bin mehr als einmal trunken gewesen, meine Leidenschaften waren nie weit vom Wahnsinn, und beides reut mich nicht: denn ich habe in meinem Maße begreifen lernen, wie man alle außerordentlichen Menschen, die etwas Großes, etwas Unmöglichscheinendes wirkten, von jeher für Trunkene und Wahnsinnige ausschreien mußte.

Aber auch im gemeinen Leben ist's unerträglich, fast einem jeden bei halbweg einer freien, edlen, unerwarteten Tat nachrufen zu hören: Der Mensch ist trunken, der ist närrisch! Schämt euch, ihr Nüchternen! Schämt euch, ihr Weisen!

Das sind nun wieder von deinen Grillen, sagte Albert, du überspannst alles und hast wenigstens hier gewiß Unrecht, daß du den Selbstmord, wovon jetzt die Rede ist, mit großen Handlungen vergleichst: da man es doch für nichts anders als eine Schwäche halten kann. Denn freilich ist es leichter zu sterben, als ein qualvolles Leben standhaft zu ertragen.

Ich war im Begriff abzubrechen; denn kein Argument bringt mich so aus der Fassung, als wenn einer mit einem unbedeutenden Gemeinspruche angezogen kommt, wenn ich aus ganzem Herzen rede. Doch faßt' ich mich, weil ich's schon oft gehört und mich öfter darüber geärgert hatte, und versetzte ihm mit einiger Lebhaftigkeit: Du nennst das Schwäche? Ich bitte dich, laß dich vom Anscheine nicht verführen. Ein Volk, das unter dem unerträglichen Joch eines Tyrannen seufzt, darfst du das schwach heißen, wenn es endlich aufgärt und seine Ketten zerreißt? Ein Mensch, der über dem Schrecken, daß Feuer sein Haus ergriffen hat, alle Kräfte gespannt fühlt, und mit Leichtigkeit Lasten wegträgt, die er bei ruhigem Sinne kaum bewegen kann; einer, der in der Wut der Beleidigung es mit sechsen aufnimmt und sie überwältigt, sind die schwach zu nennen? Und, mein Guter, wenn Anstrengung Stärke ist, warum soll die Überspannung das Gegenteil sein? — Albert sah mich an und sagte: Nimm mir's nicht übel, die Beispiele, die du da gibst, scheinen hieher gar nicht zu gehören. — Es mag sein, sagt' ich, man hat mir schon öfters vorgeworfen, daß meine Kombinationsart manchmal ans Radotage grenze. Laßt uns denn sehen, ob wir uns auf eine andere Weise vorstellen können, wie dem Menschen zu Mute sein mag, der sich entschließt, die sonst angenehme Bürde des Lebens abzuwerfen. Denn nur insofern wir mitempfinden, haben wir die Ehre, von einer Sache zu reden.

Die menschliche Natur, fuhr ich fort, hat ihre Grenzen: sie kann Freude, Leid, Schmerzen bis auf einen gewissen Grad ertragen und geht zu Grunde, sobald *der* überstiegen ist. Hier ist also nicht die Frage, ob einer schwach oder stark ist, sondern ob er das Maß seines Leidens ausdauern kann, es mag nun moralisch oder körperlich sein; und ich finde es eben so wunderbar zu sagen, der Mensch ist feige, der sich das Leben nimmt, als es ungehörig wäre, den einen Feigen zu nennen, der an einem bösartigen Fieber stirbt.

Paradox! sehr paradox! rief Albert aus. – Nicht so sehr, als du denkst, versetzt' ich. Du gibst mir zu: wir nennen das eine Krankheit zum Tode, wodurch die Natur so angegriffen wird, daß teils ihre Kräfte verzehrt, teils so außer Wirkung gesetzt werden, daß sie sich nicht wieder aufzuhelfen, durch keine glückliche Revolution den gewöhnlichen Umlauf des Lebens wieder herzustellen fähig ist.

Nun, mein Lieber, laß uns das auf den Geist anwenden. Sieh den Menschen an in seiner Eingeschränktheit, wie Eindrücke auf ihn wirken, Ideen sich bei ihm festsetzen, bis endlich eine wachsende Leidenschaft ihn aller ruhigen Sinneskraft beraubt und ihn zu Grunde richtet.

Vergebens, daß der gelaßne, vernünftige Mensch den Zustand des Unglücklichen übersieht, vergebens, daß er ihm zuredet! Eben so wie ein Gesunder, der am Bette des Kranken steht, ihm von seinen Kräften nicht das geringste einflößen kann.

Alberten war das zu allgemein gesprochen. Ich erinnerte ihn an ein Mädchen, das man vor weniger Zeit im Wasser tot gefunden, und wiederholt' ihm ihre Geschichte. – Ein gutes, junges Geschöpf, das in dem engen Kreise häuslicher Beschäftigungen, wöchentlicher bestimmter Arbeit herangewachsen war, das weiter keine Aussicht von Vergnügen kannte, als etwa Sonntags in einem nach und nach zusammengeschafften Putz mit ihresgleichen um die Stadt spazieren zu gehen, vielleicht alle hohen Feste einmal zu tanzen und übrigens mit aller Lebhaftigkeit des herzlichsten Anteils manche Stunde über den Anlaß eines Gezänkes, einer übeln Nachrede mit einer Nachbarin zu verplaudern – deren feurige Natur fühlt nun endlich innigere Bedürfnisse, die durch die Schmeicheleien der Männer vermehrt werden; ihre vorigen Freuden werden ihr nach und nach unschmackhaft, bis sie endlich einen Menschen an- trifft, zu dem ein unbekanntes Gefühl sie unwiderstehlich hinreißt, auf den sie nun alle ihre Hoffnungen wirft, die Welt rings um sich vergißt, nichts hört, nichts sieht, nichts fühlt als ihn, den Einzigen, sich nur sehnt nach ihm, dem Einzigen. Durch die leeren Vergnü- gungen einer unbeständigen Eitelkeit nicht verdorben, zieht ihr Verlangen gerade nach dem Zweck, sie will die Seinige werden, sie will in ewiger Verbindung all das Glück antreffen, das ihr mangelt, die Vereinigung aller Freuden genießen, nach denen sie sich sehnte. Wiederholtes Versprechen, das ihr die Gewißheit aller Hoffnungen versiegelt, kühne Liebkosungen, die ihre Begierden vermehren, umfangen ganz ihre Seele; sie schwebt in einem dumpfen Bewußt- sein, in einem Vorgefühl aller Freuden, sie ist bis auf den höchsten Grad gespannt, sie streckt endlich ihre Arme aus, all ihre Wünsche zu umfassen — und ihr Geliebter verläßt sie. — Erstarrt, ohne Sinne steht sie vor einem Abgrunde; alles ist Finsternis um sie her, keine Aussicht, kein Trost, keine Ahnung! denn *der* hat sie verlassen, in dem sie allein ihr Dasein fühlte. Sie sieht nicht die weite Welt, die vor ihr liegt, nicht die Vielen, die ihr den Verlust ersetzen könnten, sie fühlt sich allein, verlassen von aller Welt, und blind, in die Enge gepreßt von der entsetzlichen Not ihres Herzens, stürzt sie sich hinunter, um in einem rings umfangenden Tode alle ihre Qualen zu ersticken. — Sieh, Albert, das ist die Geschichte so manches Men- schen! und sag', ist das nicht der Fall der Krankheit? Die Natur fin- det keinen Ausweg aus dem Labyrinthe der verworrenen und widersprechenden Kräfte, und der Mensch muß sterben.

Wehe dem, der zusehen und sagen könnte: Die Törin! Hätte sie gewartet, hätte sie die Zeit wirken lassen, die Verzweifelung würde sich schon gelegt, es würde sich schon ein anderer sie zu trösten vorgefunden haben. — Das ist eben, als wenn einer sagte: Der Tor, stirbt am Fieber! Hätte er gewartet, bis seine Kräfte sich erholt, seine Säfte sich verbessert, der Tumult seines Blutes sich gelegt hät- ten: alles wäre gut gegangen, und er lebte bis auf den heutigen Tag!

Albert, dem die Vergleichung noch nicht anschaulich war, wandte noch einiges ein, und unter andern: ich hätte nur von einem einfältigen Mädchen gesprochen; wie aber ein Mensch von Verstande, der nicht so eingeschränkt sei, der mehr Verhältnisse übersehe, zu entschuldigen sein möchte, könne er nicht begreifen. — Mein Freund, rief ich aus, der Mensch ist Mensch, und das bißchen Verstand, das einer haben mag, kommt wenig oder nicht in Anschlag, wenn Leidenschaft wütet und die Grenzen der Menschheit einen drängen. Vielmehr — Ein andermal davon — sagt' ich, und griff nach meinem Hute. O mir war das Herz so voll — Und wir gingen aus einander, ohne einander verstanden zu haben. Wie denn auf dieser Welt keiner leicht den andern versteht.

Am 15. August.

Es ist doch gewiß, daß in der Welt den Menschen nichts notwendig macht als die Liebe. Ich fühl's an Lotten, daß sie mich ungern verlöre, und die Kinder haben keinen andern Begriff, als daß ich immer morgen wiederkommen würde. Heut' war ich hinausgegangen, Lottens Klavier zu stimmen, ich konnte aber nicht dazu kommen, denn die Kleinen verfolgten mich um ein Märchen, und Lotte sagte selbst, ich sollte ihnen den Willen tun. Ich schnitt ihnen das Abendbrot, das sie nun fast so gern von mir als von Lotten annehmen, und erzählte ihnen das Hauptstückchen von der Prinzessin, die von Händen bedient wird. Ich lerne viel dabei, das versichr' ich dich, und ich bin erstaunt, was es auf sie für Eindrücke macht. Weil ich manchmal einen Inzidentpunkt erfinden muß, den ich beim zweitenmal vergesse, sagen sie gleich, das vorigemal wär's anders gewesen, so daß ich mich jetzt übe, sie unveränderlich in einem singenden Silbenfall an einem Schnürchen weg zu rezitieren.

Ich habe daraus gelernt, wie ein Autor durch eine zweite veränderte Ausgabe seiner Geschichte, und wenn sie poetisch noch so besser geworden wäre, notwendig seinem Buche schaden muß. Der erste Eindruck findet uns willig, und der Mensch ist gemacht, daß man ihn das Abenteuerlichste überreden kann; das haftet aber auch gleich so fest, und wehe dem, der es wieder auskratzen und austilgen will!

———————

Mußte denn das so sein, daß das, was des Menschen Glückseligkeit macht, wieder die Quelle seines Elends würde?

Das volle, warme Gefühl meines Herzens an der lebendigen Natur, das mich mit so vieler Wonne überströmte das rings umher die Welt mir zu einem Paradiese schuf, wird mir jetzt zu einem unerträglichen Peiniger, zu einem quälenden Geist, der mich auf allen Wegen verfolgt. Wenn ich sonst vom Felsen über den Fluß bis zu jenen Hügeln das fruchtbare Tal überschaute, und alles um mich her keimen und quellen sah; wenn ich jene Berge, vom Fuße bis auf zum Gipfel, mit hohen, dichten Bäumen bekleidet, jene Täler in ihren mannigfalten Krümmungen von den lieblichsten Wäldern beschattet sah, und der sanfte Fluß zwischen den lispelnden Rohren dahin gleitete und die lieben Wolken abspiegelte, die der sanfte Abendwind am Himmel herüberwiegte; wenn ich dann die Vögel um mich den Wald beleben hörte, und die Millionen Mückenschwärme im letzten roten Strahle der Sonne mutig tanzten, und ihr letzter zuckender Blick den summenden Käfer aus seinem Grase befreite, und das Schwirren und Weben um mich her mich auf den Boden aufmerksam machte, und das Moos, das meinem harten Felsen seine Nahrung abzwingt, und das Geniste, das den dürren Sandhügel hinunter wächst, mir das innere, glühende, heilige Leben der Natur eröffnete: wie faßt' ich das alles in mein warmes Herz, fühlte mich in der überfließenden Fülle wie vergöttert, und die herrlichen Gestalten der unendlichen Welt bewegten sich allbelebend in meiner Seele. Ungeheure Berge umgaben mich, Abgründe lagen vor mir, und Wetterbäche stürzten herunter, die Flüsse strömten unter mir, und Wald und Gebirg erklang; und ich sah sie wirken und schaffen in einander in den Tiefen der Erde, alle die unergründlichen Kräfte; und nun über der Erde und unter dem Himmel wimmeln die Geschlechter der mannigfaltigen Geschöpfe. Alles, alles bevölkert mit tausendfachen Gestalten; und die Menschen dann sich in Häuslein zusammen sichern und sich annisten und herrschen in ihrem Sinne über die weite Welt! Armer Tor! der du alles so gering achtest, weil du so klein bist. – Vom unzugänglichen Gebirge über die Einöde, die kein Fuß betrat, bis ans Ende des unbekannten Ozeans weht der Geist des Ewigschaffenden und freut sich jedes Staubes, der ihn vernimmt und lebt. – Ach damals, wie oft hab' ich mich mit Fittichen eines Kranichs, der über mich hin flog, zu dem Ufer des ungemessenen Meeres gesehnt, aus dem schäumenden Becher des Unendlichen jene schwellende Lebenswonne zu trinken, und nur einen Augenblick in der eingeschränkten Kraft meines Busens einen Tropfen der Seligkeit des Wesens zu fühlen, das alles in sich und durch sich hervorbringt.

Bruder, nur die Erinnerung jener Stunden macht mir wohl. Selbst diese Anstrengung, jene unsäglichen Gelüste zurückzurufen, wieder auszusprechen, hebt meine Seele über sich selbst und läßt mich dann das Bange des Zustandes doppelt empfinden, der mich jetzt umgibt.

Es hat sich vor meiner Seele wie ein Vorhang weggezogen, und der Schauplatz des unendlichen Lebens verwandelt sich vor mir in den Abgrund des ewig offenen Grabs. Kannst du sagen: *Das ist!* da alles vorüber geht? da alles mit der Wetterschnelle vorüber rollt, so selten die ganze Kraft seines Daseins ausdauert, ach! in den Strom fortgerissen, untergetaucht und an Felsen zerschmettert wird? Da ist kein Augenblick, der nicht dich verzehrte und die Deinigen um dich her, kein Augenblick, da du nicht ein Zerstörer bist, sein mußt; der harmloseste Spaziergang kostet tausend armen Würmchen das Leben, es zerrüttet *ein* Fußtritt die mühseligen Gebäude der Ameisen, und stampft eine kleine Welt in ein schmähliches Grab. Ha! nicht die große seltene Not der Welt, diese Fluten, die eure Dörfer wegspülen, diese Erdbeben, die eure Städte verschlingen, rühren mich; mir untergräbt das Herz die verzehrende Kraft, die in dem All der Natur verborgen liegt; die nichts gebildet hat, das nicht seinen Nachbar, nicht sich selbst zerstörte. Und so taumle ich beängstigt! Himmel und Erde und ihre webenden Kräfte um mich her! ich sehe nichts als ein ewig verschlingendes, ewig wiederkäuendes Ungeheuer.

———

Am 21. August.

Umsonst strecke ich meine Arme nach ihr aus, morgens, wenn ich von schweren Träumen aufdämmere, vergebens such' ich sie nachts in meinem Bette, wenn mich ein glücklicher unschuldiger Traum getäuscht hat, als säß' ich neben ihr auf der Wiese und hielt' ihre Hand und deckte sie mit tausend Küssen. Ach, wenn ich dann noch halb im Taumel des Schlafes nach ihr tappe, und drüber mich ermuntere — ein Strom von Tränen bricht aus meinem gepreßten Herzen, und ich weine trostlos einer finstern Zukunft entgegen.

———

Es ist ein Unglück, Wilhelm, meine tätigen Kräfte sind zu einer unruhigen Lässigkeit verstimmt, ich kann nicht müßig sein und kann doch auch nichts tun. Ich hab' keine Vorstellungskraft, kein Gefühl an der Natur, und die Bücher ekeln mich an. Wenn wir uns selbst fehlen, fehlt uns doch alles. Ich schwöre dir, manchmal wünschte ich, ein Taglöhner zu sein, um nur des Morgens beim Erwachen eine Aussicht auf den künftigen Tag, einen Drang, eine Hoffnung zu haben. Oft beneid' ich Alberten, den ich über die Ohren in Akten begraben sehe, und bilde mir ein, mir wäre wohl, wenn ich an seiner Stelle wäre! Schon etlichemal ist mir's so aufgefahren, ich wollte dir schreiben und dem Minister, um die Stelle bei der Gesandtschaft anzuhalten, die, wie du versicherst, mir nicht versagt werden würde. Ich glaube es selbst. Der Minister liebt mich seit langer Zeit, hatte lange mir angelegen, ich sollte mich irgend einem Geschäfte widmen; und eine Stunde ist mir's auch wohl drum zu tun. Hernach wenn ich wieder dran denke, und mir die Fabel vom Pferde einfällt, das, seiner Freiheit ungeduldig, sich Sattel und Zeug auflegen läßt, und zuschanden geritten wird — ich weiß nicht, was ich soll. — Und, mein Lieber! ist nicht vielleicht das Sehnen in mir nach Veränderung des Zustands eine innre unbehagliche Ungeduld, die mich überall hin verfolgen wird?

Es ist wahr, wenn meine Krankheit zu heilen wäre, so würden diese Menschen es tun. Heut' ist mein Geburtstag, und in aller Frühe empfang' ich ein Päckchen von Alberten. Mir fällt beim Eröffnen sogleich eine der blaßroten Schleifen in die Augen, die Lotte vor hatte, als ich sie kennen lernte, und um die ich sie seither etlichemal gebeten hatte. Es waren zwei Büchelchen in Duodez dabei, der kleine Wetsteinische Homer, eine Ausgabe, nach der ich so oft verlangt, um mich auf dem Spaziergange mit dem Ernestischen nicht zu schleppen. Sieh! so kommen sie meinen Wünschen zuvor, so suchen sie alle die kleinen Gefälligkeiten der Freundschaft auf, die tausendmal werter sind als jene blendenden Geschenke, wodurch uns die Eitelkeit des Gebers erniedrigt. Ich küsse diese Schleife tausendmal, und mit jedem Atemzuge schlürfe ich die Erinnerung jener Seligkeiten ein, mit denen mich jene wenigen, glücklichen, unwiederbringlichen Tage überfüllten. Wilhelm, es ist so, und ich murre nicht, die Blüten des Lebens sind nur Erscheinungen! Wie viele gehn vorüber, ohne eine Spur hinter sich zu lassen, wie wenige setzen Frucht an, und wie wenige dieser Früchte werden reif! Und doch sind deren noch genug da; und doch — O mein Bruder! — können wir gereifte Früchte vernachlässigen, verachten, ungenossen verfaulen lassen?

Lebe wohl! Es ist ein herrlicher Sommer; ich sitze oft auf den Obstbäumen in Lottens Baumstück mit dem Obstbrecher, der langen Stange, und hole die Birnen aus dem Gipfel. Sie steht unten und nimmt sie ab, wenn ich sie ihr herunter lasse.

Am 30. August.

Unglücklicher! Bist du nicht ein Tor? betrügst du dich nicht selbst? Was soll diese tobende endlose Leidenschaft? Ich habe kein Gebet mehr als an sie; meiner Einbildungskraft erscheint keine andere Gestalt als die ihrige, und alles in der Welt um mich her sehe ich nur im Verhältnisse mit ihr. Und das macht mir denn so manche glückliche Stunde — bis ich mich wieder von ihr losreißen muß! Ach, Wilhelm! wozu mich mein Herz oft drängt! — Wenn ich bei ihr gesessen bin, zwei, drei Stunden, und mich an ihrer Gestalt, an ihrem Betragen, an dem himmlischen Ausdruck ihrer Worte geweidet habe, und nun nach und nach alle meine Sinne aufgespannt werden, mir es düster vor den Augen wird, ich kaum noch höre, und es mich an die Gurgel faßt wie ein Meuchelmörder, dann mein Herz in wilden Schlägen den bedrängten Sinnen Luft zu machen sucht und ihre Verwirrung nur vermehrt — Wilhelm, ich weiß oft nicht, ob ich auf der Welt bin! Und — wenn nicht manchmal die Wehmut das Übergewicht nimmt, und Lotte mir den elenden Trost erlaubt, auf ihrer Hand meine Beklemmung auszuweinen — so muß ich fort, muß hinaus! und schweife dann weit im Felde umher; einen jähen Berg zu klettern ist dann meine Freude, durch einen unwegsamen Wald einen Pfad durchzuarbeiten, durch die Hecken, die mich verletzen, durch die Dornen, die mich zerreißen! Da wird mir's etwas besser! Etwas! Und wenn ich vor Müdigkeit und Durst manchmal unterwegs liegen bleibe, manchmal in der tiefen Nacht, wenn der hohe Vollmond über mir steht, im einsamen Walde auf einen krumm gewachsenen Baum mich setze, um meinen verwundeten Sohlen nur einige Linderung zu verschaffen, und dann in einer ermattenden Ruhe in dem Dämmerschein hinschlummre! O Wilhelm! die einsame Wohnung einer Zelle, das härene Gewand und der Stachelgürtel wären Labsale, nach denen meine Seele schmachtet. Adieu! Ich sehe dieses Elends kein Ende als das Grab.

Am 3. September.

Ich muß fort! Ich danke dir, Wilhelm, daß du meinen wankenden Entschluß bestimmt hast. Schon vierzehn Tage geh' ich mit dem Gedanken um, sie zu verlassen. Ich muß fort. Sie ist wieder in der

Stadt bei einer Freundin. Und Albert — und — ich muß fort!

Das war eine Nacht! Wilhelm! nun übersteh' ich alles. Ich werde sie nicht wieder sehn! O daß ich nicht an deinen Hals fliegen, dir mit tausend Tränen und Entzückungen ausdrücken kann, mein Bester, die Empfindungen, die mein Herz bestürmen. Hier sitz' ich und schnappe nach Luft, suche mich zu beruhigen, erwarte den Morgen, und mit Sonnenaufgang sind die Pferde bestellt.

Ach, sie schläft ruhig und denkt nicht, daß sie mich nie wieder sehen wird. Ich habe mich losgerissen, bin stark genug gewesen, in einem Gespräch von zwei Stunden mein Vorhaben nicht zu verraten. Und Gott, welch ein Gespräch!

Albert hatte mir versprochen, gleich nach dem Nachtessen mit Lotten im Garten zu sein. Ich stand auf der Terrasse unter den hohen Kastanienbäumen, und sah der Sonne nach, die mir nun zum letztenmale über dem lieblichen Tale, über dem sanften Fluß unterging. So oft hatte ich hier gestanden mit ihr, und eben dem herrlichen Schauspiele zugesehen, und nun — Ich ging in der Allee auf und ab, die mir so lieb war; ein geheimer sympathetischer Zug hatte mich hier so oft gehalten, eh' ich noch Lotten kannte, und wie freuten wir uns, als wir im Anfang unsrer Bekanntschaft die wechselseitige Neigung zu diesem Plätzchen entdeckten, das wahrhaftig eins von den romantischsten ist, die ich von der Kunst hervorgebracht gesehen habe.

Erst hast du zwischen den Kastanienbäumen die weite Aussicht — Ach, ich erinnere mich, ich habe dir, denk' ich, schon viel davon geschrieben, wie hohe Buchenwände einen endlich einschließen und durch ein daran stoßendes Boskett die Allee immer düstrer wird, bis zuletzt alles sich in ein geschlossenes Plätzchen endigt, das alle Schauer der Einsamkeit umschweben. Ich fühl' es noch, wie heimlich mir's ward, als ich zum erstenmale an einem hohen Mittage hinein trat; ich ahnete ganz leise, was für ein Schauplatz das noch werden sollte von Seligkeit und Schmerz.

Ich hatte mich etwa eine halbe Stunde in den schmachtenden, süßen Gedanken des Abscheidens, des Wiedersehens geweidet, als ich sie die Terrasse herauf steigen hörte. Ich lief ihnen entgegen, mit einem Schauer faßt' ich ihre Hand und küßte sie. Wir waren eben herauf getreten, als der Mond hinter dem buschigen Hügel aufging; wir redeten mancherlei und kamen unvermerkt dem düstern Kabinette näher. Lotte trat hinein und setzte sich, Albert neben sie, ich auch; doch meine Unruhe ließ mich nicht lange sitzen; ich stand auf, trat vor sie, ging auf und ab, setzte mich wieder: es war ein ängstlicher Zustand. Sie machte uns aufmerksam auf die schöne Wirkung des Mondenlichtes, das am Ende der Buchenwände die ganze Terrasse vor uns erleuchtete: ein herrlicher Anblick, der um so viel frappanter war, weil uns rings eine tiefe Dämmerung einschloß. Wir waren still, und sie fing nach einer Weile an: Niemals geh' ich im Mondenlichte spazieren, niemals, daß mir nicht der Gedanke an meine Verstorbenen begegnete, daß nicht das Gefühl von Tod, von Zukunft über mich käme. Wir werden sein! fuhr sie mit der Stimme des herrlichsten Gefühls fort; aber, Werther, sollen wir uns wieder finden? wieder erkennen? Was ahnen Sie? was sagen Sie?

Lotte, sagt' ich, indem ich ihr die Hand reichte und mir die Augen voll Tränen wurden, wir werden uns wieder sehn! hier und dort wieder sehn! — Ich konnte nicht weiter reden — Wilhelm, mußte sie mich das fragen, da ich diesen ängstlichen Abschied im Herzen hatte!

Und ob die lieben Abgeschiednen von uns wissen, fuhr sie fort, ob sie fühlen, wann's uns wohl geht, daß wir mit warmer Liebe uns ihrer erinnern? O! die Gestalt meiner Mutter schwebt immer um mich, wenn ich am stillen Abend unter ihren Kindern, unter meinen Kindern sitze und sie um mich versammelt sind, wie sie um sie versammelt waren. Wenn ich dann mit einer sehnenden Träne gen Himmel sehe und wünsche, daß sie herein schauen könnte einen Augenblick, wie ich mein Wort halte, das ich ihr in der Stunde des Todes gab: die Mutter ihrer Kinder zu sein. Mit welcher Empfindung ruf' ich aus: Verzeihe mir's, Teuerste, wenn ich ihnen nicht bin, was du ihnen warst. Ach! tu' ich doch alles, was ich kann; sind sie doch gekleidet, genährt, ach, und, was mehr ist als das alles, gepflegt und geliebt. Könntest du unsere Eintracht sehen, liebe Heilige! du würdest mit dem heißesten Danke den Gott verherrlichen, den du mit den letzten, bittersten Tränen um die Wohlfahrt deiner Kinder batest.

Sie sagte das! o Wilhelm, wer kann wiederholen, was sie sagte! Wie kann der kalte tote Buchstabe diese himmlische Blüte des Geistes darstellen! Albert fiel ihr sanft in die Rede: Es greift Sie zu stark an, liebe Lotte! ich weiß, Ihre Seele hängt sehr nach diesen Ideen, aber ich bitte Sie — O Albert, sagte sie, ich weiß, du vergißt nicht die Abende, da wir zusammen saßen an dem kleinen runden Tischchen, wenn der Papa verreist war, und wir die Kleinen schlafen geschickt hatten. Du hattest oft ein gutes Buch, und kamst so selten dazu, etwas zu lesen — War der Umgang dieser herrlichen Seele nicht mehr als alles? die schöne, sanfte, muntere und immer tätige Frau! Gott kennt meine Tränen, mit denen ich mich oft in meinem Bette vor ihn hinwarf: er möchte mich ihr gleich machen.

Lotte! rief ich aus, indem ich mich vor sie hinwarf, ihre Hand nahm und mit tausend Tränen netzte, Lotte! der Segen Gottes ruht über dir, und der Geist deiner Mutter! — Wenn Sie sie gekannt hätten, sagte sie, indem sie mir die Hand drückte, — sie war wert, von Ihnen gekannt zu sein! — Ich glaubte zu vergehen. Nie war ein größeres, stolzeres Wort über mich ausgesprochen worden — und sie fuhr fort: Und diese Frau mußte in der Blüte ihrer Jahre dahin, da ihr jüngster Sohn nicht sechs Monate alt war! Ihre Krankheit dauerte nicht lange; sie war ruhig, hingegeben, nur ihre Kinder taten ihr weh, besonders das kleine. Wie es gegen das Ende ging, und sie zu mir sagte: Bring' mir sie herauf, und wie ich sie herein führte, die kleinen, die nicht wußten, und die ältesten, die ohne Sinne waren, wie sie ums Bette standen, und wie sie die Hände aufhob und über sie betete, und sie küßte nach einander und sie wegschickte und zu mir sagte: Sei ihre Mutter! — Ich gab ihr die Hand drauf! — Du versprichst viel, meine Tochter, sagte sie, das Herz einer Mutter und das Aug' einer Mutter. Ich hab' oft an deinen dankbaren Tränen gesehen, daß du fühlst, was das sei. Hab' es für deine Geschwister, und für deinen Vater die Treue und den Gehorsam einer Frau. Du wirst ihn trösten. — Sie fragte nach ihm, er war ausgegangen, um uns den unerträglichen Kummer zu verbergen, den er fühlte, der Mann war ganz zerrissen.

Albert, du warst im Zimmer. Sie hörte jemand gehn und fragte und forderte dich zu sich, und wie sie dich ansah und mich, mit dem getrösteten ruhigen Blicke, daß wir glücklich sein, zusammen glücklich sein würden — Albert fiel ihr um den Hals und küßte sie und rief: Wir sind es! wir werden's sein! — Der ruhige Albert war ganz aus seiner Fassung, und ich wußte nichts von mir selber.

Werther, fing sie an, und diese Frau sollte dahin sein! Gott! wenn ich manchmal denke, wie man das Liebste seines Lebens wegtragen läßt, und niemand als die Kinder das so scharf fühlt, die sich noch lange beklagten, die schwarzen Männer hätten die Mama weggetragen.

Sie stand auf, und ich ward erweckt und erschüttert, blieb sitzen und hielt ihre Hand. — Wir wollen fort, sagte sie, es wird Zeit. Sie wollte ihre Hand zurückziehen, und ich hielt sie fester. — Wir werden uns wieder sehn, rief ich, wir werden uns finden, unter allen Gestalten werden wir uns erkennen. Ich gehe, fuhr ich fort, ich gehe willig, und doch, wenn ich sagen sollte auf ewig, ich würde es nicht aushalten. Leb' wohl, Lotte! Leb' wohl, Albert! Wir sehn uns wieder. — Morgen, denk' ich, versetzte sie scherzend. — Ich fühlte das Morgen! Ach, sie wußte nicht, als sie ihre Hand aus der meinen zog – Sie gingen die Allee hinaus, ich stand, sah ihnen nach im Mondscheine, und warf mich an die Erde und weinte mich aus, und sprang auf, und lief auf die Terrasse hervor, und sah noch dort unten im Schatten der hohen Lindenbäume ihr weißes Kleid nach der Gartentür schimmern, ich streckte meine Arme aus, und es verschwand.

———

LOTTE

ZWEITES BUCH

Am 20. Oktober 1771.

Gestern sind wir hier angelangt. Der Gesandte ist unpaß und wird sich also einige Tage einhalten. Wenn er nur nicht so unhold wäre, wär' alles gut. Ich merke, ich merke, das Schicksal hat mir harte Prüfungen zugedacht. Doch gutes Muts! Ein leichter Sinn trägt alles! Ein leichter Sinn? das macht mich zu lachen, wie das Wort in meine Feder kommt. O ein bißchen leichteres Blut würde mich zum Glücklichsten unter der Sonne machen. Was! da, wo andere mit ihrem bißchen Kraft und Talent vor mir in behaglicher Selbstgefälligkeit herum schwadronieren, verzweifl' ich an meiner Kraft, an meinen Gaben? Guter Gott, der du mir das alles schenktest, warum hieltest du nicht die Hälfte zurück und gabst mir Selbstvertrauen und Genügsamkeit!

Geduld! Geduld! es wird besser werden. Denn ich sage dir, Lieber, du hast Recht. Seit ich unter dem Volke alle Tage herumgetrieben werde und sehe, was sie tun und wie sie's treiben, steh' ich viel besser mit mir selbst. Gewiß, weil wir doch einmal so gemacht sind, daß wir alles mit uns und uns mit allem vergleichen, so liegt Glück oder Elend in den Gegenständen, womit wir uns zusammenhalten, und da ist nichts gefährlicher als die Einsamkeit. Unsere Einbildungskraft, durch ihre Natur gedrungen sich zu erheben, durch die phantastischen Bilder der Dichtkunst genährt, bildet sich eine Reihe Wesen hinauf, wo wir das unterste sind und alles außer uns herrlicher erscheint, jeder andre vollkommner ist. Und das geht ganz natürlich zu. Wir fühlen so oft, daß uns manches mangelt, und eben was uns fehlt, scheint uns oft ein anderer zu besitzen, dem wir denn auch alles dazu geben, was *wir* haben, und noch eine gewisse Idealische Behaglichkeit dazu. Und so ist der Glückliche vollkommen fertig, das Geschöpf unserer selbst.

Dagegen, wenn wir mit all unsrer Schwachheit und Mühseligkeit nur gerade fortarbeiten, so finden wir gar oft, daß wir mit unserem Schlendern und Lavieren es weiter bringen als andre mit ihren Segeln und Rudern – und – das ist doch ein wahres Gefühl seiner selbst, wenn man andern gleich oder gar vorläuft.

Am 26. November 1771.

Ich fange an, mich insofern ganz leidlich hier zu befinden. Das beste ist, daß es zu tun genug gibt; und dann die vielerlei Menschen, die allerlei neuen Gestalten machen mir ein buntes Schauspiel vor meiner Seele. Ich habe den Grafen C… kennen lernen, einen Mann, den ich jeden Tag mehr verehren muß, einen weiten, großen Kopf, und der deswegen nicht kalt ist, weil er viel übersieht; aus dessen Umgange so viel Empfindung für Freundschaft und Liebe hervorleuchtet. Er nahm teil an mir, als ich einen Geschäftsauftrag an ihn ausrichtete und er bei den ersten Worten merkte, daß wir uns verstanden, daß er mit mir reden konnte wie nicht mit jedem. Auch kann ich sein offnes Betragen gegen mich nicht genug rühmen. So eine wahre warme Freude ist nicht in der Welt, als eine große Seele zu sehen, die sich gegen einen öffnet.

Am 24. Dezember 1771.

Der Gesandte macht mir viel Verdruß, ich hab' es vorausgesehn. Er ist der pünktlichste Narr, den's nur geben kann; Schritt vor Schritt und umständlich wie eine Base; ein Mensch, der nie mit sich selbst zufrieden ist, und dem's daher niemand zu Danke machen kann.

Ich arbeite gern leicht weg, und wie's steht, so steht's; da ist er im stande, mir einen Aufsatz zurückzugeben und zu sagen: Es ist gut, aber sehen Sie ihn durch, man findet immer ein besseres Wort, eine reinere Partikel. — Da möcht' ich des Teufels werden. Kein Und, kein Bindewörtchen darf außenbleiben, und von allen Inversionen, die mir manchmal entfahren, ist er ein Todfeind; wenn man seinen Perioden nicht nach der hergebrachten Melodie heraborgelt, so versteht er gar nichts drin. Das ist ein Leiden, mit so einem Menschen zu tun zu haben.

Das Vertrauen des Grafen von C... ist noch das einzige, was mich schadlos hält. Er sagte mir letzthin ganz aufrichtig, wie unzufrieden er mit der Langsamkeit und Bedenklichkeit meines Gesandten sei. Die Leute erschweren es sich und andern. Doch, sagt' er, man muß sich darein resignieren wie ein Reisender, der über einen Berg muß; freilich, wär' der Berg nicht da, so wär der Weg viel bequemer und kürzer; er ist nun aber da, und man soll hinüber! —

Mein Alter spürt auch wohl den Vorzug, den mir der Graf vor ihm gibt, und das ärgert ihn, und er ergreift jede Gelegenheit, Übels gegen mich vom Grafen zu reden: ich halte, wie natürlich, Widerpart, und dadurch wird die Sache nur schlimmer. Gestern gar bracht' er mich auf, denn ich war mit gemeint: zu so Weltgeschäften sei der Graf ganz gut, er habe viele Leichtigkeit zu arbeiten, und führe eine gute Feder, doch an gründlicher Gelehrsamkeit mangle es ihm wie allen Belletristen. Dazu machte er eine Miene, als ob er sagen wollte: Fühlst du den Stich? Aber es tat bei mir nicht die Wirkung; ich verachtete den Menschen, der so denken und sich so betragen konnte. Ich hielt ihm stand und focht mit ziemlicher Heftigkeit. Ich sagte, der Graf sei ein Mann, vor dem man Achtung haben müsse, wegen seines Charakters sowohl als wegen seiner Kenntnisse. Ich habe, sagt' ich, niemand gekannt, dem's so geglückt wäre, seinen Geist zu erweitern, ihn über unzählige Gegenstände zu verbreiten, und doch diese Tätigkeit fürs gemeine Leben zu behalten. – Das waren dem Gehirne spanische Dörfer, und ich empfahl mich, um nicht über ein weiteres Deraisonnement noch mehr Galle zu schlucken.

Und daran seid ihr alle schuld, die ihr mich in das Joch geschwatzt, und mir so viel von Aktivität vorgesungen habt. Aktivität! Wenn nicht der mehr tut, der Kartoffeln legt, und in die Stadt reitet, sein Korn zu verkaufen, als ich, so will ich zehn Jahre noch mich auf der Galeere abarbeiten, auf der ich nun angeschmiedet bin.

Und das glänzende Elend, die Langeweile unter dem garstigen Volke, das sich hier neben einander sieht! die Rangsucht unter ihnen, wie sie nur wachen und aufpassen, einander ein Schrittchen abzugewinnen; die elendesten, erbärmlichsten Leidenschaften, ganz ohne Röckchen. Da ist ein Weib, zum Exempel, die jedermann von ihrem Adel und ihrem Lande unterhält, so daß jeder Fremde denken muß: das ist eine Närrin, die sich auf das bißchen Adel und auf den Ruf ihres Landes Wunderstreiche einbildet. – Aber es ist noch viel ärger: eben das Weib ist hier aus der Nachbarschaft eine Amtschreiberstochter. – Sieh, ich kann das Menschengeschlecht nicht begreifen, das so wenig Sinn hat, um sich so platt zu prostituieren.

Zwar ich merke täglich mehr, mein Lieber, wie töricht man ist, andre nach sich zu berechnen. Und weil ich so viel mit mir selbst zu tun habe, und dieses Herz so stürmisch ist – ach ich lasse gern die andern ihres Pfades gehen, wenn sie mich nur auch könnten gehn lassen.

Was mich am meisten neckt, sind die fatalen bürgerlichen Verhältnisse. Zwar weiß ich so gut als einer, wie nötig der Unterschied der Stände ist, wie viele Vorteile er mir selbst verschafft: nur soll er mir nicht eben gerade im Wege stehen, wo ich noch ein wenig Freude, einen Schimmer von Glück auf dieser Erde genießen könnte. Ich lernte neulich auf dem Spaziergange ein Fräulein von B… kennen, ein liebenswürdiges Geschöpf, das sehr viele Natur mitten in dem steifen Leben erhalten hat. Wir gefielen uns in unserem Gespräche, und da wir schieden, bat ich sie um Erlaubnis, sie bei sich sehen zu dürfen. Sie gestattete mir das mit so vieler Freimütigkeit, daß ich den schicklichen Augenblick kaum erwarten konnte, zu ihr zu gehen. Sie ist nicht von hier, und wohnt bei einer Tante im Hause. Die Physiognomie der Alten gefiel mir nicht. Ich bezeigte ihr viel Aufmerksamkeit, mein Gespräch war meist an sie gewandt, und in minder als einer halben Stunde hatte ich so ziemlich weg, was mir das Fräulein nachher selbst gestand: daß die liebe Tante in ihrem Alter Mangel von allem, kein anständiges Vermögen, keinen Geist und keine Stütze hat als die Reihe ihrer Vorfahren, keinen Schirm als den Stand, in den sie sich verpalisadiert, und kein Ergetzen, als von ihrem Stockwerk herab über die bürgerlichen Häupter wegzusehen. In ihrer Jugend soll sie schön gewesen sein und ihr Leben weggegaukelt, erst mit ihrem Eigensinne manchen armen Jungen gequält, und in den reifem Jahren sich unter den Gehorsam eines alten Offiziers geduckt haben, der gegen diesen Preis und einen leidlichen Unterhalt das eherne Jahrhundert mit ihr zubrachte, und starb. Nun sieht sie im eisernen sich allein und würde nicht angesehn, wär' ihre Nichte nicht so liebenswürdig.

Was das für Menschen sind, deren ganze Seele auf dem Zeremoniell ruht, deren Dichten und Trachten jahrelang dahin geht, wie sie um einen Stuhl weiter hinauf bei Tische sich einschieben wollen! Und mehr, daß sie sonst keine Angelegenheit hätten: nein, vielmehr häufen sich die Arbeiten, eben weil man über den kleinen Verdrießlichkeiten von Beförderung der wichtigen Sachen abgehalten wird. Vorige Woche gab es bei der Schlittenfahrt Händel, und der ganze Spaß wurde verdorben.

Die Toren, die nicht sehen, daß es eigentlich auf den Platz gar nicht ankommt, und daß der, der den ersten hat, so selten die erste Rolle spielt! Wie mancher König wird durch seinen Minister, wie mancher Minister durch seinen Sekretär regiert! Und wer ist dann der Erste? der, dünkt mich, der die andern übersieht, und so viel Gewalt oder List hat, ihre Kräfte und Leidenschaften zu Ausführung seiner Plane anzuspannen.

———

Am 20. Januar.

Ich muß Ihnen schreiben, liebe Lotte, hier in der Stube einer geringen Bauernherberge, in die ich mich vor einem schweren Wetter geflüchtet habe. So lange ich in dem traurigen Neste D... unter dem fremden, meinem Herzen ganz fremden Volke, herumziehe, hab' ich keinen Augenblick gehabt, keinen, an dem mein Herz mich geheißen hätte, Ihnen zu schreiben; und jetzt in dieser Hütte, in dieser Einsamkeit, in dieser Einschränkung, da Schnee und Schloßen wider mein Fensterchen wüten, hier waren Sie mein erster Gedanke. Wie ich herein trat, überfiel mich Ihre Gestalt, Ihr Andenken, o Lotte! so heilig, so warm! Guter Gott! der erste glückliche Augenblick wieder.

Wenn Sie mich sähen, meine Beste, in dem Schwall von Zerstreuung! wie ausgetrocknet meine Sinne werden! Nicht *einen* Augenblick der Fülle des Herzens, nicht *einen* selige Stunde! nichts! nichts! Ich stehe wie vor einem Raritätenkasten und sehe die Männchen und Gäulchen vor mir herumrücken, und frage mich oft, ob's nicht optischer Betrug ist. Ich spiele mit, vielmehr, ich werde gespielt wie eine Marionette und fasse manchmal meinen

Nachbar an der hölzernen Hand und schaudere zurück. Des Abends nehme ich mir vor, den Sonnenaufgang zu genießen, und komme nicht aus dem Bette; am Tage hoffe ich, mich des Mondscheins zu erfreuen, und bleibe in meiner Stube. Ich weiß nicht recht, warum ich aufstehe, warum ich schlafen gehe.

Der Sauerteig, der mein Leben in Bewegung setzte, fehlt; der Reiz, der mich in tiefen Nächten munter erhielt, ist hin, der mich des Morgens aus dem Schlafe weckte, ist weg.

Ein einzig weibliches Geschöpf hab' ich hier gefunden, eine Fräulein von B..., sie gleicht Ihnen, liebe Lotte, wenn man Ihnen gleichen kann. Ei! werden Sie sagen, der Mensch legt sich auf niedliche Komplimente! Ganz unwahr ist's nicht. Seit einiger Zeit bin ich sehr artig, weil ich doch nicht anders sein kann, habe viel Witz, und die Frauenzimmer sagen: es wüßte niemand so fein zu loben als ich (und zu lügen, setzen Sie hinzu, denn ohne das geht's nicht ab, verstehen Sie?). Ich wollte von Fräulein B... reden. Sie hat viel Seele, die voll aus ihren blauen Augen hervorblickt. Ihr Stand ist ihr zur Last, der keinen der Wünsche ihres Herzens befriedigt. Sie sehnt sich aus dem Getümmel, und wir verphantasieren manche Stunde in ländlichen Szenen von ungemischter Glückseligkeit; ach! und von Ihnen! Wie oft muß sie Ihnen huldigen, muß nicht, tut es freiwillig, hört so gern von Ihnen, liebt Sie. —

O säß' ich zu Ihren Füßen in dem lieben, vertraulichen Zimmerchen, und unsere kleinen Lieben wälzten sich mit einander um mich herum, und wenn sie Ihnen zu laut würden, wollt' ich sie mit einem schauerlichen Märchen um mich zur Ruhe versammeln.

Die Sonne geht herrlich unter über der schneeglänzenden Gegend, der Sturm ist hinüber gezogen, und ich — muß mich wieder in meinen Käfig sperren. — Adieu! Ist Albert bei Ihnen? Und wie —? Gott verzeihe mir diese Frage!

Wir haben seit acht Tagen das abscheulichste Wetter, und mir ist es wohltätig. Denn solang' ich hier bin, ist mir noch kein schöner Tag am Himmel erschienen, den mir nicht jemand verdorben oder verleidet hätte. Wenn's nun recht regnet, und stöbert, und fröstelt, und taut — ha! denk' ich, kann's doch zu Hause nicht schlimmer werden, als es draußen ist, oder umgekehrt, und so ist's gut. Geht die Sonne des Morgens auf und verspricht einen feinen Tag, erwehr' ich mir niemals auszurufen: da haben sie doch wieder ein himmlisches Gut, worum sie einander bringen können! Es ist nichts, worum sie einander nicht bringen. Gesundheit, guter Name, Freudigkeit, Erholung! Und meist aus Albernheit, Unbegriff und Enge, und wenn man sie anhört, mit der besten Meinung. Manchmal möcht' ich sie auf den Knieen bitten, nicht so rasend in ihre eigne Eingeweide zu wüten.

Am 17. Februar.

Ich fürchte, mein Gesandter und ich halten's zusammen nicht lange mehr aus. Der Mann ist ganz und gar unerträglich. Seine Art zu arbeiten und Geschäfte zu treiben ist so lächerlich, daß ich mich nicht enthalten kann ihm zu widersprechen, und oft eine Sache nach meinem Kopf und meiner Art zu machen, das ihm denn, wie natürlich, niemals recht ist. Darüber hat er mich neulich bei Hofe verklagt, und der Minister gab mir einen zwar sanften Verweis, aber es war doch ein Verweis, und ich stand im Begriffe, meinen Abschied zu begehren, als ich einen Privatbrief* von ihm erhielt,

* Man hat aus Ehrfurcht für diesen trefflichen Herrn gedachten Brief, und einen andern, dessen weiter hinten erwähnt wird, dieser Sammlung entzogen, weil

90

einen Brief, vor dem ich niedergekniet, und den hohen, edlen, weisen Sinn angebetet habe. Wie er meine allzu große Empfindlichkeit zurechtweist, wie er meine überspannten Ideen von Wirksamkeit, von Einfluß auf andre, von Durchdringen in Geschäften als jugendlichen guten Mut zwar ehrt, sie nicht auszurotten, nur zu mildern und dahin zu leiten sucht, wo sie ihr wahres Spiel haben, ihre kräftige Wirkung tun können. Auch bin ich auf acht Tage gestärkt, und in mir selbst einig geworden. Die Ruhe der Seele ist ein herrliches Ding, und die Freude an sich selbst. Lieber Freund, wenn nur das Kleinod nicht eben so zerbrechlich wäre, als es schön und kostbar ist.

Am 20. Februar.

Gott segne euch, meine Lieben, geb' euch alle die guten Tage, die er mir abzieht!

Ich danke dir, Albert, daß du mich betrogen hast: ich wartete auf Nachricht, wann euer Hochzeittag sein würde, und hatte mir vorgenommen, feierlichst an demselben Lottens Schattenriß von der Wand zu nehmen, und ihn unter andere Papiere zu begraben. Nun seid ihr ein Paar, und ihr Bild ist noch hier! Nun, so soll's bleiben! Und warum nicht? Ich weiß, ich bin ja auch bei euch, bin dir unbeschadet in Lottens Herzen, habe, ja ich habe den zweiten Platz darin, und will und muß ihn behalten. O ich würde rasend werden, wenn sie vergessen könnte — Albert, in dem Gedanken liegt eine Hölle. Albert, leb' wohl! Leb' wohl, Engel des Himmels! Leb' wohl, Lotte!

man nicht glaubte, eine solche Kühnheit durch den wärmsten Dank des Publikums entschuldigen zu können.

Ich hab' einen Verdruß gehabt, der mich von hier wegtreiben wird. Ich knirsche mit den Zähnen! Teufel! er ist nicht zu ersetzen, und ihr seid doch allein schuld daran, die ihr mich sporntet und triebt und quältet, mich in einen Posten zu begeben, der nicht nach meinem Sinne war. Nun hab' ich's! nun habt ihr's! Und daß du nicht wieder sagst, meine überspannten Ideen verdürben alles, so hast du hier, lieber Herr, eine Erzählung, plan und nett, wie ein Chronikenschreiber das aufzeichnen würde.

Der Graf von C... liebt mich, distinguiert mich, das ist bekannt, das hab' ich dir schon hundertmal gesagt. Nun war ich gestern bei ihm zu Tafel, eben an dem Tage, da Abends die noble Gesellschaft von Herren und Frauen bei ihm zusammenkommt, an die ich nie gedacht hab', auch mir nie aufgefallen ist, daß wir Subalternen nicht hineingehören. Gut. Ich speise bei dem Grafen, und nach Tische gehn wir in dem großen Saal auf und ab, ich rede mit ihm, mit dem Obristen B..., der dazu kommt, und so rückt die Stunde der Gesellschaft heran. Ich denke, Gott weiß, an nichts. Da tritt herein die übergnädige Dame von S... mit ihrem Herrn Gemahl und wohl ausgebrüteten Gänslein Tochter mit der flachen Brust und niedlichem Schnürleibe, machen en passant ihre hergebrachten, hochadelichen Augen und Naslöcher, und wie mir die Nation von Herzen zuwider ist, wollt' ich mich eben empfehlen, und wartete nur, bis der Graf vom garstigen Gewäsche frei wäre, als meine Fräulein B... herein trat. Da mir das Herz immer ein bißchen aufgeht, wenn ich sie sehe, blieb ich eben, stellte mich hinter ihren Stuhl, und bemerkte erst nach einiger Zeit, daß sie mit weniger Offenheit als sonst, mit einiger Verlegenheit mit mir redete. Das fiel mir auf. Ist sie auch wie all das Volk, dacht' ich, und war angestochen und wollte gehen, und doch blieb ich, weil ich sie gerne entschuldigt hätte, und es nicht glaubte, und noch ein gut Wort von ihr hoffte, und — was du willst. Unterdessen füllt sich die Gesellschaft. Der Baron F... mit der ganzen Garderobe von den Krönungszeiten Franz des Ersten her, der Hofrat R…, hier aber in qualitate Herr von R… genannt, mit seiner tauben Frau etc., den übel fournierten J… nicht zu vergessen, der die Lücken seiner altfränkischen Garderobe mit neumodischen Lappen ausflickt, das kommt zu Hauf, und ich rede mit einigen meiner Bekanntschaft, die alle sehr lakonisch sind. Ich dachte – und gab nur auf meine B… Acht. Ich merkte nicht, daß die Weiber am Ende des Saales sich in die Ohren flüsterten, daß es auf die Männer zirkulierte, daß Frau von S… mit dem Grafen redete (das alles hat mir Fräulein B… nachher erzählt), bis endlich der Graf auf mich losging und mich in ein Fenster nahm. – Sie wissen, sagt' er, unsere wunderbaren Verhältnisse; die Gesellschaft ist unzufrieden, merk' ich, Sie hier zu sehn. Ich wollte nicht um alles – Ihro Exzellenz, fiel ich ein, ich bitte tausendmal um Verzeihung; ich hätte eher dran denken sollen, und ich weiß, Sie vergeben mir diese Inkonsequenz; ich wollte schon vorhin mich empfehlen, ein böser Genius hat mich zurückgehalten, setzte ich lächelnd hinzu, indem ich mich neige. – Der Graf drückte meine Hände mit einer Empfindung, die alles sagte. Ich strich mich sacht aus der vornehmen Gesellschaft, ging, setzte mich in ein Kabriolett und fuhr nach M…, dort vom Hügel die Sonne untergehen zu sehen und dabei in meinem Homer den herrlichen Gesang zu lesen, wie Ulyß von dem trefflichen Schweinhirten bewirtet wird. Das war alles gut.

Des Abends komm' ich zurück zu Tische, es waren noch wenige in der Gaststube; die würfelten auf einer Ecke, hatten das Tischtuch zurückgeschlagen. Da kommt der ehrliche Adelin hinein, legt seinen Hut nieder, indem er mich ansieht, tritt zu mir und sagt leise: Du hast Verdruß gehabt? – Ich? sagt' ich. – Der Graf hat dich aus der Gesellschaft gewiesen. – Hol' sie der Teufel! sagt' ich, mir war's lieb, daß ich in die freie Luft kam. – Gut, sagt' er, daß du's auf die leichte Achsel nimmst; nur verdrießt mich's, es ist schon überall herum. – Da fing mir das Ding erst an zu wurmen. Alle, die zu Tische kamen und mich ansahen, dacht' ich, die sehen dich darum an! Das gab böses Blut.

Und da man nun heute gar, wo ich hintrete, mir bedauert, da ich höre, daß meine Neider nun triumphieren und sagen: da sähe man's, wo es mit den Übermütigen hinaus ginge, die sich ihres biß-chen Kopfs überhüben und glaubten, sich darum über alle Verhält-nisse hinaussetzen zu dürfen, und was des Hundegeschwätzes mehr ist – da möchte man sich ein Messer ins Herz bohren; denn man rede von Selbständigkeit was man will, den will ich sehen, der dulden kann, daß Schurken über ihn reden, wenn sie einen Vorteil über ihn haben; wenn ihr Geschwätze leer ist, ach da kann man sie leicht lassen.

Am 16. März.

Es hetzt mich alles. Heut' treff' ich die Fräulein B... in der Allee, ich konnte mich nicht enthalten, sie anzureden und ihr, sobald wir etwas entfernt von der Gesellschaft waren, meine Empfindlichkeit über ihr neuliches Betragen zu zeigen. – O Werther, sagte sie mit einem innigen Tone, konnten Sie meine Verwirrung so auslegen, da Sie mein Herz kennen? Was ich gelitten habe um Ihrentwillen, von dem Augenblicke an, da ich in den Saal trat! Ich sah alles voraus, hundertmal saß mir's auf der Zunge, es Ihnen zu sagen. Ich wußte, daß die von S... und T... mit ihren Männern eher aufbrechen wür-den, als in Ihrer Gesellschaft zu bleiben; ich wußte, daß der Graf es mit ihnen nicht verderben darf, – und jetzo der Lärm! – Wie, Fräulein? sagt' ich und verbarg meinen Schrecken; denn alles, was Adelin mir ehegestern gesagt hatte, lief mir wie siedend Wasser durch die Adern in diesem Augenblicke. – Was hat mich's schon gekostet! sagte das süße Geschöpf, indem ihr die Tränen in den Augen standen. – Ich war nicht Herr mehr von mir selbst, war im Begriffe, mich ihr zu Füßen zu werfen. – Erklären Sie sich! rief ich.

— Die Tränen liefen ihr die Wangen herunter. Ich war außer mir. Sie trocknete sie ab, ohne sie verbergen zu wollen. Meine Tante kennen Sie, fing sie an, sie war gegenwärtig und hat, o mit was für Augen hat sie das angesehen! Werther, ich habe gestern Nacht ausgestanden, und heut' früh eine Predigt über meinen Umgang mit Ihnen, und ich habe müssen zuhören Sie herabsetzen, erniedrigen, und konnte und durfte Sie nur halb verteidigen.

Jedes Wort, das sie sprach, ging mir wie ein Schwert durchs Herz. Sie fühlte nicht, welche Barmherzigkeit es gewesen wäre, mir das alles zu verschweigen, und nun fügte sie noch dazu, was weiter würde geträtscht werden, was eine Art Menschen darüber triumphieren würde. Wie man sich nunmehr über die Strafe meines Übermuts und meiner Geringschätzung andrer, die sie mir schon lange vorwerfen, kitzeln und freuen würde. Das alles, Wilhelm, von ihr zu hören, mit der Stimme der wahrsten Teilnehmung — Ich war zerstört, und bin noch wütend in mir. Ich wollte, daß sich einer unterstünde, mir's vorzuwerfen, daß ich ihm den Degen durch den Leib stoßen könnte; wenn ich Blut sähe, würde mir's besser werden. Ach, ich hab' hundertmal ein Messer ergriffen, um diesem gedrängten Herzen Luft zu machen. Man erzählt von einer edlen Art Pferde, die, wenn sie schrecklich erhitzt und aufgejagt sind, sich selbst aus Instinkt eine Ader aufbeißen, um sich zum Atem zu helfen. So ist mir's oft, ich möchte mir eine Ader öffnen, die mir die ewige Freiheit schaffte.

———

Am 24. März.

Ich habe meine Entlassung vom Hofe verlangt und werde sie, hoff' ich, erhalten, und ihr werdet mir verzeihen, daß ich nicht erst Erlaubnis dazu bei euch geholt habe. Ich mußte nun einmal fort, und was ihr zu sagen hattet, um mir das Bleiben einzureden, weiß ich alles, und also – Bring' das meiner Mutter in einem Säftchen bei, ich kann mir selbst nicht helfen, und sie mag sich gefallen lassen, wenn ich ihr auch nicht helfen kann. Freilich muß es ihr weh tun. Den schönen Lauf, den ihr Sohn gerade zum Geheimenrat und Gesandten ansetzte, so auf einmal Halte machen zu sehen, und rückwärts mit dem Tierchen in den Stall! Macht nun daraus, was ihr wollt, und kombiniert die möglichen Fälle, unter denen ich hätte bleiben können und sollen; genug, ich gehe, und damit ihr wißt, wo ich hinkomme, so ist hier der Fürst ***, der vielen Geschmack an meiner Gesellschaft findet; der hat mich gebeten, da er von meiner Absicht hörte, mit ihm auf seine Güter zu gehen und den schönen Frühling da zuzubringen. Ich soll ganz mir selbst gelassen sein, hat er mir versprochen, und da wir uns zusammen bis auf einen gewissen Punkt verstehn, so will ich's denn auf gut Glück wagen und mit ihm gehen.

Zur Nachricht

Am 19. April.

Danke für deine beiden Briefe. Ich antwortete nicht, weil ich dieses Blatt liegen ließ, bis mein Abschied vom Hofe da wäre; ich fürchtete, meine Mutter möchte sich an den Minister wenden und mir mein Vorhaben erschweren. Nun aber ist's geschehen, mein Abschied ist da. Ich mag euch nicht sagen, wie ungern man mir ihn gegeben hat, und was mir der Minister schreibt – ihr würdet in neue Lamentationen ausbrechen. Der Erbprinz hat mir zum Abschiede fünf und zwanzig Dukaten geschickt, mit einem Wort, das mich bis zu Tränen gerührt hat; also brauche ich von der Mutter das Geld nicht, um das ich neulich schrieb.

Morgen geh' ich von hier ab, und weil mein Geburtsort nur sechs Meilen vom Wege liegt, so will ich den auch wieder sehen, will mich der alten, glücklich verträumten Tage erinnern. Zu eben dem Tore will ich hinein gehn, aus dem meine Mutter mit mir heraus fuhr, als sie nach dem Tode meines Vaters den lieben, vertraulichen Ort verließ, um sich in ihre unerträgliche Stadt einzusperren. Adieu, Wilhelm, du sollst von meinem Zuge hören.

Ich habe die Wallfahrt nach meiner Heimat mit aller Andacht eines Pilgrims vollendet, und manche unerwarteten Gefühle haben mich ergriffen. An der großen Linde, die eine Viertelstunde vor der Stadt nach S... zu steht, ließ ich halten, stieg aus und hieß den Postillon fortfahren, um zu Fuße jede Erinnerung ganz neu, lebhaft, nach meinem Herzen zu kosten. Da stand ich nun unter der Linde, die ehedem, als Knabe, das Ziel und die Grenze meiner Spaziergänge gewesen. Wie anders! Damals sehnt' ich mich in glücklicher Unwissenheit hinaus in die unbekannte Welt, wo ich für mein Herz so viele Nahrung, so vielen Genuß hoffte, meinen strebenden, sehnenden Busen auszufüllen und zu befriedigen. Jetzt komme ich zurück aus der weiten Welt — o mein Freund, mit wie viel fehlgeschlagenen Hoffnungen, mit wie viel zerstörten Planen! — Ich sah das Gebirge vor mir liegen, das so tausendmal der Gegenstand meiner Wünsche gewesen war. Stundenlang konnt' ich hier sitzen und mich hinüber sehnen, mit inniger Seele mich in den Wäldern, den Tälern verlieren, die sich meinen Augen so freundlich-dämmernd darstellten; und wenn ich dann um die bestimmte Zeit wieder zurück mußte, mit welchem Widerwillen verließ ich nicht den lieben Platz! — Ich kam der Stadt näher, alle die alten, bekannten Gartenhäuschen wurden von mir gegrüßt, die neuen waren mir zuwider, so auch alle Veränderungen, die man sonst vorgenommen hatte. Ich trat zum Tor hinein, und fand mich doch gleich und ganz wieder. Lieber, ich mag nicht ins Detail gehn; so reizend, als es mir war, so einförmig würde es in der Erzählung werden. Ich hatte beschlossen, auf dem Markte zu wohnen, gleich neben unserm alten Haus. Im Hingehen bemerkte ich, daß die Schulstube, wo ein ehrliches altes Weib unsere Kindheit zusammengepfercht hatte, in einen Kramladen verwandelt war. Ich erinnerte mich der Unruhe, der Tränen, der Dumpfheit des Sinnes, der Herzensangst, die ich in dem Loche ausgestanden hatte. — Ich tat keinen Schritt, der nicht merkwürdig war. Ein Pilger im heiligen Lande trifft nicht so viele Stätten religiöser Erinnerungen an, und seine Seele ist schwerlich so voll heiliger Bewegung. — Noch eins für tausend. Ich ging den Fluß hinab, bis an einen gewissen Hof; das war sonst auch mein Weg, und die Plätzchen, wo wir Knaben uns übten, die meisten Sprünge der flachen Steine im Wasser hervorzubringen. Ich erinnerte mich so lebhaft, wenn ich manchmal stand und dem Wasser nachsah, mit wie wunderbaren Ahnungen ich es verfolgte, wie abenteuerlich ich mir die Gegenden vorstellte, wo es nun hinflösse, und wie ich da so bald Grenzen meiner Vorstellungskraft fand; und doch mußte das weiter gehen, immer weiter, bis ich mich ganz in dem Anschauen einer unsichtbaren Ferne verlor. — Siehe, mein Lieber, so beschränkt und so glücklich waren die herrlichen Altväter! so kindlich ihr Gefühl, ihre Dichtung! Wenn Ulyß von dem ungemeßnen Meer und von der unendlichen Erde spricht, das ist so wahr, menschlich, innig, eng und geheimnisvoll. Was hilft mir's, daß ich jetzt mit jedem Schulknaben nachsagen kann, daß sie rund sei? Der Mensch braucht nur wenige Erdschollen, um drauf zu genießen, weniger, um drunter zu ruhen.

Nun bin ich hier, auf dem fürstlichen Jagdschloß. Es läßt sich noch ganz wohl mit dem Herrn leben, er ist wahr und einfach.

Wunderliche Menschen sind um ihn herum, die ich gar nicht begreife. Sie scheinen keine Schelmen, und haben doch auch nicht das Ansehen von ehrlichen Leuten. Manchmal kommen sie mir ehrlich vor, und ich kann ihnen doch nicht trauen. Was mir noch leid tut, ist, daß er oft von Sachen redet, die er nur gehört und gelesen hat, und zwar aus eben dem Gesichtspunkte, wie sie ihm der andere vorstellen mochte.

Auch schätzt er meinen Verstand und meine Talente mehr als dies Herz, das doch mein einziger Stolz ist, das ganz allein die Quelle von allem ist, aller Kraft, aller Seligkeit, und alles Elendes. Ach, was ich weiß, kann jeder wissen — mein Herz hab' ich allein.

Am 25. Mai.

Ich hatte etwas im Kopfe, davon ich euch nichts sagen wollte, bis es ausgeführt wäre: jetzt, da nichts draus wird, ist's eben so gut. Ich wollte in den Krieg; das hat mir lang' am Herzen gelegen. Vornehmlich darum bin ich dem Fürsten hieher gefolgt, der General in ***schen Diensten ist. Auf einem Spaziergang entdeckte ich ihm mein Vorhaben; er widerriet mir's, und es müßte bei mir mehr Leidenschaft als Grille gewesen sein, wenn ich seinen Gründen nicht hätte Gehör geben wollen.

Am 11. Junius.

Sag' was du willst, ich kann nicht länger bleiben. Was soll ich hier? die Zeit wird mir lang. Der Fürst hält mich, so gut man nur kann, und doch bin ich nicht in meiner Lage. Wir haben im Grunde nichts gemein mit einander. Er ist ein Mann von Verstande, aber von ganz gemeinem Verstande; sein Umgang unterhält mich nicht mehr, als wenn ich ein wohl geschriebenes Buch lese. Noch acht Tage bleib' ich, und dann ziehe ich wieder in der Irre herum. Das Beste, was ich hier getan habe, ist mein Zeichnen. Der Fürst fühlt in der Kunst, und würde noch stärker fühlen, wenn er nicht durch das garstige wissenschaftliche Wesen, und durch die gewöhnliche Terminologie eingeschränkt wäre. Manchmal knirsch' ich mit den Zähnen, wenn ich ihn mit warmer Imagination an Natur und Kunst herumführe, und er's auf einmal recht gut zu machen denkt, wenn er mit einem gestempelten Kunstworte drein stolpert.

Am 16. Junius.

Ja wohl bin ich nur ein Wandrer, ein Waller auf der Erde! Seid ihr denn mehr?

Am 18. Junius.

Wo ich hin will? das laß dir im Vertrauen eröffnen. Vierzehn Tage muß ich doch noch hier bleiben, und dann habe ich mir weis gemacht, daß ich die Bergwerke im ***schen besuchen wollte; ist aber im Grunde nichts dran, ich will nur Lotten wieder näher, das ist alles. Und ich lache über mein eignes Herz — und tu' ihm seinen Willen.

Nein, es ist gut! es ist alles gut! — Ich — ihr Mann! O Gott, der du mich machtest, wenn du mir diese Seligkeit bereitet hättest, mein ganzes Leben sollte ein anhaltendes Gebet sein. Ich will nicht rechten, und verzeih' mir diese Tränen, verzeih' mir meine vergeblichen Wünsche! — Sie meine Frau! Wenn ich das liebste Geschöpf unter der Sonne in meine Arme geschlossen hätte — Es geht mir ein Schauder durch den ganzen Körper, Wilhelm, wenn Albert sie um den schlanken Leib faßt.

Und, darf ich's sagen? Warum nicht, Wilhelm? Sie wäre mit mir glücklicher geworden als mit ihm! O er ist nicht der Mensch, die Wünsche dieses Herzens alle zu füllen. Ein gewisser Mangel an Fühlbarkeit, ein Mangel — nimm's, wie du willst; daß sein Herz nicht sympathetisch schlägt bei — oh! — bei der Stelle eines lieben Buchs, wo mein Herz und Lottens in einem zusammen treffen, in hundert andern Vorfällen, wenn's kommt, daß unsere Empfindungen über eine Handlung eines Dritten laut werden. Lieber Wilhelm! — Zwar er liebt sie von ganzer Seele, und so eine Liebe, was verdient die nicht!

Ein unerträglicher Mensch hat mich unterbrochen. Meine Tränen sind getrocknet. Ich bin zerstreut. Adieu, Lieber!

———

Es geht mir nicht allein so. Alle Menschen werden in ihren Hoffnungen getäuscht, in ihren Erwartungen betrogen. Ich besuchte mein gutes Weib unter der Linde. Der älteste Junge lief mir entgegen, sein Freudengeschrei führte die Mutter herbei, die sehr niedergeschlagen aussah. Ihr erstes Wort war: Guter Herr, ach, mein Hans ist mir gestorben! — Es war der jüngste ihrer Knaben. Ich war stille. — Und mein Mann, sagte sie, ist aus der Schweiz zurück, und hat nichts mitgebracht, und ohne gute Leute hätte er sich heraus betteln müssen, er hatte das Fieber unterwegs gekriegt. — Ich konnte ihr nichts sagen und schenkte dem Kleinen was; sie bat mich, einige Äpfel anzunehmen, das ich tat und den Ort des traurigen Andenkens verließ.

———

Am 21. August.

Wie man eine Hand umwendet, ist's anders mit mir. Manchmal will wohl ein freudiger Blick des Lebens wieder aufdämmern, ach! nur für einen Augenblick! — Wenn ich mich so in Träumen verliere, kann ich mich des Gedankens nicht erwehren: wie, wenn Albert stürbe? Du würdest! ja, sie würde — und dann lauf' ich dem Hirngespinste nach, bis es mich an Abgründe führet, vor denen ich zurückbebe.

Wenn ich zum Tor hinaus gehe, den Weg, den ich zum erstenmal fuhr, Lotten zum Tanze zu holen, wie war das so ganz anders! Alles, alles ist vorüber gegangen! Kein Wink der vorigen Welt, kein Pulsschlag meines damaligen Gefühls. Mir ist's, wie es einem Geiste sein müßte, der in das ausgebrannte zerstörte Schloß zurückkehrte, das er als blühender Fürst einst gebaut und mit allen Gaben der Herrlichkeit ausgestattet, sterbend seinem geliebten Sohne hoffnungsvoll hinterlassen hätte.

———

Ich begreife manchmal nicht, wie sie ein anderer lieb haben *kann*, lieb haben *darf*, da ich sie so ganz allein, so innig, so voll liebe, nichts anders kenne, noch weiß, noch habe als sie!

.

———

Ja, es ist so. Wie die Natur sich zum Herbste neigt, wird es Herbst in mir und um mich her. Meine Blätter werden gelb, und schon sind die Blätter der benachbarten Bäume abgefallen. Hab' ich dir nicht einmal von einem Bauerburschen geschrieben, gleich da ich herkam? Jetzt erkundigte ich mich wieder nach ihm in Wahlheim; es hieß, er sei aus dem Dienste gejagt worden, und niemand wollte was weiter von ihm wissen. Gestern traf ich ihn von ongefähr auf dem Wege nach einem andern Dorfe, ich redete ihn an, und er erzählte mir seine Geschichte, die mich doppelt und dreifach gerührt hat, wie du leicht begreifen wirst, wenn ich dir sie wieder erzähle. Doch wozu das alles? warum behalt' ich nicht für mich, was mich ängstigt und kränkt? warum betrüb' ich noch dich? warum geb' ich dir immer Gelegenheit, mich zu bedauern und mich zu schelten? Sei's denn, auch das mag zu meinem Schicksal gehören!

Mit einer stillen Traurigkeit, in der ich ein wenig scheues Wesen zu bemerken schien, antwortete der Mensch mir erst auf meine Fragen; aber gar bald offner, als wenn er sich und mich auf einmal wieder erkennte, gestand er mir seine Fehler, klagte er mir sein Unglück. Könnt' ich dir, mein Freund, jedes seiner Worte vor Gericht stellen! Er bekannte, ja er erzählte mit einer Art von Genuß und Glück der Wiedererinnerung, daß die Leidenschaft zu seiner Hausfrau sich in ihm tagtäglich vermehrt, daß er zuletzt nicht gewußt

103

habe, was er tue, nicht, wie er sich ausdrückte, wo er mit dem Kopfe hin gesollt. Er habe weder essen noch trinken noch schlafen können, es habe ihm an der Kehle gestockt, er habe getan, was er nicht tun sollen; was ihm aufgetragen worden, hab' er vergessen, er sei als wie von einem bösen Geist verfolgt gewesen, bis er eines Tags, als er sie in einer obern Kammer gewußt, ihr nachgegangen, ja vielmehr ihr nachgezogen worden sei; da sie seinen Bitten kein Gehör gegeben, hab' er sich ihrer mit Gewalt bemächtigen wollen; er wisse nicht, wie ihm geschehen sei, und nehme Gott zum Zeugen, daß seine Absichten gegen sie immer redlich gewesen, und daß er nichts sehnlicher gewünscht, als daß sie ihn heiraten, daß sie mit ihm ihr Leben zubringen möchte. Da er eine Zeitlang geredet hatte, fing er an zu stocken, wie einer, der noch etwas zu sagen hat und sich es nicht herauszusagen getraut; endlich gestand er mir auch mit Schüchternheit, was sie ihm für kleine Vertraulichkeiten erlaubt, und welche Nähe sie ihm vergönnt. Er brach zwei-, dreimal ab und wiederholte die lebhaftesten Protestationen, daß er das nicht sage, um sie schlecht zu machen, wie er sich ausdrückte, daß er sie liebe und schätze wie vorher, daß so etwas nicht über seinen Mund gekommen sei und daß er es mir nur sage, um mich zu überzeugen, daß er kein ganz verkehrter und unsinniger Mensch sei. — Und hier, mein Bester, fang' ich mein altes Lied wieder an, das ich ewig anstimmen werde: Könnt' ich dir den Menschen vorstellen, wie er vor mir stand, wie er noch vor mir steht! Könnt' ich dir alles recht sagen, damit du fühltest, wie ich an seinem Schicksale teil nehme, teil nehmen muß! Doch genug, da du auch mein Schicksal kennst, auch mich kennst, so weißt du nur zu wohl, was mich zu allen Unglücklichen, was mich besonders zu diesem Unglücklichen hinzieht.

Da ich das Blatt wieder durchlese, seh' ich, daß ich das Ende der Geschichte zu erzählen vergessen habe, das sich aber leicht hinzudenken läßt. Sie erwehrte sich sein; ihr Bruder kam dazu, der ihn schon lange gehaßt, der ihn schon lange aus dem Hause gewünscht hatte, weil er fürchtet, durch eine neue Heirat der Schwester werde seinen Kindern die Erbschaft entgehn, die ihnen jetzt, da sie kinderlos ist, schöne Hoffnungen gibt; dieser habe ihn gleich zum Hause hinausgestoßen und einen solchen Lärm von der Sache gemacht, daß die Frau, auch selbst wenn sie gewollt, ihn nicht wieder hätte aufnehmen können. Jetzo habe sie wieder einen andern Knecht genommen, auch über den, sage man, sei sie mit dem Bruder zerfallen, und man behaupte für gewiß, sie werde ihn heiraten, aber er sei fest entschlossen, das nicht zu erleben.

Was ich dir erzähle, ist nicht übertrieben, nichts verzärtelt, ja ich darf wohl sagen, schwach, schwach hab' ich's erzählt, und vergröbert hab' ich's, indem ich's mit unsern hergebrachten sittlichen Worten vorgetragen habe.

Diese Liebe, diese Treue, diese Leidenschaft ist also keine dichterische Erfindung. Sie lebt, sie ist in ihrer größten Reinheit unter der Klasse von Menschen, die wir ungebildet, die wir roh nennen. Wir Gebildeten — zu Nichts Verbildeten! Lies die Geschichte mit Andacht, ich bitte dich. Ich bin heute still, indem ich das hinschreibe; du siehst an meiner Hand, daß ich nicht so strudele und sudele wie sonst. Lies, mein Geliebter, und denke dabei, daß es auch die Geschichte deines Freundes ist. Ja so ist mir's gegangen, so wird mir's gehn, und ich bin nicht halb so brav, nicht halb so entschlossen als der arme Unglückliche, mit dem ich mich zu vergleichen mich fast nicht getraue.

———

Am 5. September.

Sie hatte ein Zettelchen an ihren Mann aufs Land geschrieben, wo er sich Geschäfte wegen aufhielt. Es fing an: Bester, Liebster, komme, sobald du kannst, ich erwarte dich mit tausend Freuden. — Ein Freund, der herein kam, brachte Nachricht, daß er wegen gewisser

Umstände so bald noch nicht zurückkehren würde. Das Billett blieb liegen und fiel mir Abends in die Hände. Ich las es und lächelte; sie fragte worüber? – Was die Einbildungskraft für ein göttliches Geschenk ist, rief ich aus, ich konnte mir einen Augenblick vorspiegeln, als wäre es an mich geschrieben. – Sie brach ab, es schien ihr zu mißfallen, und ich schwieg.

———

Am 6. September.

Es hat schwer gehalten, bis ich mich entschloß, meinen blauen einfachen Frack, in dem ich mit Lotten zum erstenmal tanzte, abzulegen, er ward aber zuletzt gar unscheinbar. Auch hab' ich mir einen machen lassen ganz wie den vorigen, Kragen und Aufschlag, und auch wieder so gelbe Weste und Beinkleider dazu.

Ganz will es doch die Wirkung nicht tun. Ich weiß nicht – Ich denke, mit der Zeit soll mir der auch lieber werden.

———

Am 12. September.

Sie war einige Tage verreist, Alberten abzuholen. Heute trat ich in ihre Stube, sie kam mir entgegen, und ich küßte ihre Hand mit tausend Freuden.

Ein Kanarienvogel flog von dem Spiegel ihr auf die Schulter. – Einen neuen Freund, sagte sie und lockte ihn auf ihre Hand, er ist meinen Kleinen zugedacht. Er tut gar zu lieb! Sehen Sie ihn! Wenn ich ihm Brot gebe, flattert er mit den Flügeln und pickt so artig. Er küßt mich auch, sehen Sie!

Als sie dem Tierchen den Mund hinhielt, drückte er sich so lieblich in die süßen Lippen, als wenn es die Seligkeit hätte fühlen können, die es genoß.

Er soll Sie auch küssen, sagte sie und reichte den Vogel herüber. – Das Schnäbelchen machte den Weg von ihrem Munde zu dem meinigen, und die pickende Berührung war wie ein Hauch, eine Ahnung liebevollen Genusses.

Sein Kuß, sagt' ich, ist nicht ganz ohne Begierde, er sucht Nahrung und kehrt unbefriedigt von der leeren Liebkosung zurück.

Er ißt mir auch aus dem Munde, sagte sie. – Sie reichte ihm einige Brosamen mit ihren Lippen, aus denen die Freuden unschuldig teil nehmender Liebe in aller Wonne lächelten.

Ich kehrte das Gesicht weg. Sie sollte es nicht tun, sollte nicht meine Einbildungskraft mit diesen Bildern himmlischer Unschuld und Seligkeit reizen, und mein Herz aus dem Schlafe, in den es manchmal die Gleichgültigkeit des Lebens wiegt, nicht wecken! Und warum nicht? – Sie traut mir so! sie weiß, wie ich sie liebe!

Am 15. September.

Man möchte rasend werden, Wilhelm, daß es Menschen geben soll ohne Sinn und Gefühl an dem wenigen, was auf Erden noch einen Wert hat. Du kennst die Nußbäume, unter denen ich bei dem ehrlichen Pfarrer zu St... mit Lotten gesessen, die herrlichen Nußbäume! die mich, Gott weiß, immer mit dem größten Seelenvergnügen füllten! Wie vertraulich sie den Pfarrhof machten, wie kühl! und wie herrlich die Äste waren! und die Erinnerung bis zu den ehrlichen Geistlichen, die sie vor vielen Jahren pflanzten. Der Schulmeister hat uns den einen Namen oft genannt, den er von seinem Großvater gehört hatte; und so ein braver Mann soll er gewesen sein, und sein Andenken war mir immer heilig unter den Bäumen. Ich sage dir, dem Schulmeister standen die Tränen in den Augen, da wir gestern davon redeten, daß sie abgehauen worden – Abgehauen! Ich möchte toll werden, ich könnte den Hund ermorden, der den ersten Hieb dran tat. Ich, der ich mich vertrauern könnte, wenn so ein paar Bäume in meinem Hofe stünden und einer davon stürbe vor Alter ab, ich muß zusehen. Lieber Schatz, eins ist doch dabei! Was Menschengefühl ist! Das ganze Dorf murrt, und ich hoffe, die Frau Pfarrerin soll's an Butter und Eiern und übrigem Zutrauen spüren, was für eine Wunde sie ihrem Orte gegeben hat. Denn *sie* ist es, die Frau des neuen Pfarrers (unser alter ist auch gestorben), ein hageres, kränkliches Geschöpf, das sehr Ursache hat, an der Welt keinen Anteil zu nehmen, denn niemand nimmt Anteil an ihr. Eine Närrin, die sich abgibt, gelehrt zu sein, sich in die Untersuchung des Kanons meliert, gar viel an der neumodischen moralisch-kritischen Reformation des Christentums arbeitet, und über Lavaters Schwärmereien die Achseln zuckt, eine ganz zerrüttete Gesundheit hat, und deswegen auf Gottes Erdboden keine Freude. So einer Kreatur war es auch allein möglich, meine Nußbäume abzuhauen. Siehst du, ich komme nicht zu mir! Stelle dir vor: die abfallenden Blätter machen ihr den Hof unrein und dumpfig, die Bäume nehmen ihr das Tageslicht, und wenn die Nüsse reif sind, so werfen die Knaben mit Steinen darnach, und das fällt ihr auf die Nerven, das stört sie in ihren tiefen Überlegungen, wenn sie Kennikot, Semler und Michaelis gegen einander abwiegt. Da ich die Leute im Dorfe, besonders die alten, so unzufrieden sah, sagt' ich: Warum habt ihr's gelitten? – Wenn der Schulze will, hier zu Lande, sagten sie, was kann man machen? – Aber eins ist recht geschehen. Der Schulze und der Pfarrer, der doch auch von seiner Frauen Grillen, die ihm ohnedies die Suppen nicht fett machen, was haben wollte, dachten's mit einander zu teilen; da erfuhr's die Kammer und sagte: hier herein! denn sie hatte noch alte Prätensionen an den Teil des Pfarrhofes, wo die Bäume standen, und verkaufte sie an den Meistbietenden. Sie liegen! O, wenn ich Fürst wäre! ich wollt' die Pfarrerin, den Schulzen und die Kammer — Fürst! — Ja wenn ich Fürst wäre, was kümmerten mich die Bäume in meinem Lande!

———

Am 10. Oktober.

Wenn ich nur ihre schwarzen Augen sehe, ist mir's schon wohl! Sieh, und was mich verdrießt, ist, daß Albert nicht so beglückt zu sein scheinet, als er — hoffte — als ich — zu sein glaubte — wenn — Ich mache nicht gern Gedankenstriche, aber hier kann ich mich nicht anders ausdrücken — und mich dünkt deutlich genug.

———

Am 12. Oktober.

Ossian hat in meinem Herzen den Homer verdrängt. Welch eine Welt, in die der Herrliche mich führt! Zu wandern über die Heide, umsaust vom Sturmwinde, der in dampfenden Nebeln die Geister der Väter im dämmernden Lichte des Mondes hinführt. Zu hören vom Gebirge her, im Gebrülle des Waldstroms, halb verwehtes Ächzen der Geister aus ihren Höhlen, und die Wehklagen des zu Tode sich jammernden Mädchens, um die vier moosbedeckten, grasbewachsenen Steine des Edelgefallnen, ihres Geliebten. Wenn ich ihn dann finde, den wandelnden grauen Barden, der auf der weiten Heide die Fußstapfen seiner Väter sucht und, ach! ihre Grabsteine findet, und dann jammernd nach dem lieben Sterne des Abends hinblickt, der sich ins rollende Meer verbirgt, und die Zeiten der Vergangenheit in des Helden Seele lebendig werden, da noch der freundliche Strahl den Gefahren der Tapferen leuchtete und der Mond ihr bekränztes, siegrückkehrendes Schiff beschien. Wenn ich den tiefen Kummer auf seiner Stirn lese, den letzten verlaßnen Herrlichen in aller Ermattung dem Grabe zuwanken sehe wie er immer neue, schmerzlich glühende Freuden in der kraftlosen Gegenwart der Schatten seiner Abgeschiedenen einsaugt, und nach der kalten Erde, dem hohen, wehenden Grase niedersieht, und ausruft: Der Wanderer wird kommen, kommen, der mich kannte in meiner Schönheit, und fragen: 'Wo ist der Sänger, Fingals trefflicher Sohn?' Sein Fußtritt geht über mein Grab hin, und er fragt vergebens nach mir auf der Erde. – O Freund! ich möchte gleich einem edlen Waffenträger das Schwert ziehen, meinen Fürsten von der zückenden Qual des langsam absterbenden Lebens auf einmal befreien und dem befreiten Halbgott meine Seele nachsenden.

———

Am 19. Oktober.

Ach diese Lücke! diese entsetzliche Lücke, die ich hier in meinem Busen fühle! – Ich denke oft, wenn du sie nur einmal, nur einmal an dieses Herz drücken könntest, diese ganze Lücke würde ausgefüllt sein.

———

Ja es wird mir gewiß, Lieber! gewiß und immer gewisser, daß an dem Dasein eines Geschöpfes wenig gelegen ist, ganz wenig. Es kam eine Freundin zu Lotten, und ich ging herein ins Nebenzimmer, ein Buch zu nehmen, und konnte nicht lesen, und dann nahm ich eine Feder, zu schreiben. Ich hörte sie leise reden; sie erzählten einander unbedeutende Sachen, Stadtneuigkeiten: Wie diese heiratet, wie jene krank, sehr krank ist. — Sie hat einen trocknen Husten, die Knochen stehn ihr zum Gesichte heraus, und kriegt Ohnmachten; ich gebe keinen Kreuzer für ihr Leben, sagt die eine. — Der N. N. ist auch so übel dran, sagte Lotte. — Er ist schon geschwollen, sagte die andere. — Und meine lebhafte Einbildungskraft versetzte mich ans Bett dieser Armen; ich sah sie, mit welchem Widerwillen sie dem Leben den Rücken wandten, wie sie — Wilhelm! und meine Weibchen redeten davon, wie man eben davon redet — daß ein Fremder stirbt. — Und wenn ich mich umsehe, und seh' das Zimmer an, und rings um mich Lottens Kleider und Alberts Skripturen und diese Möbeln, denen ich nun so befreundet bin, sogar diesem Dintenfaß, und denke: Siehe, was du nun diesem Hause bist! Alles in allem. Deine Freunde ehren dich! du machst oft ihre Freude, und deinem Herzen scheint's, als wenn es ohne sie nicht sein könnte, und doch — wenn du nun gingst, wenn du aus diesem Kreise schiedest? würden sie, wie lange würden sie die Lücke fühlen, die dein Verlust in ihr Schicksal reißt? Wie lang'? — O, so vergänglich ist der Mensch, daß er auch da, wo er seines Daseins eigentliche Gewißheit hat, da, wo er den einzigen wahren Eindruck seiner Gegenwart macht, in dem Andenken, in der Seele seiner Lieben, daß er auch da verlöschen, verschwinden muß, und das so bald!

Ich möchte mir oft die Brust zerreißen und das Gehirn einstoßen, daß man einander so wenig sein kann. Ach die Liebe, Freude, Wärme und Wonne, die ich nicht hinzu bringe, wird mir der andre nicht geben, und mit einem ganzen Herzen voll Seligkeit werd' ich den andern nicht beglücken, der kalt und kraftlos vor mir steht.

———

Abends.

Ich habe so viel, und die Empfindung an ihr verschlingt alles; ich habe so viel, und ohne sie wird mir alles zu nichts.

———

Am 30. Oktober.

Wenn ich nicht schon hundertmal auf dem Punkte gestanden bin, ihr um den Hals zu fallen! Weiß der große Gott, wie einem das tut, so viele Liebenswürdigkeit vor einem herumkreuzen zu sehen und nicht zugreifen zu dürfen; und das Zugreifen ist doch der natürlichste Trieb der Menschheit. Greifen die Kinder nicht nach allem, was ihnen in den Sinn fällt? – Und ich?

———

Weiß Gott! ich lege mich so oft zu Bette mit dem Wunsche, ja manchmal mit der Hoffnung, nicht wieder zu erwachen: und Morgens schlag' ich die Augen auf, sehe die Sonne wieder, und bin elend. O daß ich launisch sein könnte, könnte die Schuld aufs Wetter, auf einen Dritten, auf eine fehlgeschlagene Unternehmung schieben, so würde die unerträgliche Last des Unwillens doch nur halb auf mir ruhen. Weh' mir! ich fühle zu wahr, daß an mir allein alle Schuld liegt, — nicht Schuld! Genug, daß in mir die Quelle alles Elendes verborgen ist, wie ehemals die Quelle aller Seligkeiten. Bin ich nicht noch eben derselbe, der ehemals in aller Fülle der Empfindung herumschwebte, dem auf jedem Tritte ein Paradies folgte, der ein Herz hatte, eine ganze Welt liebevoll zu umfassen? Und dies Herz ist jetzt tot, aus ihm fließen keine Entzückungen mehr, meine Augen sind trocken, und meine Sinne, die nicht mehr von erquickenden Tränen gelabt werden, ziehen ängstlich meine Stirn zusammen. Ich leide viel, denn ich habe verloren, was meines Lebens einzige Wonne war, die heilige, belebende Kraft, mit der ich Welten um mich schuf; sie ist dahin! — Wenn ich zu meinem Fenster hinaus an den fernen Hügel sehe, wie die Morgensonne über ihn her den Nebel durchbricht und den stillen Wiesengrund bescheint, und der sanfte Fluß zwischen seinen entblätterten Weiden zu mir herschlängelt, — o! wenn da diese herrliche Natur so starr vor mir steht wie ein lackiertes Bildchen, und all' die Wonne keinen Tropfen Seligkeit aus meinem Herzen herauf in das Gehirn pumpen kann, und der ganze Kerl vor Gottes Angesicht steht wie ein versiegter Brunn, wie ein verlechter Eimer. Ich habe mich oft auf den Boden geworfen, und Gott um Tränen gebeten, wie ein Ackersmann um Regen, wenn der Himmel ehern über ihm ist, und um ihn die Erde verdürstet.

Aber ach! ich fühl's, Gott gibt Regen und Sonnenschein nicht unserm ungestümen Bitten, und jene Zeiten, deren Andenken mich quält, warum waren sie so selig? als weil ich mit Geduld seinen Geist erwartete, und die Wonne, die er über mich ausgoß, mit ganzem, innig dankbarem Herzen aufnahm!

———

Am 8. November.

Sie hat mir meine Exzesse vorgeworfen! ach, mit so viel Liebenswürdigkeit! Meine Exzesse, daß ich mich manchmal von einem Glas Wein verleiten lasse, eine Bouteille zu trinken. — Tun Sie's nicht! sagte sie, denken Sie an Lotten! — Denken! sagt' ich, brauchen Sie mir das zu heißen? Ich denke! — ich denke nicht! Sie sind immer vor meiner Seelen. Heut' saß ich an dem Flecke, wo Sie neulich aus der Kutsche stiegen — Sie redete was anders, um mich nicht tiefer in den Text kommen zu lassen. Bester, ich bin dahin! sie kann mit mir machen was sie will.

———

Am 15. November.

Ich danke dir, Wilhelm, für deinen herzlichen Anteil, für deinen wohlmeinenden Rat, und bitte dich, ruhig zu sein. Laß mich ausdulden, ich habe bei aller meiner Müdseligkeit noch Kraft genug durchzusetzen. Ich ehre die Religion, das weißt du, ich fühle, daß sie manchem Ermatteten Stab, manchem Verschmachtenden Erquickung ist. Nur — kann sie denn, muß sie denn das einem jeden sein? Wenn du die große Welt ansiehst, so siehst du Tausende, denen sie's nicht war, Tausende, denen sie's nicht sein wird, gepredigt oder ungepredigt, und muß sie mir's denn sein? Sagt nicht selbst der Sohn Gottes, daß die um ihn sein würden, die ihm der Vater gegeben hat? Wenn ich ihm nun nicht gegeben bin? wenn mich nun der Vater für sich behalten will, wie mir mein Herz sagt? – Ich bitte dich, lege das nicht falsch aus; sieh nicht etwa Spott in diesen unschuldigen Worten; es ist meine ganze Seele, die ich dir vorlege; sonst wollt' ich lieber, ich hätte geschwiegen: wie ich denn über alles das, wovon jedermann so wenig weiß als ich, nicht gern ein Wort verliere. Was ist's anders als Menschenschicksal, sein Maß auszuleiden, seinen Becher auszutrinken? – Und ward der Kelch dem Gott vom Himmel auf seiner Menschenlippe zu bitter, warum soll ich groß tun und mich stellen, als schmeckte er mir süß? Und warum sollte ich mich schämen, in dem schrecklichen Augenblick, da mein ganzes Wesen zwischen Sein und Nichtsein zittert, da die Vergangenheit wie ein Blitz über dem finstern Abgrunde der Zukunft leuchtet, und alles um mich her versinkt, und mit mir die Welt untergeht? Ist es da nicht die Stimme der ganz in sich gedrängten, sich selbst ermangelnden, und unaufhaltsam hinabstürzenden Kreatur, in den innern Tiefen ihrer vergebens aufarbeitenden Kräfte zu knirschen: Mein Gott! mein Gott! warum hast du mich verlassen? Und sollt' ich mich des Ausdrucks schämen, sollte mir's vor dem Augenblicke bange sein, da ihm der nicht entging, der die Himmel zusammenrollt wie ein Tuch?

———

Am 21. November.

Sie sieht nicht, sie fühlt nicht, daß sie ein Gift bereitet, das mich und sie zu Grunde richten wird; und ich mit voller Wollust schlürfe den Becher aus, den sie mir zu meinem Verderben reicht. Was soll der gütige Blick, mit dem sie mich oft – oft? – nein, nicht oft, aber doch manchmal ansieht, die Gefälligkeit, womit sie einen unwillkürlichen Ausdruck meines Gefühls aufnimmt, das Mitleiden mit meiner Duldung, das sich auf ihrer Stirne zeichnet?

Gestern, als ich wegging, reichte sie mir die Hand und sagte: Adieu, lieber Werther! – Lieber Werther! Es war das erstemal, daß sie mich Lieber hieß, und es ging mir durch Mark und Bein. Ich habe es mir hundertmal wiederholt, und gestern Nacht, da ich zu Bette gehen wollte und mit mir selbst allerlei schwatzte, sagt' ich so auf einmal: Gute Nacht, lieber Werther! und mußte hernach selbst über mich lachen.

Am 22. November.

Ich kann nicht beten: Laß mir sie! und doch kommt sie mir oft als die Meine vor. Ich kann nicht beten: Gib mir sie! Denn sie ist eines andern. Ich witzle mich mit meinen Schmerzen herum; wenn ich mir's nachließe, es gäbe eine ganze Litanei von Antithesen.

Am 24. November.

Sie fühlt, was ich dulde. Heut' ist mir ihr Blick tief durchs Herz gedrungen. Ich fand sie allein; sie sagte nichts, und sie sah mich an. Und ich sah nicht mehr in ihr die liebliche Schönheit, nicht mehr das Leuchten des trefflichen Geistes, das war alles vor meinen Augen verschwunden. Ein weit herrlicherer Blick wirkte auf mich, voll Ausdruck des innigsten Anteils, des süßten Mitleidens. Warum durft' ich mich nicht ihr zu Füßen werfen? warum durft' ich nicht an ihrem Halse mit tausend Küssen antworten? Sie nahm ihre Zuflucht zum Klavier und hauchte mit süßer leiser Stimme harmonische Laute zu ihrem Spiele. Nie hab' ich ihre Lippen so reizend gesehn; es war, als wenn sie sich lechzend öffneten, jene süßen Töne in sich zu schlürfen, die aus dem Instrument hervorquollen, und nur der heimliche Widerschall aus dem reinen Munde zurückklänge — Ja wenn ich dir das so sagen könnte! — Ich widerstand nicht länger, neigte mich und schwur: nie will ich's wagen, einen Kuß euch aufzudrücken, Lippen! auf denen die Geister des Himmels schweben — Und doch — ich will — Ha! siehst du, das steht wie eine Scheidewand vor meiner Seelen — diese Seligkeit — und dann untergegangen, diese Sünde abzubüßen — Sünde?

———

Am 26. November.

Manchmal sag' ich mir: Dein Schicksal ist einzig; preise die übrigen glücklich — so ist noch keiner gequält worden. — Dann lese ich einen Dichter der Vorzeit, und es ist mir, als säh' ich in mein eignes Herz. Ich habe so viel auszustehen! Ach, sind denn Menschen vor mir schon so elend gewesen?

———

Am 30 November.

Ich soll, ich soll nicht zu mir selbst kommen! wo ich hintrete, begegnet mir eine Erscheinung, die mich aus aller Fassung bringt. Heut'! o Schicksal! o Menschheit!

Ich gehe an dem Wasser hin in der Mittagsstunde, ich hatte keine Lust zu essen. Alles war öde, ein naßkalter Abendwind blies vom Berge, und die grauen Regenwolken zogen das Tal hinein. Von fern seh' ich einen Menschen in einem grünen schlechten Rocke, der zwischen den Felsen herumkrabbelte und Kräuter zu suchen schien. Als ich näher zu ihm kam und er sich auf das Geräusch, das ich machte, herumdrehte, sah ich eine gar interessante Physiognomie, darin eine stille Trauer den Hauptzug machte, die aber sonst nichts als einen geraden guten Sinn ausdrückte; seine schwarzen Haare waren mit Nadeln in zwei Rollen gesteckt, und die übrigen in einen starken Zopf geflochten, der ihm den Rücken herunter hing. Da mir seine Kleidung einen Menschen von geringem Stande zu bezeichnen schien, glaubt' ich, er würde es nicht übel nehmen, wenn ich auf seine Beschäftigung aufmerksam wäre, und daher fragt' ich ihn, was er suchte? – Ich suche, antwortete er mit einem tiefen Seufzer, Blumen – und finde keine. – Das ist auch die Jahrszeit nicht, sagt' ich lächelnd. – Es gibt so viel Blumen, sagt' er, indem er zu mir herunter kam. In meinem Garten sind Rosen und Je länger je lieber zweierlei Sorten, eine hat mir mein Vater gegeben, sie wachsen wie Unkraut; ich suche schon zwei Tage darnach, und kann sie nicht finden. Da haußen sind auch immer Blumen, gelbe und blaue und rote, und das Tausendgüldenkraut hat ein schönes Blümchen. Keines kann ich finden. – Ich merkte was Unheimliches, und drum fragte ich durch einen Umweg: Was will Er denn mit den Blumen? – Ein wunderbares zuckendes Lächeln verzog sein Gesicht. Wenn Er mich nicht verraten will, sagt' er, indem er den Finger auf den Mund drückte, ich habe meinem Schatz einen Strauß versprochen, – Das ist brav, sagt' ich. – O! sagt' er, sie hat viel andre Sachen, sie ist reich. – Und doch hat sie Seinen Strauß lieb, versetzt' ich. – O! fuhr er fort, sie hat Juwelen und eine Krone. – Wie heißt sie denn? – Wenn mich die Generalstaaten bezahlen wollten, versetzte er, ich wär' ein anderer Mensch! Ja, es war einmal eine Zeit, da mir's so wohl war! Jetzt ist's aus mit mir. Ich bin nun – Ein nasser Blick zum Himmel drückte alles aus. – Er war also glücklich? fragt' ich. – Ach ich wollt', ich wäre wieder so! sagt' er. Da war mir's so wohl, so lustig, so leicht wie einem

Fisch im Wasser! — Heinrich! rief eine alte Frau, die den Weg herkam, Heinrich, wo steckst du? wir haben dich überall gesucht, komm zum Essen. — Ist das Euer Sohn? fragt' ich, zu ihr tretend. — Wohl, mein armer Sohn! versetzte sie. Gott hat mir ein schweres Kreuz aufgelegt. — Wie lange ist er so? fragt' ich. — So stille, sagte sie, ist er nun ein halbes Jahr. Gott sei Dank, daß er nur so weit ist, vorher war er ein ganzes Jahr rasend, da hat er an Ketten im Tollhause gelegen. Jetzt tut er niemand nichts, nur hat er immer mit Königen und Kaisern zu schaffen. Er war ein so guter stiller Mensch, der mich ernähren half, seine schöne Hand schrieb, und auf einmal wird er tiefsinnig, fällt in ein hitziges Fieber, daraus in Raserei, und nun ist er, wie Sie ihn sehen. Wenn ich Ihm erzählen sollt', Herr .... — Ich unterbrach den Strom ihrer Worte mit der Frage: Was war denn das für eine Zeit, von der er rühmt, daß er so glücklich, so wohl darin gewesen sei? — Der törichte Mensch! rief sie mit mitleidigem Lächeln, da meint er die Zeit, da er von sich war, das rühmt er immer; das ist die Zeit, da er im Tollhause war, wo er nichts von sich wußte. — Das fiel mir auf wie ein Donnerschlag, ich drückte ihr ein Stück Geld in die Hand und verließ sie eilend.

Da du glücklich warst! rief ich aus, schnell vor mich hin nach der Stadt zu gehend, da dir's wohl war wie einem Fisch im Wasser! — Gott im Himmel! hast du das zum Schicksal der Menschen gemacht, daß sie nicht glücklich sind, als eh' sie zu ihrem Verstande kommen und wenn sie ihn wieder verlieren! — Elender! und auch wie beneid' ich deinen Trübsinn, die Verwirrung deiner Sinne, in der du verschmachtest! Du gehst hoffnungsvoll aus, deiner Königin Blumen zu pflücken — im Winter — und trauerst, da du keine findest, und begreifst nicht, warum du keine finden kannst. Und ich — und ich gehe ohne Hoffnung, ohne Zweck heraus, und kehr' wieder heim, wie ich gekommen bin. — Du wähnst, welcher Mensch du sein würdest, wenn die Generalstaaten dich bezahlten. Seliges Geschöpf, das den Mangel seiner Glückseligkeit einer irdischen Hindernis zuschreiben kann! Du fühlst nicht! du fühlst nicht, daß in deinem zerstörten Herzen, in deinem zerrütteten Gehirne dein Elend liegt, wovon alle Könige der Erde dir nicht helfen können.

Müsse der trostlos umkommen, der eines Kranken spottet, der nach der entferntesten Quelle reist, die seine Krankheit vermehren, sein Ausleben schmerzhafter machen wird! der sich über das bedrängte Herz erhebt, das, um seine Gewissensbisse los zu werden und die Leiden seiner Seele abzutun, eine Pilgrimschaft nach dem heiligen Grabe tut. Jeder Fußtritt, der seine Sohlen auf ungebahntem Wege durchschneidet, ist ein Lindrungstropfen der geängsteten Seele, und mit jeder ausgedauerten Tagereise legt sich das Herz um viele Bedrängnisse leichter nieder. — Und dürft ihr das Wahn nennen, ihr Wortkrämer auf euren Polstern? — Wahn! — O Gott! du siehst meine Tränen! Mußtest du, der du den Menschen arm genug erschufst, ihm auch Brüder zugeben, die ihm das bißchen Armut, das bißchen Vertrauen noch raubten, das er auf dich hat, auf dich, du Allliebender! Denn das Vertrauen zu einer heilenden Wurzel, zu den Tränen des Weinstockes, was ist's als Vertrauen zu dir, daß du in alles, was uns umgibt, Heil- und Linderungskraft gelegt hast, der wir so stündlich bedürfen? Vater, den ich nicht kenne! Vater! der sonst meine ganze Seele füllte, und nun sein Angesicht von mir gewendet hat! rufe mich zu dir! schweige nicht länger! dein Schweigen wird diese dürstende Seele nicht aufhalten — Und würde ein Mensch, ein Vater, zürnen können, dem sein unvermutet rückkehrender Sohn um den Hals fiele und rief': Ich bin wieder da, mein Vater! Zürne nicht, daß ich die Wanderschaft abbreche, die ich nach deinem Willen länger aushalten sollte. Die Welt ist überall einerlei, auf Müh' und Arbeit Lohn und Freude; aber was soll mir das? mir ist nur wohl, wo du bist, und vor deinem Angesichte will ich leiden und genießen. — Und du, lieber himmlischer Vater, solltest ihn von dir weisen?

Wilhelm! der Mensch, von dem ich dir schrieb, der glückliche Unglückliche, war Schreiber bei Lottens Vater, und eine Leidenschaft zu ihr, die er nährte, verbarg, entdeckte und worüber er aus dem Dienst geschickt wurde, hat ihn rasend gemacht. Fühle, bei diesen trocknen Worten, mit welchem Unsinne mich die Geschichte ergriffen hat, da mir sie Albert eben so gelassen erzählte, als du sie vielleicht liesest.

Ich bitte dich — Siehst du, mit mir ist's aus, ich trag' es nicht länger! Heut' saß ich bei ihr — saß, sie spielte auf ihrem Klavier, mannigfaltige Melodien, und all den Ausdruck! all! — all! — Was willst du? Ihr Schwesterchen putzte ihre Puppe auf meinem Knie. Mir kamen die Tränen in die Augen. Ich neigte mich, und ihr Trauring fiel mir ins Gesicht — meine Tränen flossen — Und auf einmal fiel sie in die alte himmelsüße Melodie ein, so auf einmal, und mir durch die Seele gehn ein Trostgefühl, und eine Erinnerung des Vergangenen, der Zeiten, da ich das Lied gehört, der düstern Zwischenräume des Verdrusses, der fehlgeschlagenen Hoffnungen, und dann — Ich ging in der Stube auf und nieder, mein Herz erstickte unter dem Zudringen. — Um Gottes willen, sagt' ich, mit einem heftigen Ausbruch hin gegen sie fahrend, um Gottes willen, hören Sie auf! — Sie hielt, und sah mich starr an. Werther, sagte sie, mit einem Lächeln, das mir durch die Seele ging, Werther, Sie sind sehr krank, Ihre Lieblingsgerichte widerstehen Ihnen. Gehen Sie! Ich bitte Sie, beruhigen Sie sich. — Ich riß mich von ihr weg, und — Gott! du siehst mein Elend, und wirst es enden.

Wie mich die Gestalt verfolgt! Wachend und träumend füllt sie meine ganze Seele! Hier, wenn ich die Augen schließe, hier in meiner Stirne, wo die innere Sehkraft sich vereinigt, stehen ihre schwarzen Augen. Hier! ich kann dir's nicht ausdrücken. Mach' ich meine Augen zu, so sind sie da; wie ein Meer, wie ein Abgrund ruhen sie vor mir, in mir, füllen die Sinnen meiner Stirn.

Was ist der Mensch, der gepriesene Halbgott! Ermangeln ihm nicht eben da die Kräfte, wo er sie am nötigsten braucht? Und wenn er in Freude sich aufschwingt, oder im Leiden versinkt, wird er nicht in beiden eben da aufgehalten, eben da zu dem stumpfen kalten Bewußtsein wieder zurückgebracht, da er sich in der Fülle des Unendlichen zu verlieren sehnte?

—

Der Herausgeber an den Leser

Wie sehr wünscht' ich, daß uns von den letzten merkwürdigen Tagen unsers Freundes so viel eigenhändige Zeugnisse übrig geblieben wären, daß ich nicht nötig hätte, die Folge seiner hinterlaßnen Briefe durch Erzählung zu unterbrechen.

Ich habe mir angelegen sein lassen, genaue Nachrichten aus dem Munde derer zu sammeln, die von seiner Geschichte wohl unterrichtet sein konnten; sie ist einfach, und es kommen alle Erzählungen davon bis auf wenige Kleinigkeiten mit einander überein; nur über die Sinnesarten der handelnden Personen sind die Meinungen verschieden, und die Urteile geteilt.

Was bleibt uns übrig, als dasjenige, was wir mit wiederholter Mühe erfahren können, gewissenhaft zu erzählen, die von dem Abscheidenden hinterlaßnen Briefe einzuschalten, und das kleinste aufgefundene Blättchen nicht gering zu achten; zumal da es so schwer ist, die eigensten, wahren Triebfedern auch nur einer einzelnen Handlung zu entdecken, wenn sie unter Menschen vorgeht, die nicht gemeiner Art sind.

Unmut und Unlust hatten in Werthers Seele immer tiefer Wurzel geschlagen, sich fester unter einander verschlungen und sein ganzes Wesen nach und nach eingenommen. Die Harmonie seines Geistes war völlig zerstört, eine innerliche Hitze und Heftigkeit, die alle Kräfte seiner Natur durch einander arbeitete, brachte die widrigsten Wirkungen hervor und ließ ihm zuletzt nur eine Ermattung übrig, aus der er noch ängstlicher empor strebte, als er mit allen Übeln bisher gekämpft hatte. Die Beängstigung seines Herzens zehrte die übrigen Kräfte seines Geistes, seine Lebhaftigkeit, seinen Scharfsinn auf, er ward ein trauriger Gesellschafter, immer unglücklicher, und immer ungerechter, je unglücklicher er ward. Wenigstens sagen dies

Alberts Freunde; sie behaupten, daß Werther einen reinen ruhigen Mann, der nun eines lang' gewünschten Glückes teilhaftig geworden, und sein Betragen, sich dieses Glück auch auf die Zukunft zu erhalten, nicht habe beurteilen können, er, der gleichsam mit jedem Tage sein ganzes Vermögen verzehrte, um an dem Abend zu leiden und zu darben. Albert, sagen sie, hatte sich in so kurzer Zeit nicht verändert, er war noch immer derselbige, den Werther so vom Anfang her kannte, so sehr schätzte und ehrte. Er liebte Lotten über alles, er war stolz auf sie, und wünschte sie auch von jedermann als das herrlichste Geschöpf anerkannt zu wissen. War es ihm daher zu verdenken, wenn er auch jeden Schein des Verdachtes abzuwenden wünschte, wenn er in dem Augenblicke mit niemand diesen köstlichen Besitz auch auf die unschuldigste Weise zu teilen Lust hatte? Sie gestehen ein, daß Albert oft das Zimmer seiner Frau verlassen, wenn Werther bei ihr war, aber nicht aus Haß noch Abneigung gegen seinen Freund, sondern nur, weil er gefühlt habe, daß dieser von seiner Gegenwart gedrückt sei.

Lottens Vater war von einem Übel befallen worden, das ihn in der Stube hielt, er schickte ihr seinen Wagen, und sie fuhr hinaus. Es war ein schöner Wintertag, der erste Schnee war stark gefallen und deckte die ganze Gegend.

Werther ging ihr den andern Morgen nach, um, wenn Albert sie nicht abzuholen käme, sie herein zu begleiten.

Das klare Wetter konnte wenig auf sein trübes Gemüt wirken, ein dumpfer Druck lag auf seiner Seele, die traurigen Bilder hatten sich bei ihm festgesetzt, und sein Gemüt kannte keine Bewegung als von einem schmerzlichen Gedanken zum andern.

Wie er mit sich in ewigem Unfrieden lebte, schien ihm auch der Zustand andrer nur bedenklicher und verworrner, er glaubte, das schöne Verhältnis zwischen Albert und seiner Gattin gestört zu haben, er machte sich Vorwürfe darüber, in die sich ein heimlicher Unwille gegen den Gatten mischte.

Seine Gedanken fielen auch unterwegs auf diesen Gegenstand. Ja, ja, sagte er zu sich selbst, mit heimlichem Zähneknirschen, das ist der vertraute, freundliche, zärtliche, an allem teil nehmende Umgang, die ruhige, dauernde Treue! Sattigkeit ist's und Gleichgültigkeit! Zieht ihn nicht jedes elende Geschäft mehr an als die teure, köstliche Frau? Weiß er sein Glück zu schätzen? Weiß er sie zu achten, wie sie es verdient? Er hat sie, nun gut, er hat sie — Ich weiß das, wie ich was anders auch weiß, ich glaube an den Gedanken gewöhnt zu sein, er wird mich noch rasend machen, er wird mich noch umbringen — Und hat denn die Freundschaft zu mir Stich gehalten? Sieht er nicht in meiner Anhänglichkeit an Lotten schon einen Eingriff in seine Rechte, in meiner Aufmerksamkeit für sie einen stillen Vorwurf? Ich weiß es wohl, ich fühl' es, er sieht mich ungern, er wünscht meine Entfernung, meine Gegenwart ist ihm beschwerlich.

Oft hielt er seinen raschen Schritt an, oft stand er stille, und schien umkehren zu wollen; allein er richtete seinen Gang immer wieder vorwärts, und war mit diesen Gedanken und Selbstgesprächen endlich gleichsam wider Willen beim Jagdhause angekommen.

Er trat in die Tür, fragte nach dem Alten und nach Lotten, er fand das Haus in einiger Bewegung. Der älteste Knabe sagte ihm, es sei drüben in Wahlheim ein Unglück geschehn, es sei ein Bauer erschlagen worden! — Es machte das weiter keinen Eindruck auf ihn. — Er trat in die Stube, und fand Lotten beschäftigt, dem Alten zuzureden, der ungeachtet seiner Krankheit hinüber wollte, um an Ort und Stelle die Tat zu untersuchen. Der Täter war noch unbekannt, man hatte den Erschlagenen des Morgens vor der Haustür gefunden, man hatte Mutmaßungen: der Entleibte war Knecht einer Witwe, die vorher einen andern im Dienste gehabt, der mit Unfrieden aus dem Hause gekommen war.

Da Werther dieses hörte, fuhr er mit Heftigkeit auf. — Ist's möglich! rief er aus, ich muß hinüber, ich kann nicht einen Augenblick ruhn. — Er eilte nach Wahlheim zu, jede Erinnerung ward ihm lebendig, und er zweifelte nicht einen Augenblick, daß jener Mensch die Tat begangen, den er so manchmal gesprochen, der ihm so wert geworden war.

Da er durch die Linden mußte, um nach der Schenke zu kommen, wo sie den Körper hingelegt hatten, entsetzt' er sich vor dem sonst so geliebten Platze. Jene Schwelle, worauf die Nachbarskinder so oft gespielt hatten, war mit Blut besudelt. Liebe und Treue, die schönsten menschlichen Empfindungen, hatten sich in Gewalt und Mord verwandelt. Die starken Bäume standen ohne Laub und bereift, die schönen Hecken, die sich über die niedrige Kirchhofmauer wölbten, waren entblättert, und die Grabsteine sahen mit Schnee bedeckt durch die Lücken hervor.

Als er sich der Schenke näherte, vor welcher das ganze Dorf versammelt war, entstand auf einmal ein Geschrei. Man erblickte von fern einen Trupp bewaffneter Männer, und ein jeder rief, daß man den Täter herbeiführe. Werther sah hin und blieb nicht lange zweifelhaft. Ja! es war der Knecht, der jene Witwe so sehr liebte, den er vor einiger Zeit mit dem stillen Grimme, mit der heimlichen Verzweiflung umhergehend angetroffen hatte.

Was hast du begangen, Unglücklicher! rief Werther aus, indem er auf den Gefangnen losging. — Dieser sah ihn still an, schwieg, und versetzte endlich ganz gelassen: Keiner wird sie haben, sie wird keinen haben. — Man brachte den Gefangnen in die Schenke, und Werther eilte fort.

Durch die entsetzliche, gewaltige Berührung war alles, was in seinem Wesen lag, durch einander geschüttelt worden. Aus seiner Trauer, seinem Mißmut, seiner gleichgültigen Hingegebenheit wurde er auf einen Augenblick herausgerissen; unüberwindlich bemächtigte sich die Teilnehmung seiner, und es ergriff ihn eine unsägliche Begierde, den Menschen zu retten. Er fühlte ihn so unglücklich, er fand ihn als Verbrecher selbst so schuldlos, er setzte sich so tief in seine Lage, daß er gewiß glaubte, auch andere davon zu überzeugen. Schon wünschte er für ihn sprechen zu können, schon drängte sich der lebhafteste Vortrag nach seinen Lippen, er eilte nach dem Jagdhause, und konnte sich unterwegs nicht enthalten, alles das, was er dem Amtmann vorstellen wollte, schon halblaut auszusprechen.

Als er in die Stube trat, fand er Alberten gegenwärtig, dies verstimmte ihn einen Augenblick; doch faßte er sich bald wieder und trug dem Amtmann feurig seine Gesinnungen vor. Dieser schüttelte einigemal den Kopf, und obgleich Werther mit der größten Lebhaftigkeit, Leidenschaft und Wahrheit alles vorbrachte, was ein Mensch zur Entschuldigung eines Menschen sagen kann, so war doch, wie sich's leicht denken läßt, der Amtmann dadurch nicht gerührt. Er ließ vielmehr unsern Freund nicht ausreden, widersprach ihm eifrig, und tadelte ihn, daß er einen Meuchelmörder in Schutz nehme! er zeigte ihm, daß auf diese Weise jedes Gesetz aufgehoben, alle Sicherheit des Staats zu Grund gerichtet werde; auch setzte er hinzu, daß er in einer solchen Sache nichts tun könne ohne sich die größte Verantwortung aufzuladen, es müsse alles in der Ordnung, in dem vorgeschriebenen Gang gehen.

Werther ergab sich noch nicht, sondern bat nur, der Amtmann möchte durch die Finger sehn, wenn man dem Menschen zur Flucht behilflich wäre! Auch damit wies ihn der Amtmann ab. Albert, der sich endlich ins Gespräch mischte, trat auch auf des Alten Seite: Werther wurde überstimmt, und mit einem entsetzlichen Leiden machte er sich auf den Weg, nachdem ihm der Amtmann einigemal gesagt hatte: Nein, er ist nicht zu retten!

Wie sehr ihm diese Worte aufgefallen sein müssen, sehn wir aus einem Zettelchen, das sich unter seinen Papieren fand und das gewiß an dem nämlichen Tage geschrieben worden:

»Du bist nicht zu retten, Unglücklicher! ich sehe wohl, daß wir nicht zu retten sind.«

———

Was Albert zuletzt über die Sache des Gefangenen in Gegenwart des Amtmanns gesprochen, war Werthern höchst zuwider gewesen: er glaubte einige Empfindlichkeit gegen sich darin bemerkt zu haben, und wenn gleich bei mehrerem Nachdenken seinem Scharfsinne nicht entging, daß beide Männer Recht haben möchten, so war es ihm doch, als ob er seinem innersten Dasein entsagen müßte, wenn er es gestehen, wenn er es zugeben sollte.

Ein Blättchen, das sich darauf bezieht, das vielleicht sein ganzes Verhältnis zu Albert ausdrückt, finden wir unter seinen Papieren:

———

»Was hilft es, daß ich mir's sage, und wieder sage, er ist brav und gut, aber es zerreißt mir mein inneres Eingeweide; ich kann nicht gerecht sein.«

———

Weil es ein gelinder Abend war und das Wetter anfing, sich zum Tauen zu neigen, ging Lotte mit Alberten zu Fuße zurück. Unterwegs sah sie sich hier und da um, eben als wenn sie Werthers Begleitung vermißte. Albert fing von ihm an zu reden, er tadelte ihn, indem er ihm Gerechtigkeit widerfahren ließ. Er berührte seine unglückliche Leidenschaft und wünschte, daß es möglich sein möchte, ihn zu entfernen. – Ich wünsch' es auch um unsertwillen, sagt' er, und ich bitte dich, fuhr er fort, siehe zu, seinem Betragen gegen dich eine andere Richtung zu geben, seine öftern Besuche zu vermindern. Die Leute werden aufmerksam, und ich weiß, daß man hier und da drüber gesprochen hat. – Lotte schwieg, und Albert schien ihr Schweigen empfunden zu haben, wenigstens seit der Zeit erwähnte er Werthers nicht mehr gegen sie, und wenn sie seiner erwähnte, ließ er das Gespräch fallen, oder lenkte es woanders hin.

Der vergebliche Versuch, den Werther zur Rettung des Unglücklichen gemacht hatte, war das letzte Auflodern der Flamme eines verlöschenden Lichtes; er versank nur desto tiefer in Schmerz und Untätigkeit; besonders kam er fast außer sich, als er hörte, daß man ihn vielleicht gar zum Zeugen gegen den Menschen, der sich nun aufs Leugnen legte, auffordern könnte.

Alles was ihm Unangenehmes jemals in seinem wirksamen Leben begegnet war, der Verdruß bei der Gesandtschaft, alles was ihm sonst mißlungen war, was ihn je gekränkt hatte, ging in seiner Seele auf und nieder. Er befand sich durch alles dieses wie zur Untätigkeit berechtigt, er fand sich abgeschnitten von aller Aussicht, unfähig, irgend eine Handhabe zu ergreifen, mit denen man die Geschäfte des gemeinen Lebens anfaßt, und so rückte er endlich, ganz seiner wunderbaren Empfindung, Denkart und einer endlosen Leidenschaft hingegeben, in dem ewigen Einerlei eines traurigen Umgangs mit dem liebenswürdigen und geliebten Geschöpfe, dessen Ruhe er störte, in seine Kräfte stürmend, sie ohne Zweck und Aussicht abarbeitend, immer einem traurigen Ende näher.

Von seiner Verworrenheit, Leidenschaft von seinem rastlosen Treiben und Streben, von seiner Lebensmüde sind einige hinterlaßne Briefe die stärksten Zeugnisse, die wir hier einrücken wollen.

»Am 12. Dezember.

Lieber Wilhelm, ich bin in einem Zustande, in dem jene Unglücklichen gewesen sein müssen, von denen man glaubte, sie würden
von einem bösen Geiste umher getrieben. Manchmal ergreift
mich's; es ist nicht Angst, nicht Begier — es ist ein inneres, unbekanntes Toben, das meine Brust zu zerreißen droht, das mir die
Gurgel zupreßt! Wehe! wehe! und dann schweif' ich umher in den
furchtbaren nächtlichen Szenen dieser menschenfeindlichen Jahrszeit.

Gestern Abend mußt' ich hinaus. Es war plötzlich Tauwetter
eingefallen, ich hatte gehört, der Fluß sei übergetreten, alle Bäche
geschwollen, und von Wahlheim herunter mein liebes Tal überschwemmt! Nachts nach Eilf rannt' ich hinaus. Ein fürchterliches
Schauspiel, vom Fels herunter die wühlenden Fluten in dem
Mondlichte wirbeln zu sehen, über Äcker und Wiesen und Hecken
und alles, und das weite Tal hinauf und hinab *eine* stürmende See
im Sausen des Windes! Und wenn dann der Mond wieder hervor-
trat, und über der schwarzen Wolke ruhte, und vor mir hinaus die
Flut in fürchterlich herrlichem Widerschein rollte und klang: da
überfiel mich ein Schauer, und wieder ein Sehnen! Ach, mit offenen Armen stand ich gegen den Abgrund und atmete hinab! hinab!
und verlor mich in der Wonne, meine Qualen, meine Leiden da
hinabzustürmen! dahinzubrausen wie die Wellen! O! — und den
Fuß vom Boden zu heben vermochtest du nicht, und alle Qualen
zu enden! — Meine Uhr ist noch nicht ausgelaufen, ich fühle es! O
Wilhelm! wie gern hätt' ich mein Menschsein drum gegeben, mit
jenem Sturmwinde die Wolken zu zerreißen, die Fluten zu fassen!
Ha! und wird nicht vielleicht dem Eingekerkerten einmal diese
Wonne zu teil? —

Und wie ich wehmütig hinab sah auf ein Plätzchen, wo ich mit
Lotten unter einer Weide geruht, auf einem heißen Spaziergange, —
das war auch überschwemmt, und kaum daß ich die Weide erkannte! Wilhelm. Und ihre Wiesen, dacht' ich, die Gegend um ihr

Jagdhaus! wie verstört jetzt vom reißenden Strome unsere Laube! dacht' ich. Und der Vergangenheit Sonnenstrahl blickte herein, wie einem Gefangenen ein Traum von Herden, Wiesen und Ehrenämtern! Ich stand! – Ich schelte mich nicht, denn ich habe Mut zu sterben. – Ich hätte – Nun sitz' ich hier wie ein altes Weib, das ihr Holz von Zäunen stoppelt und ihr Brot an den Türen, um ihr hinsterbendes freudeloses Dasein noch einen Augenblick zu verlängern und zu erleichtern.«

———

»Am 14. Dezember.

Was ist das, mein Lieber? Ich erschrecke vor mir selbst! Ist nicht meine Liebe zu ihr die heiligste, reinste, brüderlichste Liebe? Hab' ich jemals einen strafbaren Wunsch in meiner Seele gefühlt? – Ich will nicht beteuern – Und nun, Träume! O wie wahr fühlten die Menschen, die so widersprechende Wirkungen fremden Mächten zuschrieben! Diese Nacht! ich zittere es zu sagen, hielt ich sie in meinen Armen, fest an meinen Busen gedrückt, und deckte ihren Liebe lispelnden Mund mit unendlichen Küssen; mein Auge schwamm in der Trunkenheit des ihrigen! Gott! bin ich strafbar, daß ich auch jetzt noch eine Seligkeit fühle, mir diese glühenden Freuden mit voller Innigkeit zurück zu rufen? Lotte! Lotte! – Und mit mir ist's aus! Meine Sinne verwirren sich, schon acht Tage hab' ich keine Besinnungskraft mehr, meine Augen sind voll Tränen. Ich bin nirgend wohl, und überall wohl. Ich wünsche nichts, verlange nichts. Mir wäre besser, ich ginge.«

———

Der Entschluß, die Welt zu verlassen, hatte in dieser Zeit, unter solchen Umständen in Werthers Seele immer mehr Kraft gewonnen. Seit der Rückkehr zu Lotten war es immer seine letzte Aussicht und Hoffnung gewesen; doch hatte er sich gesagt, es solle keine übereilte, keine rasche Tat sein, er wolle mit der besten Überzeugung, mit der möglichst-ruhigen Entschlossenheit diesen Schritt tun.

Seine Zweifel, sein Streit mit sich selbst, blicken aus einem Zettelchen hervor, das wahrscheinlich ein angefangener Brief an Wilhelmen ist, und ohne Datum unter seinen Papieren gefunden worden:

———

»Ihre Gegenwart, ihr Schicksal, ihre Teilnehmung an dem meinigen preßt noch die letzten Tränen aus meinem versengten Gehirn.

Den Vorhang aufzuheben und dahinter zu treten! das ist alles! Und warum das Zaudern und Zagen? Weil man nicht weiß, wie's dahinten aussieht? und man nicht wiederkehrt? Und daß das nun die Eigenschaft unseres Geistes ist, da Verwirrung und Finsternis zu ahnen, wovon wir nichts Bestimmtes wissen.«

———

Endlich ward er mit dem traurigen Gedanken immer mehr verwandt und befreundet, und sein Vorsatz fest und unwiderruflich, wovon folgender zweideutige Brief, den er an seinen Freund schrieb, ein Zeugnis abgibt.

Ich danke deiner Liebe, Wilhelm, daß du das Wort so aufgefangen hast. Ja, du hast Recht: mir wäre besser, ich ginge. Der Vorschlag, den du zu einer Rückkehr zu euch tust, gefällt mir nicht ganz; wenigstens möcht' ich noch gern einen Umweg machen, besonders da wir anhaltenden Frost und gute Wege zu hoffen haben. Auch ist mir's sehr lieb, daß du kommen willst, mich abzuholen; verziehe nur noch vierzehn Tage, und erwarte noch einen Brief von mir mit dem Weitern. Es ist nötig, daß nichts gepflückt werde, eh' es reif ist. Und vierzehn Tage auf oder ab tun viel. Meiner Mutter sollst du sagen: daß sie für ihren Sohn beten soll, und daß ich sie um Vergebung bitte wegen alles Verdrusses, den ich ihr gemacht habe. Das war nun mein Schicksal, die zu betrüben, denen ich Freude schuldig war. Leb' wohl, mein Teuerster! Allen Segen des Himmels über dich! Leb'wohl!«

Was in dieser Zeit in Lottens Seele vorging, wie ihre Gesinnung gegen ihren Mann, gegen ihren unglücklichen Freund gewesen, getrauen wir uns kaum mit Worten auszudrücken, ob wir uns gleich davon, nach der Kenntnis ihres Charakters, wohl einen stillen Begriff machen können, und eine schöne weibliche Seele sich in die ihrige denken und mit ihr empfinden kann.

So viel ist gewiß, sie war fest bei sich entschlossen, alles zu tun um Werthern zu entfernen, und wenn sie zauderte, so war es eine herzliche, freundschaftliche Schonung, weil sie wußte, wie viel es ihm kosten, ja daß es ihm beinahe unmöglich sein würde. Doch ward sie in dieser Zeit mehr gedrängt, Ernst zu machen; es schwieg ihr Mann ganz über dies Verhältnis, wie sie auch immer darüber geschwiegen hatte, und um so mehr war ihr angelegen, ihm durch die Tat zu beweisen, wie ihre Gesinnungen der seinigen wert seien.

An demselben Tage, als Werther den zuletzt eingeschalteten Brief an seinen Freund geschrieben, es war der Sonntag vor Weihnachten, kam er Abends zu Lotten, und fand sie allein. Sie beschäftigte sich, einige Spielwerke in Ordnung zu bringen, die sie ihren kleinen Geschwistern zum Christgeschenke zurecht gemacht hatte. Er redete von dem Vergnügen, das die Kleinen haben würden, und von den Zeiten, da einen die unerwartete Öffnung der Tür und die Erscheinung eines aufgeputzten Baumes mit Wachslichtern, Zuckerwerk und Äpfeln in paradiesische Entzückung setzte. — Sie sollen, sagte Lotte, indem sie ihre Verlegenheit unter ein liebes Lächeln verbarg, Sie sollen auch beschert kriegen, wenn Sie recht geschickt sind; ein Wachsstöckchen und noch was. — Und was heißen Sie geschickt sein? rief er aus; wie soll ich sein? wie kann ich sein? beste Lotte! — Donnerstag Abend, sagte sie, ist Weihnachtsabend, da kommen die Kinder, mein Vater auch, da kriegt jedes das Seinige, da kommen Sie auch — aber nicht eher. — Werther stutzte. — Ich bitte Sie, fuhr sie fort, es ist nun einmal so, ich bitte Sie um meiner Ruhe willen, es kann nicht, es kann nicht so bleiben. — Er wendete seine Augen von ihr, ging in der Stube auf und ab, und murmelte das: Es kann nicht so bleiben! zwischen den Zähnen. — Lotte, die den schrecklichen Zustand fühlte, worein ihn diese Worte versetzt hatten, suchte durch allerlei Fragen seine Gedanken abzulenken, aber vergebens. — Nein, Lotte, rief er aus, ich werde Sie nicht wieder sehn! — Warum das? versetzte sie, Werther, Sie können, Sie müssen uns wieder sehn, nur mäßigen Sie sich. O warum mußten Sie mit dieser Heftigkeit, dieser unbezwinglich haftenden Leidenschaft für alles, was Sie einmal anfassen, geboren werden! Ich bitte Sie, fuhr sie fort, indem sie ihn bei der Hand nahm, mäßigen Sie sich! Ihr Geist, Ihre Wissenschaften, Ihre Talente, was bieten die Ihnen für mannigfaltige Ergötzungen dar! Sein Sie ein Mann, wenden Sie diese traurige Anhänglichkeit von einem Geschöpf, das nichts tun kann als Sie bedauern. — Er knirrte mit den Zähnen, und sah sie düster an. — Sie hielt seine Hand: Nur einen Augenblick ruhigen Sinn, Werther! sagte sie. Fühlen Sie nicht, daß Sie sich betrügen, sich mit Willen zu Grunde richten! Warum denn mich, Werther? just mich, das Eigentum eines andern? just das? Ich fürchte, ich fürchte, es ist nur die Unmöglichkeit, mich zu besitzen, die Ihnen diesen Wunsch so reizend macht. — Er zog seine Hand aus der ihrigen, indem er sie mit einem starren, unwilligen Blick ansah. Weise! rief er, sehr weise! hat vielleicht Albert diese Anmerkung gemacht? Politisch! sehr politisch! — Es kann sie jeder machen, versetzte sie drauf. Und sollte denn in der weiten Welt kein Mädchen sein, das die Wünsche Ihres Herzens erfüllte? Gewinnen Sie's über sich! suchen Sie darnach, und ich schwöre Ihnen, Sie werden sie finden; denn schon lange ängstet mich, für Sie und uns, die Einschränkung, in die Sie sich diese Zeit her selbst gebannt haben. Gewinnen Sie es über sich! eine Reise wird Sie, muß Sie zerstreuen! Suchen Sie, finden Sie einen werten Gegenstand Ihrer Liebe, und kehren Sie zurück, und lassen Sie uns zusammen die Seligkeit einer wahren Freundschaft genießen.

Das könnte man, sagte er mit einem kalten Lachen, drucken lassen, und allen Hofmeistern empfehlen. Liebe Lotte! lassen Sie mir noch ein klein wenig Ruh, es wird alles werden! — Nur das, Werther, daß Sie nicht eher kommen als Weihnachtsabend! — Er wollte antworten, und Albert trat in die Stube. Man bot sich einen frostigen Guten Abend, und ging verlegen im Zimmer neben einander auf und nieder. Werther fing einen unbedeutenden Diskurs an, der bald aus war, Albert desgleichen, der sodann seine Frau nach gewissen Aufträgen fragte, und als er hörte, sie seien noch nicht ausgerichtet, ihr einige Worte sagte, die Werthern kalt, ja gar hart vorkamen. Er wollte gehn, er konnte nicht und zauderte bis Acht, da sich denn sein Unmut und Unwillen immer vermehrte, bis der Tisch gedeckt wurde und er Hut und Stock nahm. Albert lud ihn zu bleiben, er aber, der nur ein unbedeutendes Kompliment zu hören glaubte, dankte kalt dagegen, und ging weg.

Er kam nach Hause, nahm seinem Burschen, der ihm leuchten wollte, das Licht aus der Hand, und ging allein in sein Zimmer, weinte laut, redete aufgebracht mit sich selbst, ging heftig die Stube auf und ab, und warf sich endlich in seinen Kleidern aufs Bette, wo ihn der Bediente fand, der es gegen Eilf wagte hinein zu gehn, um zu fragen, ob er dem Herrn die Stiefel ausziehen sollte? das er denn zuließ und dem Bedienten verbot, den andern Morgen ins Zimmer zu kommen, bis er ihm rufen würde.

Montags früh, den einundzwanzigsten Dezember, schrieb er folgenden Brief an Lotten, den man nach seinem Tode versiegelt auf seinem Schreibtische gefunden und ihr überbracht hat, und den ich absatzweise hier einrücken will, so wie aus den Umständen erhellet, daß er ihn geschrieben habe.

»Es ist beschlossen, Lotte, ich will sterben, und das schreib' ich dir ohne romantische Überspannung, gelassen, an dem Morgen des Tags, an dem ich dich zum letztenmale sehn werde. Wenn du dieses liesest, meine Beste, deckt schon das kühle Grab die erstarrten Reste des Unruhigen, Unglücklichen, der für die letzten Augenblicke seines Lebens keine größere Süßigkeit weiß, als sich mit dir zu unterhalten. Ich habe eine schreckliche Nacht gehabt und ach, eine wohltätige Nacht. Sie ist's, die meinen Entschluß befestiget, bestimmt hat: ich will sterben! Wie ich mich gestern von dir riß, in der fürchterlichen Empörung meiner Sinne, wie sich alles das nach meinem Herzen drängte, und mein hoffnungsloses, freudeloses Dasein neben dir in gräßlicher Kälte mich anpackte — ich erreichte kaum mein Zimmer, ich warf mich außer mir auf meine Knie, und o Gott! du gewährtest mir das letzte Labsal der bittersten Tränen!

Tausend Anschläge, tausend Aussichten wüteten durch meine Seele, und zuletzt stand er da, fest, ganz, der letzte, einzige Gedanke: ich will sterben! — Ich legte mich nieder, und morgens, in der Ruhe des Erwachens, steht er noch fest, noch ganz stark in meinem Herzen: ich will sterben! — Es ist nicht Verzweiflung, es ist Gewißheit, daß ich ausgetragen habe, und daß ich mich opfere für dich. Ja, Lotte! warum sollt' ich's verschweigen? eins von uns dreien muß hinweg, und das will ich sein! O meine Beste! in diesem zerrissenen Herzen ist es wütend herumgeschlichen, oft — deinen Mann zu ermorden! — dich! — mich! — So sei's denn! — Wenn du hinauf steigst auf den Berg, an einem schönen Sommerabende, dann erinnere dich meiner, wie ich so oft das Tal herauf kam, und dann blicke nach dem Kirchhofe hinüber nach meinem Grabe, wie der Wind das hohe Gras im Scheine der sinkenden Sonne hin und her wiegt — Ich war ruhig, da ich anfing, nun, nun wein' ich wie ein Kind, da alles das so lebhaft um mich wird. —«

Gegen zehn Uhr rief Werther seinem Bedienten, und unter dem Anziehen sagte er ihm: wie er in einigen Tagen verreisen würde, er solle daher die Kleider auskehren und alles zum Einpacken zurecht machen; auch gab er ihm Befehl, überall Kontos zu fordern, einige ausgeliehene Bücher abzuholen und einigen Armen, denen er wöchentlich etwas zu geben gewohnt war, ihr Zugeteiltes auf zwei Monate voraus zu bezahlen.

Er ließ sich das Essen auf die Stube bringen, und nach Tische ritt er hinaus zum Amtmanne, den er nicht zu Hause antraf. Er ging tiefsinnig im Garten auf und ab, und schien noch zuletzt alle Schwermut der Erinnerung auf sich häufen zu wollen.

Die Kleinen ließen ihn nicht lange in Ruhe, sie verfolgten ihn, sprangen an ihm hinauf, erzählten ihm: daß, wenn morgen, und wieder morgen, und noch ein Tag wäre, sie die Christgeschenke bei Lotten holten, und erzählten ihm Wunder, die sich ihre kleine Einbildungskraft versprach. — Morgen! rief er aus, und wieder morgen! und noch ein Tag! — und küßte sie alle herzlich und wollte sie verlassen, als ihm der Kleine noch etwas in das Ohr sagen wollte. Der verriet ihm, die großen Brüder hätten schöne Neujahrswünsche geschrieben, so groß! und einen für den Papa, für Albert und Lotten einen und auch einen für Herrn Werther; die wollten sie am Neujahrstage früh überreichen. Das übermannte ihn, er schenkte jedem etwas, setzte sich zu Pferde, ließ den Alten grüßen, und ritt mit Tränen in den Augen davon.

Gegen Fünfe kam er nach Hause, befahl der Magd, nach dem Feuer zu sehen und es bis in die Nacht zu unterhalten. Den Bedienten hieß er Bücher und Wäsche unten in den Koffer packen und die Kleider einnähen. Darauf schrieb er wahrscheinlich folgenden Absatz seines letzten Briefes an Lotten.

———

»Du erwartest mich nicht! du glaubst, ich würde gehorchen und erst Weihnachtsabend dich wieder sehn. O Lotte! heut' oder nie mehr. Weihnachtsabend hältst du dieses Papier in deiner Hand, zitterst und benetzt es mit deinen lieben Tränen. Ich will, ich muß! O wie wohl ist es mir, daß ich entschlossen bin.«

———

Lotte war indes in einen sonderbaren Zustand geraten. Nach der letzten Unterredung mit Werthern hatte sie empfunden, wie schwer es ihr fallen werde, sich von ihm zu trennen, was er leiden würde, wenn er sich von ihr entfernen sollte.

Es war wie im Vorübergehn in Alberts Gegenwart gesagt worden, daß Werther vor Weihnachtsabend nicht wieder kommen werde, und Albert war zu einem Beamten in der Nachbarschaft geritten, mit dem er Geschäfte abzutun hatte, und wo er über Nacht ausbleiben mußte.

Sie saß nun allein, keins von ihren Geschwistern war um sie, sie überließ sich ihren Gedanken, die stille über ihren Verhältnissen herumschweiften. Sie sah sich nun mit dem Mann auf ewig verbunden, dessen Liebe und Treue sie kannte, dem sie von Herzen zugetan war, dessen Ruhe, dessen Zuverlässigkeit recht vom Himmel dazu bestimmt zu sein schien, daß eine wackere Frau das Glück ihres Lebens darauf gründen sollte; sie fühlte, was er ihr und ihren Kindern auf immer sein würde. Auf der andern Seite war ihr Werther so teuer geworden, gleich von dem ersten Augenblick ihrer Bekanntschaft an hatte sich die Übereinstimmung ihrer Gemüter so schön gezeigt, der lange dauernde Umgang mit ihm, so manche durchlebte Situationen hatten einen unauslöschlichen Eindruck auf ihr Herz gemacht. Alles, was sie Interessantes fühlte und dachte, war sie gewohnt mit ihm zu teilen, und seine Entfernung drohete in ihr ganzes Wesen eine Lücke zu reißen, die nicht wieder ausgefüllt werden konnte. O, hätte sie ihn in dem Augenblick zum Bruder umwandeln können! wie glücklich wäre sie gewesen! — hätte sie ihn einer ihrer Freundinnen verheiraten dürfen, hätte sie hoffen können, auch sein Verhältnis gegen Albert ganz wieder herzustellen!

Sie hatte ihre Freundinnen der Reihe nach durchgedacht und fand bei einer jeglichen etwas auszusetzen, fand keine, der sie ihn gegönnt hätte.

Über allen diesen Betrachtungen fühlte sie erst tief, ohne sich es deutlich zu machen, daß ihr herzliches heimliches Verlangen sei, ihn für sich zu behalten, und sagte sich daneben, daß sie ihn nicht behalten könne, behalten dürfe; ihr reines, schönes, sonst so leichtes, und leicht sich helfendes Gemüt empfand den Druck einer Schwermut, dem die Aussicht zum Glück verschlossen ist. Ihr Herz war gepreßt, und eine trübe Wolke lag über ihrem Auge.

So war es halb Sieben geworden, als sie Werthern die Treppe herauf kommen hörte, und seinen Tritt, seine Stimme, die nach ihr fragte, bald erkannte. Wie schlug ihr Herz, und wir dürfen fast sagen zum erstenmal, bei seiner Ankunft. Sie hätte sich gern vor ihm verleugnen lassen, und als er herein trat, rief sie ihm mit einer Art von leidenschaftlicher Verwirrung entgegen: Sie haben nicht Wort gehalten. – Ich habe nichts versprochen, war seine Antwort. – So hätten Sie wenigstens meiner Bitte stattgeben sollen, versetzte sie, ich bat Sie um unser beider Ruhe.

Sie wußte nicht recht, was sie sagte, eben so wenig was sie tat, als sie nach einigen Freundinnen schickte, um nicht mit Werthern allein zu sein. Er legte einige Bücher hin, die er gebracht hatte, fragte nach andern, und sie wünschte, bald daß ihre Freundinnen kommen, bald daß sie wegbleiben möchten. Das Mädchen kam zurück, und brachte die Nachricht, daß sich beide entschuldigen ließen.

Sie wollte das Mädchen mit ihrer Arbeit in das Nebenzimmer sitzen lassen; dann besann sie sich wieder anders. Werther ging in der Stube auf und ab, sie trat ans Klavier und fing eine Menuett an, sie wollte nicht fließen. Sie nahm sich zusammen, und setzte sich gelassen zu Werthern, der seinen gewöhnlichen Platz auf dem Kanapee eingenommen hatte.

Haben Sie nichts zu lesen? sagte sie. – Er hatte nichts. – Da drin in meiner Schublade, fing sie an, liegt Ihre Übersetzung einiger Gesänge Ossians; ich habe sie noch nicht gelesen, denn ich hoffte immer, sie von Ihnen zu hören; aber zeither hat sich's nicht finden, nicht machen wollen. – Er lächelte, holte die Lieder, ein Schauer überfiel ihn, als er sie in die Hände nahm, und die Augen standen ihm voll Tränen, als er hinein sah. Er setzte sich nieder und las.

———

»Stern der dämmernden Nacht, schön funkelst du in Westen, hebst dein strahlend Haupt aus deiner Wolke, wandelst stattlich deinen Hügel hin. Wornach blickst du auf die Heide? Die stürmenden Winde haben sich gelegt; von ferne kommt des Gießbachs Murmeln; rauschende Wellen spielen am Felsen ferne; das Gesumme der Abendfliegen schwärmet übers Feld. Wornach siehst du, schönes Licht? Aber du lächelst und gehst, freudig umgeben dich die Wellen und baden dein liebliches Haar. Lebe wohl, ruhiger Strahl. Erscheine, du herrliches Licht von Ossians Seele!

Und es erscheint in seiner Kraft. Ich sehe meine geschiedenen Freunde, sie sammeln sich auf Lora, wie in den Tagen, die vorüber sind. — Fingal kommt wie eine feuchte Nebelsäule; um ihn sind seine Helden, und, siehe! die Barden des Gesangs: Grauer Ullin! stattlicher Ryno! Alpin, lieblicher Sänger! und du, sanft klagende Minona! — Wie verändert seid ihr, meine Freunde, seit den festlichen Tagen auf Selma, da wir buhlten um die Ehre des Gesangs, wie Frühlingslüfte den Hügel hin wechselnd beugen das schwach lispelnde Gras.

Da trat Minona hervor in ihrer Schönheit, mit niedergeschlagenem Blick und tränenvollem Auge, schwer floß ihr Haar im unsteten Winde, der von dem Hügel herstieß. — Düster ward's in der Seele der Helden, als sie die liebliche Stimme erhob; denn oft hatten sie das Grab Salgars gesehen, oft die finstere Wohnung der weißen Colma. Colma, verlassen auf dem Hügel, mit der harmonischen Stimme; Salgar versprach zu kommen; aber ringsum zog sich die Nacht. Höret Colmas Stimme, da sie auf dem Hügel allein saß.

Es ist Nacht! — ich bin allein, verloren auf dem stürmischen Hügel. Der Wind saust im Gebirg. Der Strom heult den Felsen hinab. Keine Hütte schützt mich vor Regen, mich Verlaßne auf dem stürmischen Hügel.

Tritt, o Mond, aus deinen Wolken! erscheinet, Sterne der Nacht! Leite mich irgend ein Strahl zu dem Orte, wo meine Liebe ruht von den Beschwerden der Jagd, sein Bogen neben ihm abgespannt, seine Hunde schnobend um ihn! Aber hier muß ich sitzen allein auf dem Felsen des verwachsenen Stroms. Der Strom und der Sturm saust, ich höre nicht die Stimme meines Geliebten.

Warum zaudert mein Salgar? Hat er sein Wort vergessen? — Da ist der Fels und der Baum und hier der rauschende Strom! Mit einbrechender Nacht versprachst du hier zu sein; ach! wohin hat sich mein Salgar verirrt? Mit dir wollt' ich fliehen, verlassen Vater und Bruder, die Stolzen! Lange sind unsere Geschlechter Feinde, aber wir sind keine Feinde, o Salgar!

Schweig eine Weile, o Wind! still eine kleine Weile, o Strom, daß meine Stimme klinge durchs Tal, daß mein Wanderer mich höre. Salgar! ich bin's, die ruft! Hier ist der Baum und der Fels! Salgar! mein Lieber! hier bin ich; warum zauderst du zu kommen?

Sieh, der Mond erscheint, die Flut glänzt im Tale, die Felsen stehen grau den Hügel hinauf; aber ich seh' ihn nicht auf der Höhe, seine Hunde vor ihm her verkündigen nicht seine Ankunft. Hier muß ich sitzen allein.

Aber wer sind, die dort unten liegen auf der Heide? — Mein Geliebter? Mein Bruder? — Redet, o meine Freunde! Sie antworten nicht. Wie geängstet ist meine Seele! — Ach sie sind tot! Ihre Schwerter rot vom Gefechte! O mein Bruder, mein Bruder! warum hast du meinen Salgar erschlagen? O mein Salgar, warum hast du meinen Bruder erschlagen? Ihr wart mir beide so lieb! O du warst schön an dem Hügel unter Tausenden! Es war schrecklich in der

Schlacht. Antwortet mir! hört meine Stimme, meine Geliebten! Aber ach! sie sind stumm! stumm auf ewig! kalt wie die Erde ist ihr Busen!

O von dem Felsen des Hügels, von dem Gipfel des stürmenden Berges, redet, Geister der Toten! redet! mir soll es nicht grausen! — Wohin seid ihr zur Ruhe gegangen? in welcher Gruft des Gebirges soll ich euch finden? — Keine schwache Stimme vernehm' ich im Winde', keine wehende Antwort im Sturme des Hügels.

Ich sitze in meinem Jammer, ich harre auf den Morgen in meinen Tränen. Wühlet das Grab, ihr Freunde der Toten, aber schließt es nicht, bis ich komme. Mein Leben schwindet wie ein Traum; wie sollt' ich zurückbleiben! Hier will ich wohnen mit meinen Freunden an dem Strome des klingenden Felsens — Wenn's Nacht wird auf dem Hügel, und Wind kommt über die Heide, soll mein Geist im Winde stehn und trauern den Tod meiner Freunde. Der Jäger hört mich aus seiner Laube, fürchtet meine Stimme und liebt sie; denn süß soll meine Stimme sein um meine Freunde, sie waren mir beide so lieb!

Das war dein Gesang, o Minona, Tormans sanft errötende Tochter. Unsere Tränen flossen um Colma, und unsere Seele ward düster.

Ullin trat auf mit der Harfe und gab uns Alpins Gesang — Alpins Stimme war freundlich, Rynos Seele ein Feuerstrahl. Aber schon ruhten sie im engen Hause, und ihre Stimme war verhallet in Selma. Einst kehrt' Ullin zurück von der Jagd, ehe die Helden noch fielen. Er hörte ihren Wettegesang auf dem Hügel. Ihr Lied war sanft, aber traurig. Sie klagten Morars Fall, des ersten der Helden. Seine Seele war wie Fingals Seele, sein Schwert wie das Schwert Oskars — Aber er fiel, und sein Vater jammerte, und seiner Schwester Augen waren voll Tränen, Minonas Augen waren voll Tränen der Schwester des herrlichen Morars. Sie trat zurück vor Ullins Gesang, wie der Mond in Westen, der den Sturmregen voraussieht und sein schönes Haupt in eine Wolke verbirgt. — Ich schlug die Harfe mit Ullin zum Gesange des Jammers.

RYNO.

Vorbei sind Wind und Regen, der Mittag ist so heiter, die Wolken
teilen sich. Fliehend bescheint den Hügel die unbeständige Sonne.
Rötlich fließt der Strom des Bergs im Tale hin. Süß ist das Murmeln, Strom; doch süßer die Stimme, die ich höre. Es ist Alpins
Stimme, er bejammert den Toten. Sein Haupt ist vor Alter ge-
beugt, und rot sein tränendes Auge. Alpin, trefflicher Sänger, warum allein auf dem schweigenden Hügel? Warum jammerst du wie
ein Windstoß im Walde, wie eine Welle am fernen Gestade?

ALPIN.

Meine Tränen, Ryno, sind für den Toten, meine Stimme für die Bewohner des Grabs. Schlank bist du auf dem Hügel, schön unter
den Söhnen der Heide. Aber du wirst fallen wie Morar, und auf
deinem Grabe wird der Trauernde sitzen. Die Hügel werden dich
vergessen, dein Bogen in der Halle liegen ungespannt.

Du warst schnell, o Morar, wie ein Reh auf dem Hügel, schrecklich wie die Nachtfeuer am Himmel. Dein Grimm war ein Sturm
dein Schwert in der Schlacht wie Wetterleuchten über der Heide.
Deine Stimme glich dem Waldstrome nach dem Regen, dem Donner auf fernen Hügeln. Manche fielen von deinem Arm, die Flamme deines Grimmes verzehrte sie. Aber wenn du wiederkehrtest
vom Kriege, wie friedlich war deine Stirne! dein Angesicht war
gleich der Sonne nach dem Gewitter, gleich dem Monde in der
schweigenden Nacht, ruhig deine Brust wie der See, wenn sich des
Windes Brausen gelegt hat.

Eng ist nun deine Wohnung! finster deine Stätte! mit drei Schrit-
ten meß' ich dein Grab, o du! der du ehe so groß warst! Vier Steine mit moosigen Häuptern sind dein einziges Gedächtnis; ein ent-
blätterter Baum, langes Gras, das im Winde wispelt, deutet dem

Auge des Jägers das Grab des mächtigen Morars. Keine Mutter hast du, dich zu beweinen, kein Mädchen mit Tränen der Liebe. Tot ist, die dich gebar, gefallen die Tochter von Morglan.

Wer auf seinem Stabe ist das? Wer ist's, dessen Haupt weiß ist vor Alter, dessen Augen rot sind von Tränen? Es ist dein Vater, o Morar! der Vater keines Sohnes außer dir. Er hörte von deinem Ruf in der Schlacht, er hörte von zerstobenen Feinden; er hörte Morars Ruhm! Ach! nichts von seiner Wunde? Weine, Vater Morars! weine! Aber dein Sohn hört dich nicht. Tief ist der Schlaf der Toten, niedrig ihr Kissen von Staube. Nimmer achtet er auf die Stimme, nie erwacht er auf deinen Ruf. O wann wird es Morgen im Grabe, zu bieten dem Schlummerer: Erwache!

Lebe wohl! edelster der Menschen, du Eroberer im Felde! Aber nimmer wird dich das Feld sehen! nimmer der düstere Wald leuchten vom Glanze deines Stahls. Du hinterließest keinen Sohn, aber der Gesang soll deinen Namen erhalten, künftige Zeiten sollen von dir hören, hören von dem gefallenen Morar.

Laut war die Trauer der Helden, am lautesten Armins berstender Seufzer. Ihn erinnert's an den Tod seines Sohnes, er fiel in den Tagen der Jugend. Carmor saß nah bei dem Helden, der Fürst des hallenden Galmal. Warum schluchzet der Seufzer Armins? sprach er, was ist hier zu weinen? Klingt nicht ein Lied und ein Gesang, die Seele zu schmelzen und zu ergetzen? sie sind wie sanfter Nebel, der steigend vom See aufs Tal sprüht, und die blühenden Blumen füllet das Naß, aber die Sonne kommt wieder in ihrer Kraft, und der Nebel ist gegangen. Warum bist du so jammervoll, Armin, Herrscher des seeumflossenen Gorma?

Jammervoll! Wohl das bin ich, und nicht gering die Ursache meines Wehs. — Carmor, du verlorst keinen Sohn, verlorst keine blühende Tochter; Colgar, der Tapfere, lebt, und Annira, die schönste der Mädchen. Die Zweige deines Hauses blühen, o Carmor; aber Armin ist der Letzte seines Stammes. Finster ist dein Bett, o Daura! dumpf ist dein Schlaf in dem Grabe — Wann erwachst du mit deinen Gesängen, mit deiner melodischen Stimme? Auf! ihr Winde des Herbstes! auf! stürmt über die finstere Heide! Waldströme, braust! Heult, Stürme, im Gipfel der Eichen! Wandle durch gebrochene Wolken, o Mond, zeige wechselnd dein bleiches Gesicht! Erinnre mich der schrecklichen Nacht, da meine Kinder umkamen, da Arindal, der Mächtige, fiel, Daura, die Liebe, verging.

Daura, meine Tochter, du warst schön! schön wie der Mond auf den Hügeln von Fura, weiß wie der gefallene Schnee, süß wie die atmende Luft! Arindal, dein Bogen war stark, dein Speer schnell auf dem Felde, dein Blick wie Nebel auf der Welle, dein Schild eine Feuerwolke im Sturme!

Armar, berühmt im Kriege, kam und warb um Dauras Liebe; sie widerstand nicht lange. Schön waren die Hoffnungen ihrer Freunde.

Erath, der Sohn Odgals, grollte, denn sein Bruder lag erschlagen von Armar. Er kam in einen Schiffer verkleidet. Schön war sein Nachen auf der Welle, weiß seine Locken vor Alter, ruhig sein ernstes Gesicht. Schönste der Mädchem, sagt' er, liebliche Tochter von Armin, dort am Felsen, nicht fern in der See, wo die rote Frucht vom Baume herblinkt, dort wartet Armar auf Daura; ich komme, seine Liebe zu führen über die rollende See.

Sie folgt' ihm und rief nach Armar; nichts antwortete als die Stimme des Felsens. Armer! mein Lieber! mein Lieber! warum ängstest du mich so? Höre, Sohn Arnarths! höre! Daura ist's, die dich ruft!

Erath, der Verräter, floh lachend zum Lande. Sie erhob ihre Stimme, rief nach ihrem Vater und Bruder: Arindal! Armin! Ist keiner, seine Daura zu retten?

Ihre Stimme kam über die See. Arindal, mein Sohn, stieg vom Hügel herab, rauh in der Beute der Jagd, seine Pfeile rasselten an seiner Seite, seinen Bogen trug er in der Hand, fünf schwarzgraue Doggen waren um ihn. Er sah den kühnen Erath am Ufer, faßt' und band ihn an die Eiche, fest umflocht er seine Hüften, der Gefesselte füllte mit Ächzen die Winde.

Arindal betritt die Wellen in seinem Boote, Daura herüber zu bringen. Armar kam in seinem Grimme, drückt' ab den grau befiederten Pfeil, er klang, er sank in dein Herz, o Arindal, mein Sohn! Statt Eraths, des Verräters, kamst du um, das Boot erreichte den Felsen, er sank dran nieder und starb. Zu deinen Füßen floß deines Bruders Blut, welch war dein Jammer, o Daura!

Die Wellen zerschmettern das Boot. Armar stürzt sich in die See, seine Daura zu retten oder zu sterben. Schnell stürmte ein Stoß vom Hügel in die Wellen, er sank und hob sich nicht wieder.

Allein auf dem seebespülten Felsen hört' ich die Klagen meiner Tochter. Viel und laut war ihr Schreien, doch konnt' sie ihr Vater nicht retten. Die ganze Nacht stand ich am Ufer, ich sah sie im schwachen Strahle des Monds, die ganze Nacht hört' ich ihr Schrein, laut war der Wind, und der Regen schlug scharf nach der Seite des Bergs. Ihre Stimme ward schwach, eh' der Morgen erschien, sie starb weg wie die Abendluft zwischen dem Grase der Felsen. Beladen mit Jammer starb sie und ließ Armin allein! Dahin ist meine Stärke im Kriege, gefallen mein Stolz unter den Mädchen.

Wenn die Stürme des Berges kommen, wenn der Nord die Wellen hochhebt, sitz' ich am schallenden Ufer, schaue nach dem schrecklichen Felsen. Oft im sinkenden Mond' seh' ich die Geister meiner Kinder, halb dämmernd wandeln sie zusammen in trauriger Eintracht.«

Ein Strom von Tränen, der aus Lottens Augen brach und ihrem gepreßten Herzen Luft machte, hemmte Werthers Gesang. Er warf das Papier hin, faßte ihre Hand und weinte die bittersten Tränen. Lotte ruhte auf der andern und verbarg ihre Augen ins Schnupftuch. Die Bewegung beider war fürchterlich. Sie fühlten ihr eigenes Elend in dem Schicksale der Edlen, fühlten es zusammen, und ihre Tränen vereinigten sich. Die Lippen und Augen Werthers glühten an Lottens Arme; ein Schauer überfiel sie; sie wollte sich entfernen, und Schmerz und Anteil lagen betäubend wie Blei auf ihr. Sie atmete, sich zu erholen, und bat ihn schluchzend fortzufahren, bat mit der ganzen Stimme des Himmels! Werther zitterte, sein Herz wollte bersten, er hob das Blatt auf und las halb gebrochen:

»Warum weckst du mich, Frühlingsluft? Du buhlst und sprichst: Ich betaue mit Tropfen des Himmels! Aber die Zeit meines Welkens ist nahe, nahe der Sturm, der meine Blätter herabstört! Morgen wird der Wanderer kommen, kommen der mich sah in meiner Schönheit, ringsum wird sein Auge im Felde mich suchen und wird mich nicht finden. —«

———

Die ganze Gewalt dieser Worte fiel über den Unglücklichen. Er warf sich vor Lotten nieder in der vollen Verzweifelung, faßte ihre Hände, drückte sie in seine Augen, wider seine Stirn, und ihr schien eine Ahnung seines schrecklichen Vorhabens durch die Seele zu fliegen. Ihre Sinnen verwirrten sich, sie drückte seine Hände, drückte sie wider ihre Brust, neigte sich mit einer wehmütigen Bewegung zu ihm, und ihre glühenden Wangen berührten sich. Die Welt verging ihnen. Er schlang seine Arme um sie her, preßte sie an seine Brust und deckte ihre zitternden, stammelnden Lippen mit wütenden Küssen. — Werther! rief sie mit erstickter Stimme, sich abwendend, Werther! — und drückte mit schwacher Hand seine Brust von der ihrigen; — Werther! rief sie mit dem gefaßten Tone des edelsten Gefühles. — Er widerstand nicht, ließ sie aus seinen Armen und warf sich unsinnig vor sie hin. — Sie riß sich auf, und in ängstlicher Verwirrung, bebend zwischen Liebe und Zorn, sagte sie: Das ist das letztemal! Werther! Sie sehn mich nicht wieder. Und mit dem

vollsten Blick der Liebe auf den Elenden eilte sie ins Nebenzimmer und schloß hinter sich zu. Werther streckte ihr die Arme nach, getraute sich nicht, sie zu halten. Er lag an der Erde, den Kopf auf dem Kanapee, und in dieser Stellung blieb er über eine halbe Stunde, bis ihn ein Geräusch zu sich selbst rief. Es war das Mädchen, das den Tisch decken wollte. Er ging im Zimmer auf und ab, und da er sich wieder allein sah, ging er zur Türe des Kabinetts und rief mit leiser Stimme: Lotte! Lotte! nur noch ein, Wort! ein Lebe wohl! — Sie schwieg. — Er harrte und bat und harrte; dann riß er sich weg und rief: Leb' wohl, Lotte! auf ewig leb' wohl!

Er kam ans Stadttor. Die Wächter, die ihn schon gewohnt waren, ließen ihn stillschweigend hinaus. Es stiebte zwischen Regen und Schnee, und erst gegen Eilfe klopfte er wieder. Sein Diener bemerkte, als Werther nach Hause kam, daß seinem Herrn der Hut fehlte. Er getraute sich nicht, etwas zu sagen, entkleidete ihn, alles war naß. Man hat nachher den Hut auf einem Felsen, der an dem Abhange des Hügels ins Tal sieht, gefunden, und es ist unbegreiflich, wie er ihn in einer finstern, feuchten Nacht, ohne zu stürzen, erstiegen hat.

Er legte sich zu Bette und schlief lange. Der Bediente fand ihn schreibend, als er ihm den andern Morgen auf sein Rufen den Kaffee brachte. Er schrieb folgendes am Briefe an Lotten:

»Zum letztenmale denn, zum letztenmale schlag' ich diese Augen auf. Sie sollen, ach, die Sonne nicht mehr sehn, ein trüber, neblichter Tag hält sie bedeckt. So traure denn, Natur! dein Sohn, dein Freund, dein Geliebter naht sich seinem Ende. Lotte, das ist ein Gefühl ohne gleichen, und doch kommt's dem dämmernden Traum am nächsten, zu sich zu sagen: das ist der letzte Morgen. Der letzte! Lotte, ich habe keinen Sinn für das Wort der letzte! Steh' ich nicht da in meiner ganzen Kraft, und morgen lieg' ich ausgestreckt und schlaff am Boden. Sterben! was heißt das? Sieh', wir träumen, wenn wir vom Tode reden. Ich hab' manchen sterben sehen; aber so eingeschränkt ist die Menschheit, daß sie für ihres Daseins Anfang und Ende keinen Sinn hat. Jetzt noch mein, dein! dein, o Geliebte! Und einen Augenblick — getrennt, geschieden — vielleicht auf ewig? — Nein, Lotte, nein — Wie kann ich vergehen? wie kannst du vergehen? Wir *sind ja*! — Vergehen! — Was heißt das? Das ist wieder ein Wort, ein leerer Schall, ohne Gefühl für mein Herz. — — Tot, Lotte! eingescharrt der kalten Erde, so eng! so finster! — Ich hatte eine Freundin, die mein alles war meiner hilf-losen Jugend; sie starb, und ich folgte ihrer Leiche, und stand an dem Grabe, wie sie den Sarg hinunter ließen, und die Seile schnur-rend unter ihm weg und wieder herauf schnellten, dann die erste Schaufel hinunter schollerte, und die ängstliche Lade einen dumpf-en Ton wiedergab, und dumpfer und immer dumpfer, und endlich bedeckt war! — Ich stürzte neben das Grab hin — ergriffen, erschüttert, geängstigt, zerrissen mein Innerstes, aber ich wußte nicht, wie mir geschah — wie mir geschehen wird — Sterben! Grab! ich verstehe die Worte nicht!

O vergib mir! vergib mir! Gestern! Es hätte der letzte Augen-blick meines Lebens sein sollen. O du Engel! zum erstenmale, zum erstenmale ganz ohne Zweifel durch mein innig Innerstes durch-glühte mich das Wonnegefühl: Sie liebt mich! sie liebt mich! Es brennt noch auf meinen Lippen das heilige Feuer, das von den dei-nigen strömte neue, warme Wonne ist in meinem Herzen. Vergib mir! vergib mir!

Ach, ich wußte, daß du mich liebtest, wußte es an den ersten seelenvollen Blicken, an dem ersten Händedruck, und doch, wenn ich wieder weg war, wenn ich Alberten an deiner Seite sah, verzagt' ich wieder in fieberhaften Zweifeln.

Erinnerst du dich der Blumen, die du mir schicktest, als du in jener fatalen Gesellschaft mir kein Wort sagen, keine Hand reichen konntest? o, ich habe die halbe Nacht davor gekniet, und sie ver-siegelten mir deine Liebe. Aber ach! diese Eindrücke gingen vorü-ber, wie das Gefühl der Gnade seines Gottes allmählich wieder aus der Seele des Gläubigen weicht, die ihm mit ganzer Himmelsfülle in heiligen, sichtbaren Zeichen gereicht ward.

Alles das ist vergänglich, aber keine Ewigkeit soll das glühende Leben auslöschen, das ich gestern auf deinen Lippen genoß, das ich in mir fühle! Sie liebt mich! Dieser Arm hat sie umfaßt, diese Lippen haben auf ihren Lippen gezittert, dieser Mund hat an dem ihrigen gestammelt. Sie ist mein! du bist mein! ja, Lotte, auf ewig.

Und was ist das, daß Albert dein Mann ist? Mann! Das wäre denn für diese Welt – und für diese Welt Sünde, daß ich dich liebe, daß ich dich aus seinen Armen in die meinigen reißen möchte? Sünde? Gut, und ich strafe mich dafür; ich hab' sie in ihrer ganzen Himmelswonne geschmeckt, diese Sünde, habe Lebensbalsam und Kraft in mein Herz gesaugt. Du bist von diesem Augenblicke mein! mein, o Lotte! Ich gehe voran! geh' zu meinem Vater, zu deinem Vater. Dem will ich's klagen, und er wird mich trösten, bis du kommst, und ich fliege dir entgegen und fasse dich und bleibe bei dir vor dem Angesichte des Unendlichen in ewigen Umarmungen.

Ich träume nicht, ich wähne nicht! nahe am Grabe wird mir's heller. Wir werden sein! wir werden uns wieder sehen! Deine Mutter sehen! ich werde sie sehen, werde sie finden, ach, und vor ihr mein ganzes Herz ausschütten! Deine Mutter, dein Ebenbild.«

———

Gegen Eilfe fragte Werther seinen Bedienten, ob wohl Albert zurückgekommen sei? Der Bediente sagte: ja, er habe dessen Pferd dahin führen sehen. Drauf gibt ihm der Herr ein offenes Zettelchen des Inhalts:

»Wollten Sie mir wohl zu einer vorhabenden Reise Ihre Pistolen leihen? Leben Sie recht wohl!«

Die liebe Frau hatte die letzte Nacht wenig geschlafen; was sie gefürchtet hatte, war entschieden, auf eine Weise entschieden, die sie weder ahnen noch fürchten konnte. Ihr sonst so rein und leicht fließendes Blut war in einer fieberhaften Empörung, tausenderlei Empfindungen zerrütteten das schöne Herz. War es das Feuer von Werthers Umarmungen, das sie in ihrem Busen fühlte? war es Unwille über seine Verwegenheit? war es eine unmutige Vergleichung ihres gegenwärtigen Zustandes mit jenen Tagen ganz unbefangener freier Unschuld und sorglosen Zutrauens an sich selbst? Wie sollte sie ihrem Manne entgegen gehen? wie ihm eine Szene bekennen, die sie so gut gestehen durfte, und die sie sich doch zu gestehen nicht getraute? Sie hatten so lange gegen einander geschwiegen, und sollte sie die erste sein, die das Stillschweigen bräche und eben zur unrechten Zeit ihrem Gatten eine so unerwartete Entdeckung machte? Schon fürchtete sie, die bloße Nachricht von Werthers Besuch werde ihm einen unangenehmen Eindruck machen, und nun gar diese unerwartete Katastrophe! Konnte sie wohl hoffen, daß ihr Mann sie ganz im rechten Lichte sehen, ganz ohne Vorurteil aufnehmen würde? und konnte sie wünschen, daß er in ihrer Seele lesen möchte? Und doch wieder, konnte sie sich verstellen gegen den Mann, vor dem sie immer wie ein kristallhelles Glas offen und frei gestanden und dem sie keine ihrer Empfindungen jemals verheimlicht noch verheimlichen können? Eins und das andre machte ihr Sorgen und setzte sie in Verlegenheit; und immer kehrten ihre Gedanken wieder zu Werthern, der für sie verloren war, den sie nicht lassen konnte, den sie leider! sich selbst überlassen mußte, und dem, wenn er sie verloren hatte, nichts mehr übrig blieb.

Wie schwer lag jetzt, was sie sich in dem Augenblick nicht deutlich machen konnte, die Stockung auf ihr, die sich unter ihnen festgesetzt hatte! So verständige, so gute Menschen fingen wegen gewisser heimlicher Verschiedenheiten unter einander zu schweigen an, jedes dachte seinem Recht und dem Unrechte des andern nach, und die Verhältnisse verwickelten und verhetzten sich dergestalt, daß es unmöglich ward, den Knoten eben in dem kritischen Momente, von dem alles abhing, zu lösen. Hätte eine glückliche Vertraulichkeit sie früher wieder einander näher gebracht, wäre Liebe und Nachsicht wechselweise unter ihnen lebendig worden und hätte ihre Herzen aufgeschlossen, vielleicht wäre unser Freund noch zu retten gewesen.

Noch ein sonderbarer Umstand kam dazu. Werther hatte, wie wir aus seinen Briefen wissen, nie ein Geheimnis daraus gemacht, daß er sich, diese Welt zu verlassen, sehnte. Albert hatte ihn oft bestritten, auch war zwischen Lotten und ihrem Mann manchmal die Rede davon gewesen. Dieser, wie er einen entschiedenen Widerwillen gegen die Tat empfand, hatte auch gar oft mit einer Art von Empfindlichkeit, die sonst ganz außer seinem Charakter lag, zu erkennen gegeben, daß er an dem Ernst eines solchen Vorsatzes sehr zu zweifeln Ursach' finde, er hatte sich sogar darüber einigen Scherz erlaubt und seinen Unglauben Lotten mitgeteilt. Dies beruhigte sie zwar von einer Seite, wenn ihre Gedanken ihr das traurige Bild vorführten, von der andern aber fühlte sie sich auch dadurch gehindert, ihrem Manne die Besorgnisse mitzuteilen, die sie in dem Augenblicke quälten.

Albert kam zurück, und Lotte ging ihm mit einer verlegenen Hastigkeit entgegen, er war nicht heiter, sein Geschäft war nicht vollbracht, er hatte an dem benachbarten Amtmanne einen unbiegsamen, kleinsinnigen Menschen gefunden. Der üble Weg auch hatte ihn verdrießlich gemacht.

Er fragte, ob nichts vorgefallen sei, und sie antwortete mit Übereilung: Werther sei gestern Abends dagewesen. Er fragte, ob Briefe gekommen, und er erhielt zur Antwort, daß ein Brief und Pakete auf seiner Stube lägen. Er ging hinüber, und Lotte blieb allein. Die Gegenwart des Mannes, den sie liebte und ehrte, hatte einen neuen Eindruck in ihr Herz gemacht. Das Andenken seines Edelmuts, seiner Liebe und Güte hatte ihr Gemüt mehr beruhigt, sie fühlte einen heimlichen Zug, ihm zu folgen, sie nahm ihre Arbeit und ging auf sein Zimmer, wie sie mehr zu tun pflegte. Sie fand ihn beschäftigt, die Pakete zu erbrechen und zu lesen. Einige schienen nicht das Angenehmste zu enthalten. Sie tat einige Fragen an ihn, die er kurz beantwortete, und sich an den Pult stellte, zu schreiben.

Sie waren auf diese Weise eine Stunde neben einander gewesen, und es ward immer dunkler in Lottens Gemüt. Sie fühlte, wie schwer es ihr werden würde, ihrem Mann, auch wenn er bei dem besten Humor wäre, das zu entdecken, was ihr auf dem Herzen lag: sie verfiel in eine Wehmut, die ihr um desto ängstlicher wurde, als sie solche zu verbergen und ihre Tränen zu verschlucken suchte.

Die Erscheinung von Werthers Knaben setzte sie in die größte Verlegenheit; er überreichte Alberten das Zettelchen, der sich gelassen nach seiner Frau wendete und sagte: Gib ihm die Pistolen. — Ich lass' ihm glückliche Reise wünschen, sagt' er zum Jungen. — Das fiel auf sie wie ein Donnerschlag, sie schwankte aufzustehen, sie wußte nicht, wie ihr geschah. Langsam ging sie nach der Wand, zitternd nahm sie das Gewehr herunter, putzte den Staub ab und zauderte, und hätte noch lang' gezögert, wenn nicht Albert durch einen fragenden Blick sie gedrängt hätte. Sie gab das unglückliche Werkzeug dem Knaben, ohne ein Wort vorbringen zu können, und als der zum Hause hinaus war, machte sie ihre Arbeit zusammen, ging in ihr Zimmer, in dem Zustande der unaussprechlichsten Ungewißheit. Ihr Herz weissagte ihr alle Schrecknisse. Bald war sie im Begriffe, sich zu den Füßen ihres Mannes zu werfen, ihm alles zu entdecken, die Geschichte des gestrigen Abends, ihre Schuld und ihre Ahnungen. Dann sah sie wieder keinen Ausgang des Unternehmens, am wenigsten konnte sie hoffen, ihren Mann zu einem Gang nach Werthern zu bereden. Der Tisch ward gedeckt, und eine gute Freundin, die nur etwas zu fragen kam, gleich gehen wollte — und blieb, machte die Unterhaltung bei Tische erträglich; man zwang sich, man redete, man erzählte, man vergaß sich.

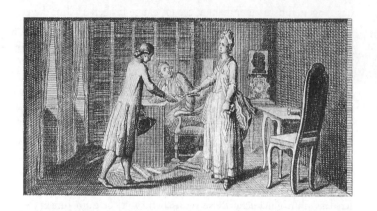

Der Knabe kam mit den Pistolen zu Werthern, der sie ihm mit Entzücken abnahm, als er hörte, Lotte habe sie ihm gegeben. Er ließ sich Brot und Wein bringen, hieß den Knaben zu Tische gehn, und setzte sich nieder, zu schreiben.

»Sie sind durch deine Hände gegangen, du hast den Staub davon geputzt, ich küsse sie tausendmal, du hast sie berührt! und du, Geist des Himmels, begünstigst meinen Entschluß! und du, Lotte, reichst mir das Werkzeug, du, von deren Händen ich den Tod zu empfangen wünschte, und ach! nun empfange. O ich habe meinen Jungen ausgefragt. Du zittertest, als du sie ihm reichtest, du sagtest kein Lebe wohl! — Wehe! wehe! kein Lebe wohl! — Solltest du dein Herz für mich verschlossen haben, um des Augenblicks willen, der mich ewig an dich befestigte? Lotte, kein Jahrtausend vermag den Eindruck auszulöschen! Und ich fühl's, du kannst den nicht hassen, der so für dich glüht.«

Nach Tische hieß er den Knaben alles vollends einpacken, zerriß viele Papiere, ging aus, und brachte noch kleine Schulden in Ordnung. Er kam wieder nach Hause, ging wieder aus vors Tor, ungeachtet des Regens, in den gräflichen Garten, schweifte weiter in der Gegend umher, und kam mit anbrechender Nacht zurück und schrieb.

»Wilhelm, ich habe zum letztenmale Feld und Wald und den Himmel gesehen. Leb' wohl auch du! Liebe Mutter, verzeiht mir! Tröste sie, Wilhelm! Gott segne euch! Meine Sachen sind alle in Ordnung. Lebt wohl! wir sehen uns wieder und freudiger.«

———

»Ich habe dir übel gelohnt, Albert, und du vergibst mir. Ich habe den Frieden deines Hauses gestört, ich habe Mißtrauen zwischen euch gebracht. Leb' wohl! ich will's enden. O daß ihr glücklich wäret durch meinen Tod! Albert! Albert! mache den Engel glücklich! Und so wohne Gottes Segen über dir!«

———

Er kramte den Abend noch viel in seinen Papieren, zerriß vieles und warf's in den Ofen, versiegelte einige Päcke mit den Adressen an Wilhelm. Sie enthielten kleine Aufsätze, abgerissene Gedanken, deren ich verschiedene gesehen habe; und nachdem er um zehn Uhr Feuer hatte nachlegen und sich eine Flasche Wein geben lassen, schickte er den Bedienten, dessen Kammer wie auch die Schlafzimmer der Hausleute weit hinten hinaus waren, zu Bette, der sich dann in seinen Kleidern niederlegte, um frühe bei der Hand zu sein; denn sein Herr hatte gesagt, die Postpferde würden vor Sechse vors Haus kommen.

———

»Nach Eilfe.

Alles ist so still um mich her, und so ruhig meine Seele. Ich danke dir, Gott, der du diesen letzten Augenblicken diese Wärme, diese Kraft schenkest.

Ich trete an das Fenster, meine Beste! und seh', und sehe noch durch die stürmenden, vorüberfliehenden Wolken einzelne Sterne des ewigen Himmels! Nein, ihr werdet nicht fallen! der Ewige trägt euch an seinem Herzen, und mich. Ich sehe die Deichselsterne des Wagens, des liebsten unter allen Gestirnen. Wenn ich Nachts von dir ging, wie ich aus deinem Tore trat, stand er gegen mir über. Mit welcher Trunkenheit hab' ich ihn oft angesehen, oft mit aufgehobenen Händen ihn zum Zeichen, zum heiligen Merksteine meiner gegenwärtigen Seligkeit gemacht! und noch — O Lotte, was erinnert mich nicht an dich! umgibst du mich nicht! und hab' ich nicht, gleich einem Kinde, ungenügsam allerlei Kleinigkeiten zu mir gerissen, die du Heilige berührt hattest!

Liebes Schattenbild! Ich vermache dir's zurück, Lotte, und bitte dich, es zu ehren. Tausend, tausend Küsse habe ich darauf gedrückt, tausend Grüße ihm zugewinkt, wenn ich ausging oder nach Hause kam.

Ich habe deinen Vater in einem Zettelchen gebeten, meine Leiche zu schützen. Auf dem Kirchhofe sind zwei Lindenbäume, hinten in der Ecke nach dem Felde zu; dort wünsch' ich zu ruhen. Er kann, er wird das für seinen Freund tun. Bitt ihn auch. Ich will frommen Christen nicht zumuten, ihren Körper neben einen armen Unglücklichen zu legen. Ach, ich wollte, ihr begrübt mich am Wege, oder im einsamen Tale, daß Priester und Levit vor dem bezeichneten Steine sich segnend vorübergingen und der Samariter eine Träne weinte.

Hier, Lotte! Ich schaudere nicht, den kalten, schrecklichen Kelch zu fassen, aus dem ich den Taumel des Todes trinken soll! Du reichtest mir ihn, und ich zage nicht. All! all! So sind alle die Wünsche und Hoffnungen meines Lebens erfüllt! So kalt, so starr an der ehernen Pforte des Todes anzuklopfen.

Daß ich des Glückes hätte teilhaftig werden können, für *dich* zu sterben! Lotte, für *dich* mich hinzugeben! Ich wollte mutig, ich wollte freudig sterben, wenn ich dir die Ruhe, die Wonne deines Lebens wieder schaffen könnte. Aber ach! das ward nur wenigen Edlen gegeben, ihr Blut für die Ihrigen zu vergießen, und durch ihren Tod ein neues, hundertfältiges Leben ihren Freunden anzufachen.

In diesen Kleidern, Lotte, will ich begraben sein, du hast sie berührt, geheiligt; ich habe auch deinen Vater darum gebeten. Meine Seele schwebt über dem Sarge. Man soll meine Taschen nicht aussuchen. Diese blaßrote Schleife, die du am Busen hattest, als ich dich zum erstenmale unter deinen Kindern fand — O küsse sie tausendmal und erzähl' ihnen das Schicksal ihres unglücklichen Freundes. Die Lieben! sie wimmeln um mich. Ach wie ich mich an dich schloß! seit dem ersten Augenblicke dich nicht lassen konnte! — Diese Schleife soll mit mir begraben werden. An meinem Geburtstage schenktest du sie mir! Wie ich das alles verschlang! Ach, ich dachte nicht, daß mich der Weg hieher führen sollte! — — Sei ruhig! ich bitte dich, sei ruhig!

Sie sind geladen — Es schlägt Zwölfe! So sei's denn! — Lotte! Lotte, leb' wohl! leb' wohl!«

———

Ein Nachbar sah den Blick vom Pulver und hörte den Schuß fallen; da aber alles stille blieb, achtete er nicht weiter drauf.

Morgens um Sechse tritt der Bediente herein mit dem Lichte. Er findet seinen Herrn an der Erde, die Pistole und Blut. Er ruft, er faßt ihn an; keine Antwort, er röchelt nur noch. Er läuft nach den Ärzten, nach Alberten. Lotte hört die Schelle ziehen, ein Zittern ergreift alle ihre Glieder. Sie weckt ihren Mann, sie stehen auf, der Bediente bringt heulend und stotternd die Nachricht, Lotte sinkt ohnmächtig vor Alberten nieder.

Als der Medikus zu dem Unglücklichen kam, fand er ihn an der Erde ohne Rettung, der Puls schlug, die Glieder waren alle gelähmt. Über dem rechten Auge hatte er sich durch den Kopf geschossen, das Gehirn war herausgetrieben. Man ließ ihm zum Überfluß eine Ader am Arme, das Blut lief, er holte noch immer Atem.

Aus dem Blut auf der Lehne des Sessels konnte man schließen, er habe sitzend vor dem Schreibtische die Tat vollbracht, dann ist er herunter gesunken, hat sich konvulsivisch um den Stuhl herum gewälzt. Er lag gegen das Fenster entkräftet auf dem Rücken, war in völliger Kleidung, gestiefelt, im blauen Frack mit gelber Weste.

Das Haus, die Nachbarschaft, die Stadt kam in Aufruhr. Albert trat herein. Werthern hatte man auf das Bett gelegt, die Stirn verbunden, sein Gesicht schon wie eines Toten, er rührte kein Glied. Die Lunge röchelte noch fürchterlich, bald schwach, bald stärker; man erwartete sein Ende.

Von dem Weine hatte er nur ein Glas getrunken. Emilia Galotti lag auf dem Pulte aufgeschlagen.

Von Alberts Bestürzung, von Lottens Jammer laßt mich nichts sagen.

Der alte Amtmann kam auf die Nachricht herein gesprengt, er küßte den Sterbenden unter den heißesten Tränen. Seine ältesten Söhne kamen bald nach ihm zu Fuße, sie fielen neben dem Bette nieder im Ausdrucke des unbändigsten Schmerzes, küßten ihm die Hände und den Mund, und der älteste, den er immer am meisten geliebt, hing an seinen Lippen, bis er verschieden war und man den Knaben mit Gewalt wegriß. Um Zwölfe Mittags starb er. Die Gegenwart des Amtmanns und seine Anstalten tuschten einen Auflauf. Nachts gegen Eilfe ließ er ihn an die Stätte begraben, die er sich erwählt hatte. Der Alte folgte der Leiche und die Söhne,

Albert vermocht's nicht. Man fürchtete für Lottens Leben. Handwerker trugen ihn. Kein Geistlicher hat ihn begleitet.

———

Briefe aus der Schweiz

Erste Abteilung

Als vor mehreren Jahren uns nachstehende Briefe abschriftlich mitgeteilt wurden, behauptete man sie unter Werthers Papieren gefunden zu haben, und wollte wissen, daß er vor seiner Bekanntschaft mit Lotten in der Schweiz gewesen. Die Originale haben wir niemals gesehen, und mögen übrigens dem Gefühl und Urteil des Lesers auf keine Weise vorgreifen: denn, wie dem auch sei, so wird man die wenigen Blätter nicht ohne Teilnahme durch laufen können.

Wie ekeln mich meine Beschreibungen an, wenn ich sie wieder lese! Nur dein Rat, dein Geheiß, dein Befehl können mich dazu vermögen. Ich las auch so viele Beschreibungen dieser Gegenstände, eh' ich sie sah. Gaben sie mir denn ein Bild, oder nur irgend einen Begriff? Vergebens arbeitete meine Einbildungskraft sie hervor zu bringen, vergebens mein Geist etwas dabei zu denken. Nun steh' ich und schaue diese Wunder, und wie wird mir dabei? ich denke nichts, ich empfinde nichts und möchte so gern etwas dabei denken und empfinden. Diese herrliche Gegenwart regt mein Innerstes auf, fordert mich zur Tätigkeit auf, und was kann ich tun, was tue ich! Da setz' ich mich hin und schreibe und beschreibe. So geht denn hin, ihr Beschreibungen! betrügt meinen Freund, macht ihn glauben, daß ich etwas tue, daß er etwas sieht und lies't. —

———

Frei wären die Schweizer? frei diese wohlhabenden Bürger in ihren verschlossenen Städten? frei diese armen Teufel an ihren Klippen und Felsen? Was man dem Menschen nicht alles weis machen kann! besonders wenn man so ein altes Märchen in Spiritus aufbewahrt. Sie machten sich einmal von einem Tyrannen los und konnten sich in einem Augenblick frei denken; nun erschuf ihnen die liebe Sonne aus dem Aas des Unterdrückers einen Schwarm von kleinen Tyrannen durch eine sonderbare Wiedergeburt; nun erzählen sie das alte Märchen immer fort, man hört bis zum Überdruß: sie hätten sich einmal frei gemacht und wären frei geblieben; und nun sitzen sie hinter ihren Mauern, eingefangen von ihren Gewohnheiten und

Gesetzen, ihren Fraubasereien und Philistereien, und da draußen auf den Felsen ist's auch wohl der Mühe wert von Freiheit zu reden, wenn man das halbe Jahr vom Schnee wie ein Murmeltier gefangen gehalten wird.

———

Pfui, wie sieht so ein Menschenwerk und so ein schlechtes notgedrungenes Menschenwerk, so ein schwarzes Städtchen, so ein Schindel- und Steinhaufen, mitten in der großen herrlichen Natur aus! Große Kiesel- und andere Steine auf den Dächern, daß ja der Sturm ihnen die traurige Decke nicht vom Kopfe wegführe, und den Schmutz, den Mist! und staunende Wahnsinnige! — Wo man den Menschen nur wieder begegnet, möchte man von ihnen und ihren kümmerlichen Werken gleich davon fliehen.

———

Daß in den Menschen so viele geistige Anlagen sind, die sie im Leben nicht entwickeln können, die auf eine bessere Zukunft, auf ein harmonisches Dasein deuten, darin sind wir einig, mein Freund, und meine andere Grille kann ich auch nicht aufgeben, ob du mich gleich schon oft für einen Schwärmer erklärt hast. Wir fühlen auch die Ahnung körperlicher Anlagen, auf deren Entwickelung wir in diesem Leben Verzicht tun müssen: so ist es ganz gewiß mit dem Fliegen. So wie mich sonst die Wolken schon reizten mit ihnen fort in fremde Länder zu ziehen, wenn sie hoch über meinem Haupte wegzogen, so steh' ich jetzt oft in Gefahr, daß sie mich von einer Felsenspitze mitnehmen, wenn sie an mir vorbeiziehen. Welche Begierde fühl' ich mich in den unendlichen Luftraum zu stürzen, über den schauerlichen Abgründen zu schweben und mich auf einen unzugänglichen Felsen niederzulassen. Mit welchem Verlangen hol' ich tiefer und tiefer Atem, wenn der Adler in dunkler blauer Tiefe, unter mir, über Felsen und Wäldern schwebt, und in Gesellschaft eines Weibchens um den Gipfel, dem er seinen Horst und seine Jungen anvertrauet hat, große Kreise in sanfter Eintracht zieht. Soll ich denn nur immer die Höhe erkriechen, am höchsten Felsen wie am niedrigsten Boden kleben, und wenn ich mühselig mein Ziel erreicht habe, mich ängstlich anklammern, vor der Rückkehr schaudern und vor dem Falle zittern?

———

Mit welchen sonderbaren Eigenheiten sind wir doch geboren! welches unbestimmte Streben wirkt in uns! wie seltsam wirken Einbildungskraft und körperliche Stimmungen gegen einander! Sonderbarkeiten meiner frühen Jugend kommen wieder hervor. Wenn ich einen langen Weg vor mich hingehe und der Arm an meiner Seite schlenkert, greif' ich manchmal zu als wenn ich einen Wurfspieß fassen wollte, ich schleudre ihn, ich weiß nicht auf wen, ich weiß nicht auf was; dann kommt ein Pfeil gegen mich angeflogen und durchbohrt mir das Herz; ich schlage mit der Hand auf die Brust und fühle eine unaussprechliche Süßigkeit, und kurz darauf bin ich wieder in meinem natürlichen Zustande. Woher kommt mir die Erscheinung? was soll sie heißen und warum wiederholt sie sich immer ganz mit denselben Bildern, derselben körperlichen Bewegung, derselben Empfindung?

Man sagt mir wieder, daß die Menschen, die mich unterwegs gesehen haben, sehr wenig mit mir zufrieden sind. Ich will es gern glauben, denn auch niemand von ihnen hat zu meiner Zufriedenheit beigetragen. Was weiß ich, wie es zugeht! daß die Gesellschaften mich drücken, daß die Höflichkeit mir unbequem ist, daß das was sie mir sagen mich nicht interessiert, daß das, was sie mir zeigen mir entweder gleichgültig ist, oder mich ganz anders aufregt. Seh' ich eine gezeichnete, eine gemalte Landschaft, so entsteht eine Unruhe in mir, die unaussprechlich ist. Die Fußzehen in meinen Schuhen fangen an zu zucken, als ob sie den Boden ergreifen wollten, die Finger der Hände bewegen sich krampfhaft, ich beiße in die Lippen, und es mag schicklich oder unschicklich sein, ich suche der Gesellschaft zu entfliehen, ich werfe mich der herrlichen Natur gegenüber auf einen unbequemen Sitz, ich suche sie mit meinen Augen zu ergreifen, zu durchbohren, und kritzle in ihrer Gegenwart ein Blättchen voll, das nichts darstellt und doch mir so unendlich wert bleibt, weil es mich an einen glücklichen Augenblick erinnert, dessen Seligkeit mir diese stümperhafte Übung ertragen hat. Was ist denn das, dieses sonderbare Streben von der Kunst zur Natur, von der Natur zur Kunst zurück? Deutet es auf einen Künstler, warum fehlt mir die Stätigkeit? Ruft mich's zum Genuß, warum kann ich ihn nicht ergreifen? Man schickte uns neulich einen Korb mit Obst, ich war entzückt wie von einem himmlischen Anblick; dieser Reichtum, diese Fülle, diese Mannichfaltigkeit und Verwandtschaft! Ich konnte mich nicht überwinden eine Beere abzupflücken, eine Pfirsche, eine Feige aufzubrechen. Gewiß dieser Genuß des Auges und des innern Sinnes ist höher, des Menschen würdiger, er ist vielleicht der Zweck der Natur, wenn die hungrigen und durstigen Menschen glauben für ihren Gaum habe sich die Natur in Wundern erschöpft. Ferdinand kam und fand mich in meinen Betrachtungen, er gab mir recht und sagte dann lächelnd mit einem tiefen Seufzer: Ja, wir sind nicht wert diese herrlichen Naturprodukte zu zerstören, wahrlich es wäre Schade!

Erlaube mir, daß ich sie meiner Geliebten schicke. Wie gern sah ich den Korb weg tragen! wie liebte ich Ferdinanden! wie dankte ich ihm für das Gefühl das er in mir erregte, über die Aussicht die er mir gab. Ja wir sollen das Schöne kennen, wir sollen es mit Entzücken betrachten und uns zu ihm, zu seiner Natur zu erheben suchen; und um das zu vermögen, sollen wir uns uneigennützig erhalten, wir sollen es uns nicht zueignen, wir sollen es lieber mitteilen, es denen aufopfern, die uns lieb und wert sind.

Was bildet man nicht immer an unsrer Jugend! Da sollen wir bald diese bald jene Unart ablegen, und doch sind die Unarten meist eben so viel Organe, die dem Menschen durch das Leben helfen. Was ist man nicht hinter dem Knaben her, dem man einen Funken Eitelkeit anmerkt! Was ist der Mensch für eine elende Kreatur, wenn er alle Eitelkeit abgelegt hat! Wie ich zu dieser Reflexion gekommen bin, will ich dir sagen: Vorgestern gesellte sich ein junger Mensch zu uns, der mir und Ferdinanden äußerst zuwider war. Seine schwachen Seiten waren so herausgekehrt, seine Leerheit so deutlich, seine Sorgfalt fürs Äußere so auffallend, wir hielten ihn so weit unter uns, und überall war er besser aufgenommen als wir. Unter andern Torheiten trug er eine Unterweste von rotem Atlas, die am Halse so zugeschnitten war, daß sie wie ein Ordensband aussah. Wir konnten unsern Spott über diese Albernheit nicht verbergen; er ließ alles über sich ergehen, zog den besten Vorteil hervor und lachte uns wahrscheinlich heimlich aus. Denn Wirt und Wirtin, Kutscher, Knecht und Mägde, sogar einige Passagiere, ließen sich durch diese Scheinzierde betrügen, begegneten ihm höflicher als uns, er ward zuerst bedient, und zu unsrer größten Demütigung sahen wir, daß die hübschen Mädchen im Haus besonders nach ihm schielten. Zuerst mußten wir die durch sein vornehmes Wesen teuer gewordene Zeche zu gleichen Teilen tragen. Wer war nun der Narr im Spiel? er wahrhaftig nicht!

———

Es ist was Schönes und Erbauliches um die Sinnbilder und Sittensprüche, die man hier auf den Öfen antrifft. Hier hast du die Zeichnung von einem solchen Lehrbild, das mich besonders ansprach. Ein Pferd mit dem Hinterfuße an einen Pfahl gebunden gras't umher so weit es ihm der Strick zuläßt, unten steht geschrieben: Laß' mich mein bescheiden Teil Speise dahin nehmen. So wird es ja wohl auch bald mit mir werden, wenn ich nach Hause komme und nach eurem Willen, wie das Pferd in der Mühle, meine Pflicht tue und dafür, wie das Pferd hier am Ofen, einen wohl abgemessenen Unterhalt empfahe. Ja ich komme zurück, und was mich erwartet war wohl der Mühe wert diese Berghöhen zu erklettern, diese Täler zu durchirren und diesen blauen Himmel zu sehen, zu sehen, daß es eine Natur gibt, die durch eine ewige stumme Notwendigkeit besteht, die unbedürftig, gefühllos und göttlich ist, indeß wir in Flecken und Städten unser kümmerliches Bedürfnis zu sichern haben, und nebenher alles einer verworrenen Willkür unterwerfen, die wir Freiheit nennen.

———

Ja ich habe die Furka, den Gotthard bestiegen! Diese erhabenen unvergleichlichen Naturszenen werden immer vor meinem Geiste stehen; ja ich habe die römische Geschichte gelesen, um bei der Vergleichung recht lebhaft zu fühlen, was für ein armseliger Schlucker ich bin.

———

Es ist mir nie so deutlich geworden, wie die letzten Tage, daß ich in der Beschränkung glücklich sein könnte, so gut glücklich sein könnte wie jeder andere, wenn ich nur ein Geschäft wüßte, ein rühriges, das aber keine Folge auf den Morgen hätte, das Fleiß und Bestimmtheit im Augenblick erforderte, ohne Vorsicht und Rücksicht zu verlangen. Jeder Handwerker scheint mir der glücklichste Mensch; was er zu tun hat, ist ausgesprochen; was er leisten kann, ist entschieden; er besinnt sich nicht bei dem, was man von ihm fordert, er arbeitet ohne zu denken, ohne Anstrengung und Hast, aber mit Applikation und Liebe, wie der Vogel sein Nest, wie die Biene ihre Zellen herstellt; er ist nur eine Stufe über dem Tier und er ist ein ganzer Mensch. Wie beneid' ich den Töpfer an seiner Scheibe, den Tischler hinter seiner Hobelbank!

———

Der Ackerbau gefällt mir nicht, diese erste und notwendige Beschäftigung der Menschen ist mir zuwider; man äfft die Natur nach, die ihre Samen überall ausstreut, und will nun auf diesem besondern Feld diese besondre Frucht hervorbringen. Das geht nun nicht so; das Unkraut wächs't mächtig, Kälte und Nässe schadet der Saat und Hagelwetter zerstört sie. Der arme Landmann harrt das ganze Jahr, wie etwa die Karten über den Wolken fallen mögen, ob er sein Paroli gewinnt oder verliert. Ein solcher ungewisser zweideutiger Zustand mag den Menschen wohl angemessen sein, in unsrer Dumpfheit, da wir nicht wissen woher wir kommen noch wohin wir gehen. Mag es denn auch erträglich sein, seine Bemühungen dem Zufall zu übergeben, hat doch der Pfarrer Gelegenheit, wenn es recht schlecht aussieht, seiner Götter zu gedenken und die Sünden seiner Gemeinde mit Naturgegebenheiten zusammen zu hängen.

So habe ich denn Ferdinanden nichts vorzuwerfen! Auch mich hat ein liebes Abenteuer erwartet. Abenteuer? warum brauche ich das alberne Wort, es ist nichts Abenteuerliches in einem sanften Zuge, der Menschen zu Menschen hinzieht. Unser bürgerliches Leben, unsere falschen Verhältnisse, das sind die Abenteuer, das sind die Ungeheuer, und sie kommen uns doch so bekannt, so verwandt wie Onkel und Tanten vor!

Wir waren bei dem Herrn Tüdou eingeführt, und wir fanden uns in der Familie sehr glücklich, reiche, offne, gute, lebhafte Menschen, die das Glück des Tages, ihres Vermögens, der herrlichen Lage, mit ihren Kindern sorglos und anständig genießen. Wir jungen Leute waren nicht genötigt, wie es in so vielen steifen Häusern geschieht, uns um der Alten willen am Spieltisch aufzuopfern. Die Alten gesellten sich vielmehr zu uns, Vater, Mutter und Tante, wenn wir kleine Spiele aufbrachten, in denen Zufall, Geist und

Witz durch einander wirken. Eleonore, denn ich muß sie nun doch einmal nennen, die zweite Tochter, ewig wird mir ihr Bild gegenwärtig sein, — eine schlanke zarte Gestalt, eine reine Bildung, ein heiteres Auge, eine blasse Farbe, die bei Mädchen dieses Alters eher reizend als abschreckend ist, weil sie auf eine heilbare Krankheit deutet, im ganzen eine unglaublich angenehme Gegenwart. Sie schien fröhlich und lebhaft und man war so gern mit ihr. Bald, ja ich darf sagen gleich, gleich den ersten Abend gesellte sie sich zu mir, setzte sich neben mich und wenn uns das Spiel trennte, wußte sie mich doch wieder zu finden. Ich war froh und heiter; die Reise, das schöne Wetter, die Gegend, alles hatte mich zu einer unbedingten, ja ich möchte fast sagen, zu einer aufgespannten Fröhlichkeit gestimmt; ich nahm sie von jedem auf und teilte sie jedem mit, sogar Ferdinand schien einen Augenblick seiner Schönen zu vergessen. Wir hatten uns in abwechselnden Spielen erschöpft als wir endlich aufs Heiraten fielen, das als Spiel lustig genug ist. Die Namen von Männern und Frauen werden in zwei Hüte geworfen und so die Ehen gegen einander gezogen. Auf jede, die heraus kommt, macht eine Person in der Gesellschaft, an der die Reihe ist, das Gedicht. Alle Personen in der Gesellschaft, Vater, Mutter und Tanten mußten in die Hüte, alle bedeutenden Personen, die wir aus ihrem Kreise kannten, und um die Zahl der Kandidaten zu vermehren, warfen wir noch die bekanntesten Personen der politischen und literarischen Welt mit hinein. Wir fingen an und es wurden gleich einige bedeutende Paare gezogen. Nicht jedermann konnte mit den Versen sogleich nach; Sie, Ferdinand und ich, und eine von den Tanten, die sehr artige französische Verse macht, wir teilten uns bald in das Sekretariat. Die Einfälle waren meist gut und die Verse leidlich; besonders hatten die ihrigen ein Naturell, das sich vor allen andern auszeichnete, eine glückliche Wendung ohne eben geistreich zu sein, Scherz ohne Spott, und einen guten Willen gegen jedermann. Der Vater lachte herzlich und glänzte vor Freuden als man die Verse seiner Tochter neben den unsern für die besten anerkennen mußte. Unser unmäßiger Beifall freute ihn hoch, wir lobten wie man das Unerwartete preis't, wie man preis't, wenn uns der Autor bestochen hat. Endlich kam auch mein Los und der Himmel hatte mich ehrenvoll bedacht; es war niemand weniger als die russische Kaiserin die man mir zur Gefährtin meines Lebens heraus gezogen hatte. Man lachte herzlich und Eleonore behauptete, auf ein so hohes Beilager müßte sich die ganze Gesellschaft angreifen. Alle griffen sich an, einige Federn waren zerkaut, sie war zuerst fertig, wollte aber zuletzt lesen, die Mutter und die Tante brachten gar nichts zu Stande, und obgleich der Vater ein wenig geradezu, Ferdinand schalkhaft und die Tante zurückhaltend gewesen war, so konnte man doch durch alles ihre Freundschaft und gute Meinung sehen. Endlich kam es an sie, sie holte tief Atem, ihre Heiterkeit und Freiheit verließ sie, sie las nicht, sie lispelte es nur und legte es vor mich hin zu den andern; ich war erstaunt, erschrocken: so bricht die Knospe der Liebe in ihrer größten Schönheit und Bescheidenheit auf! Es war mir, als wenn ein ganzer Frühling auf einmal seine Blüten auf mich herunter schüttelte. Jedermann schwieg, Ferdinanden verließ seine Gegenwart des Geistes nicht, er rief: schön, sehr schön! er verdient das Gedicht so wenig als ein Kaisertum. Wenn wir es nur verstanden hätten, sagte der Vater; man verlangte, ich sollte es noch einmal lesen. Meine Augen hatten bisher auf diesen köstlichen Worten geruht, ein Schauder überlief mich vom Kopf bis auf die Füße, Ferdinand merkte meine Verlegenheit, nahm das Blatt weg und las; sie ließ ihn kaum endigen als sie schon ein anderes Los zog. Das Spiel dauerte nicht lange mehr und das Essen ward aufgetragen.

Soll ich, oder soll ich nicht? Ist es gut dir etwas zu verschweigen, dem ich so viel, dem ich alles sage? Soll ich dir etwas Bedeutendes verschweigen, indessen ich dich mit so vielen Kleinigkeiten unterhalte, die gewiß niemand lesen möchte, als du, der du eine so große und wunderbare Vorliebe für mich gefaßt hast; oder soll ich etwas verschweigen, weil es dir einen falschen, einen üblen Begriff von mir geben könnte? Nein! du kennst mich besser als ich mich selbst kenne, du wirst auch das, was du mir nicht zutraust, zurecht legen wenn ich's tun konnte, du wirst mich, wenn ich tadelswert bin, nicht verschonen, mich leiten und führen, wenn meine Sonderbarkeiten mich von dem rechten Wege abführen sollten.

Meine Freude, mein Entzücken an Kunstwerken, wenn sie wahr, wenn sie unmittelbar geistreiche Aussprüche der Natur sind, macht jedem Besitzer, jedem Liebhaber die größte Freude. Diejenigen, die sich Kenner nennen, sind nicht immer meiner Meinung; nun geht mich doch ihre Kennerschaft nichts an, wenn ich glücklich bin. Drückt sich nicht die lebendige Natur lebhaft dem Sinne des Auges ein, bleiben die Bilder nicht fest vor meiner Stirn, verschönern sie sich nicht und freuen sie sich nicht, den durch Menschengeist verschönerten Bildern der Kunst zu begegnen? Ich gestehe dir, darauf beruht bisher meine Liebe zur Natur, meine Liebhaberei zur Kunst, daß ich jene so schön, so schön, so glänzend und so entzückend sah, daß mich das Nachstreben des Künstlers, das unvollkommene Nachstreben, fast wie ein vollkommenes Vorbild hinriß. Geistreiche gefühlte Kunstwerke sind es, die mich entzücken. Das kalte Wesen, das sich in einen beschränkten Zirkel einer gewissen dürftigen Manier, eines kümmerlichen Fleißes einschränkt, ist mir ganz unerträglich. Du siehst daher, daß meine Freude, meine Neigung bis jetzt nur solchen Kunstwerken gelten konnte, deren natürliche Gegenstände mir bekannt waren, die ich mit meinen Erfahrungen vergleichen konnte. Ländliche Gegenden, mit dem was in ihnen lebt und webt, Blumen und Fruchtstücke, Gothische Kirchen, ein der Natur unmittelbar abgewonnenes Portrait, das konnt' ich erkennen, fühlen und, wenn du willst, gewissermaßen beurteilen. Der wackre M**** hatte seine Freude an meinem Wesen und trieb, ohne daß ich es übel nehmen konnte, seinen Scherz mit mir. Er übersieht mich so weit in diesem Fache und ich mag lieber leiden, daß man lehrreich spottet, als daß man unfruchtbar lobt. Er hatte sich abgemerkt, was mir zunächst auffiel, und verbarg mir nach einiger Bekanntschaft nicht, daß in den Dingen, die mich entzückten, noch manches schätzenswerte sein möchte, das mir erst die Zeit entdecken würde. Ich lasse das dahin gestellt sein und muß denn doch, meine Feder mag auch noch so viele Umschweife nehmen, zur Sache kommen, die ich dir, obwohl mit einigem Widerwillen, vertraue. Ich sehe dich in deiner Stube, in deinem Hausgärtchen, wo du bei einer Pfeife Tabak den Brief erbrechen und lesen wirst. Können mir deine Gedanken in die freie und bunte Welt folgen? Werden deiner Einbildungskraft die Verhältnisse und die Umstände so deutlich sein? Und wirst du gegen einen abwesenden Freund so nachsichtig bleiben als ich dich in der Gegenwart oft gefunden habe?

Nachdem mein Kunstfreund mich näher kennen gelernt, nachdem er mich wert hielt stufenweis bessere Stücke zu sehen, brachte er, nicht ohne geheimnisvolle Miene, einen Kasten herbei, der eröffnet mir eine Danae in Lebensgröße zeigte, die den goldnen Regen in ihrem Schoße empfängt. Ich erstaunte über die Pracht der Glieder, über die Herrlichkeit der Lage und Stellung, über das Große der Zärtlichkeit und über das Geistreiche des sinnlichsten Gegenstandes; und doch stand ich nur in Betrachtung davor. Es erregte nicht jenes Entzücken, jene Freude, jene unaussprechliche Lust in mir. Mein Freund, der mir vieles von den Verdiensten dieses Bildes vorsagte, bemerkte über sein eignes Entzücken meine Kälte nicht und war erfreut, mir an diesem trefflichen Bilde die Vorzüge der italienischen Schule deutlich zu machen. Der Anblick dieses Bildes hatte mich nicht glücklich, er hatte mich unruhig gemacht. Wie! sagt' ich zu mir selbst, in welchem besondren Falle finden wir uns, wir bürgerlich eingeschränkten Menschen? Ein bemoos'ter Fels, ein Wasserfall hält meinen Blick so lange gefesselt, ich kann ihn auswendig; seine Höhen und Tiefen, seine Lichter und Schatten, seine Farben, Halbfarben und Widerscheine alles stellt sich mir im Geiste dar, so oft ich nur will, alles kommt mir aus einer glücklichen Nachbildung eben so lebhaft wieder entgegen; und vom Meisterstücke der Natur, vom menschlichen Körper, von dem Zusammenhang, der Zusammenstimmung seines Gliederbaues habe ich nur einen allgemeinen Begriff, der eigentlich gar kein Begriff ist. Meine Einbildungskraft stellt mir diesen herrlichen Bau nicht lebhaft vor, und wenn mir ihn die Kunst darbietet, bin ich nicht im Stande weder etwas dabei zu fühlen, noch das Bild zu beurteilen. Nein! ich will nicht länger in dem stumpfen Zustande bleiben, ich will mir die Gestalt des Menschen eindrücken wie die Gestalt der Trauben und Pfirschen.

Ich veranlaßte Ferdinanden zu baden im See; wie herrlich ist mein junger Freund gebildet! welch ein Ebenmaß aller Teile! welch eine Fülle der Form, welch ein Glanz der Jugend, welch ein Gewinn für mich, meine Einbildungskraft mit diesem vollkommenen Muster der menschlichen Natur bereichert zu haben! Nun bevölkre ich Wälder, Wiesen und Höhen mit so schönen Gestalten; ihn seh' ich als Adonis dem Eber folgen, ihn als Narziß sich in der Quelle bespiegeln!

Noch aber fehlt ihm leider die Venus die ihn zurückhält, Venus, die seinen Tod betrauert, die schöne Echo, die noch einen Blick auf den kalten Jüngling wirft ehe sie verschwindet. Ich nahm mir fest vor, es koste was es wolle, ein Mädchen in dem Naturzustande zu sehen wie ich meinen Freund gesehen hatte. Wir kamen nach Genf. Sollten in dieser großen Stadt, dachte ich, nicht Mädchen sein, die sich für einen gewissen Preis dem Mann überlassen? und sollte nicht eine darunter schön und willig genug sein, meinen Augen ein Fest zu geben? Ich horchte an dem Lohnbedienten, der sich mir, jedoch nur langsam und auf eine kluge Weise näherte. Natürlich sagt' ich ihm nichts von meiner Absicht; er mochte von mir denken was er wollte, denn man will lieber jemandem lasterhaft als lächerlich erscheinen. Er führte mich Abends zu einem alten Weibe; sie empfing mich mit viel Vorsicht und Bedenklichkeiten; es sei, meinte sie, überall und besonders in Genf gefährlich der Jugend zu dienen. Ich erklärte mich sogleich, was ich für einen Dienst von ihr verlange. Mein Märchen glückte mir und die Lüge ging mir geläufig vom Munde. Ich war ein Maler, hatte Landschaften gezeichnet, die ich nun durch die Gestalten schöner Nymphen zu heroischen Landschaften erheben wolle. Ich sagte die wunderlichsten Dinge, die sie ihr Lebtag nicht gehört haben mochte. Sie schüttelte dagegen den Kopf und versicherte mich: es sei schwer meinen Wunsch zu befriedigen. Ein ehrbares Mädchen werde sich nicht leicht dazu entschließen, es werde mich was kosten, sie wolle sehen. Was? rief ich aus, ein ehrbares Mädchen ergibt sich für einen leidlichen Preis einem fremden Mann — Allerdings — und sie will nicht nackend vor seinen Augen erscheinen? — Keineswegs; dazu gehört viel Entschließung — selbst wenn sie schön ist — auch dann. Genug ich will sehen, was ich für Sie tun kann, Sie sind ein junger artiger hübscher Mann, für den man sich schon Mühe geben muß.

Sie klopfte mir auf die Schultern und auf die Wangen: ja! rief sie aus, ein Maler, das muß es wohl sein, denn Sie sind weder alt noch vornehm genug, um dergleichen Szenen zu bedürfen. Sie bestellte mich auf den folgenden Tag und so schieden wir aus einander.

———

Ich kann heute nicht vermeiden mit Ferdinand in eine große Gesellschaft zu gehen und auf den Abend steht mir das Abenteuer bevor. Es wird einen schönen Gegensatz geben. Schon kenne ich diese verwünschte Gesellschaft, wo die alten Weiber verlangen, daß man mit ihnen spielen, die jungen, daß man mit ihnen liebäugeln soll, wo man dann dem Gelehrten zuhören, den Geistlichen verehren, dem Edelmann Platz machen muß, wo die vielen Lichter kaum eine leidliche Gestalt beleuchten, die noch dazu hinter einen barbarischen Putz versteckt ist. Soll ich französisch reden, eine fremde Sprache in der man immer albern erscheint, man mag sich stellen wie man will, weil man immer nur das Gemeine, nur die groben Züge und noch dazu stockend und stotternd ausdrücken kann. Denn was unterscheidet den Dummkopf vom geistreichen Menschen, als daß dieser das Zarte, Gehörige der Gegenwart schnell lebhaft und eigentümlich ergreift und mit Leichtigkeit ausdrückt, als daß jene, gerade wie wir es in einer fremden Sprache tun, sich mit schon gestempelten hergebrachten Phrasen bei jeder Gelegenheit behelfen müssen. Heute will ich mit Ruhe ein paar Stunden die schlechten Späße ertragen in der Aussicht auf die sonderbare Szene, die meiner wartet.

———

Mein Abenteuer ist bestanden, vollkommen nach meinen Wünschen, über meine Wünsche, und doch weiß ich nicht ob ich mich darüber freuen oder ob ich mich tadeln soll. Sind wir denn nicht gemacht das Schöne rein zu beschauen, ohne Eigennutz das Gute hervor zu bringen? Fürchte nichts und höre mich: ich habe mir nichts vorzuwerfen; der Anblick hat mich nicht aus der Fassung gebracht, aber meine Einbildungskraft ist entzündet, mein Blut erhitzt. O! stünd' ich nur schon den großen Eismassen gegenüber um mich wieder abzukühlen! Ich schlich mich aus der Gesellschaft und in meinen Mantel gewickelt nicht ohne Bewegung zur Alten. Wo haben Sie Ihr Portefeuille? rief sie aus — Ich hab' es diesmal nicht mitgebracht. Ich will heute nur mit den Augen studieren. — Ihre Arbeiten müssen Ihnen gut bezahlt werden, wenn Sie so teure Studien machen können. Heute werden Sie nicht wohlfeil davon kommen. Das Mädchen verlangt *** und mir können Sie auch für meine Bemühung unter ** nicht geben. (Du verzeihst mir, wenn ich dir den Preis nicht gestehe.) Dafür sind Sie aber auch bedient wie Sie es wünschen können. Ich hoffe, Sie sollen meine Vorsorge loben; so einen Augenschmaus haben Sie noch nicht gehabt und… das Anfühlen haben Sie umsonst.

Sie brachte mich darauf in ein kleines artig meubliertes Zimmer: ein sauberer Teppich deckte den Fußboden, in einer Art von Nische stand ein sehr reinliches Bett, zu der Seite des Hauptes eine Toilette mit aufgestelltem Spiegel, und zu den Füßen ein Gueridon mit einem dreiarmigen Leuchter, auf dem schöne helle Kerzen brannten; auch auf der Toilette brannten zwei Leuchter. Ein erloschenes Kaminfeuer hatte die Stube durchaus erwärmt. Die Alte wies mir einen Sessel an, dem Bette gegenüber am Kamin, und entfernte sich. Es währte nicht lange so kam zu der entgegengesetzten Türe ein großes, herrlich gebildetes, schönes Frauenzimmer heraus; ihre Kleidung unterschied sich nicht von der gewöhnlichen. Sie schien mich nicht zu bemerken, warf ihren schwarzen Mantel ab und setzte sich vor die Toilette. Sie nahm eine große Haube, die ihr Gesicht bedeckt hatte, vom Kopfe: eine schöne regelmäßige Bildung zeigte sich, braune Haare mit vielen und großen Locken rollten auf die Schultern herunter. Sie fing an sich auszukleiden; welch eine wunderliche Empfindung, da ein Stück nach dem anderen herabfiel, und die Natur, von der fremden Hülle entkleidet, mir als fremd erschien und beinahe, möcht' ich sagen, mir einen schauerlichen Eindruck machte. Ach! mein Freund, ist es nicht mit unsern Meinungen, unsern Vorurteilen, Einrichtungen, Gesetzen und Grillen auch so? Erschrecken wir nicht, wenn eine von diesen fremden, ungehörigen, unwahren Umgebungen uns entzogen wird, und irgend ein Teil unsrer wahren Natur entblößt dastehen soll? Wir schaudern, wir schämen uns, aber vor keiner wunderlichen und abgeschmackten Art, uns durch äußern Zwang zu entstellen, fühlen wir die mindeste Abneigung. Soll ich dir's gestehen, ich konnte mich eben so wenig in den herrlichen Körper finden, da die letzte Hülle herab fiel als vielleicht Freund L. sich in seinen Zustand finden wird, wenn ihn der Himmel zum Anführer der Mohawks machen sollte. Was sehen wir an den Weibern? was für Weiber gefallen uns und wie konfundieren wir alle Begriffe? Ein kleiner Schuh sieht gut aus, und wir rufen: welch' ein schöner kleiner Fuß! ein schmaler Schnürleib hat etwas Elegantes, und wir preisen die schöne Taille.

Ich beschreibe dir meine Reflexionen, weil ich dir mit Worten die Reihe von entzückenden Bildern nicht darstellen kann, die mich das schöne Mädchen mit Anstand und Artigkeit sehen ließ. Alle Bewegungen folgten so natürlich auf einander, und doch schienen sie so studiert zu sein. Reizend war sie, indem sie sich entkleidet, schön, herrlich schön, als das letzte Gewand fiel. Sie stand, wie Minerva vor Paris mochte gestanden haben, bescheiden bestieg sie ihr Lager, unbedeckt versuchte sie in verschiedenen Stellungen sich dem Schlafe zu übergeben, endlich schien sie entschlummert. In der anmutigsten Stellung blieb sie eine Weile, ich konnte nur staunen und bewundern. Endlich schien ein leidenschaftlicher Traum sie zu beunruhigen, sie seufzte tief, veränderte heftig die Stellung, stammelte den Namen eines Geliebten und schien ihre Arme gegen ihn auszustrecken. Komm! rief sie endlich mit vernehmlicher Stimme, komm, mein Freund, in meine Arme, oder ich schlafe wirklich ein. In dem Augenblick ergriff sie die seidne durchnähte Decke, zog sie über sich her, und ein allerliebstes Gesicht sah unter ihr hervor.

Briefe aus der Schweiz 1779

Münster, zwischen Basel und Biel, den 3. Oktober.
Sonntag Abends.

Von Basel erhalten Sie ein Paket, das die Geschichte unsrer bisherigen Reise enthält, indessen wir unsern Zug durch die Schweiz nun ernstlich fortsetzen. Auf dem Wege nach Biel ritten wir das schöne Birschtal herauf und kamen endlich an den engen Paß, der hieher führt.

Durch den Rücken einer hohen und breiten Gebirgkette hat die Birsch, ein mäßiger Fluß, sich einen Weg von Uralters gesucht. Das Bedürfnis mag nachher durch ihre Schluchten ängstlich nachgeklettert sein. Die Römer erweiterten schon den Weg, und nun ist er sehr bequem durchgeführt. Das über Felsstücke rauschende Wasser und der Weg gehen neben einander hin und machen an den meisten Orten die ganze Breite des Passes, der auf beiden Seiten von Felsen beschlossen ist, die ein gemächlich aufgehobenes Auge fassen kann. Hinterwärts heben Gebirge sanft ihre Rücken, deren Gipfel uns vom Nebel bedeckt waren.

Bald steigen aneinanderhängende Wände senkrecht auf, bald streichen gewaltige Lagen schief nach dem Fluß und dem Weg ein, breite Massen sind auf einander gelegt, und gleich daneben stehen scharfe Klippen abgesetzt. Große Klüfte spalten sich aufwärts, und Platten von Mauerstärke haben sich von dem übrigen Gesteine losgetrennt. Einzelne Felsstücke sind heruntergestürzt, andere hängen noch über und lassen nach ihrer Lage fürchten, daß sie dereinst gleichfalls hereinkommen werden.

Bald rund, bald spitz, bald bewachsen, bald nackt sind die Firsten der Felsen, wo oft noch oben drüber ein einzelner Kopf kahl und kühn herübersieht, und an Wänden und in der Tiefe schmiegen sich ausgewitterte Klüfte hinein.

Mir machte der Zug durch diese Enge eine schöne ruhige Empfindung. Große Gegenstände geben der Seele die schöne Ruhe, sie wird ganz dadurch ausgefüllt, ahnet, wie groß sie selbst sein kann, und das Gefühl steigt bis gegen den Rand, ohne überzulaufen. Mein Auge und meine Seele konnten die Gegenstände fassen, und da ich rein war, diese Empfindung nirgends falsch widerstieß, so wirkte sie, was sie sollte. Vergleicht man solch ein Gefühl mit jenem, wenn wir uns mühselig im Kleinen umtreiben, alles aufbieten, diesem so viel als möglich zu borgen und aufzuflicken und unserm Geist durch seine eigne Kreatur Freude und Futter zu bereiten, so sieht man erst, wie ein armseliger Behelf es ist.

Ein junger Mann, den wir von Basel mitnahmen, sagte, es sei ihm lange nicht wie das erste Mal, und gab der Neuheit die Ehre. Ich möchte aber sagen: wenn wir einen solchen Gegenstand zum erstenmale erblicken, so weitet sich die ungewohnte Seele erst aus, und es macht dies ein schmerzliches Vergnügen, eine Überfülle, die die Seele bewegt und uns wollüstige Tränen ablockt. Durch diese Operation wird die Seele in sich größer, ohne es zu wissen, und ist zum zweitenmale jener ersten Empfindungen nicht mehr fähig. Der Mensch glaubt verloren zu haben, er hat aber gewonnen; was er an Wollust verliert, gewinnt er an innerm Wachstume. Hätte mich nur das Schicksal in irgend einer großen Gegend heißen wohnen, ich wollte mit jedem Morgen Nahrung der Großheit aus ihr saugen, wie aus meinem lieblichen Tal Geduld und Stille.

Am Ende der Schlucht stieg ich ab und kehrte einen Teil allein zurück. Ich entwickelte mir noch ein tiefes Gefühl, durch welches das Vergnügen auf einen hohen Grad für den aufmerksamen Geist vermehrt wird. Man ahnet im Dunkeln die Entstehung und das Leben dieser seltsamen Gestalten. Es mag geschehen sein wie und wann es wolle, so haben sich diese Massen, nach der Schwere und Ähnlichkeit ihrer Teile, groß und einfach zusammengesetzt. Was für Revolutionen sie nachher bewegt, getrennt, gespalten haben, so sind auch diese doch nur einzelne Erschütterungen gewesen, und selbst der Gedanke einer so ungeheuren Bewegung gibt ein hohes

Gefühl von ewiger Festigkeit. Die Zeit hat auch, nach ewigen Gesetzen, bald mehr, bald weniger auf sie gewirkt.

Sie scheinen innerlich von gelblicher Farbe zu sein; allein das Wetter und die Luft verändern die Oberfläche in Graublau, daß nur hier und da in Streifen und in frischen Spalten die erste Farbe sichtbar ist. Langsam verwittert der Stein selbst und rundet sich an den Ecken ab, weichere Flecken werden weggezehrt, und so gibt's gar zierlich ausgeschweifte Höhlen und Löcher, die, wenn sie mit scharfen Kanten und Spitzen zusammen treffen, sich seltsam zeichnen. Die Vegetation behauptet ihr Recht; auf jedem Vorsprung, Fläche und Spalt fassen Fichten Wurzel, Moos und verwandte Kräuter säumen die Felsen. Man fühlt tief, hier ist nichts Willkürliches, hier wirkt ein alles langsam bewegendes, ewiges Gesetz, und nur von Menschenhänden ist der bequeme Weg, über den man durch diese seltsamen Gegenden durchschleicht.

Genf, den 27. Oktober.

Die große Bergkette, die von Basel bis Genf die Schweiz und Frankreich scheidet, wird, wie Ihnen bekannt ist, der Jura genannt. Die größten Höhen davon ziehen sich über Lausanne bis ungefähr über Rolle und Nyon. Auf diesem höchsten Rücken ist ein merkwürdiges Tal von der Natur eingegraben — ich möchte sagen eingeschwemmt, da auf allen diesen Kalkhöhen die Wirkungen der uralten Gewässer sichtbar sind — das la Vallée de Joux genannt wird, welcher Name, da Joux in der Landsprache einen Felsen oder Berg bedeutet, deutsch das Bergtal hieße. Eh' ich zur Beschreibung unsrer Reise fortgehe, will ich mit wenigem die Lage desselben geographisch angehen. Seine Länge streicht, wie das Gebirg selbst, ziemlich von Mittag gegen Mitternacht und wird an jener Seite von den Septmoncels, an dieser von der Dent de Vaulion, welche nach der Dôle der höchste Gipfel des Jura ist, begrenzt und hat, nach der Sage des Landes, neun kleine, nach unsrer ungefähren Reiserechnung aber sechs starke Stunden. Der Berg, der es die Länge hin an der Morgenseite einschließt und auch von dem flachen Land herauf sichtbar ist, heißt Le noir Mont. Gegen Abend streicht der Risou hin und verliert sich allmählich gegen die Franche-Comté. Frankreich und Bern teilen sich ziemlich gleich in dieses Tal, so daß jenes die obere schlechte Hälfte und dieses die untere bessere besitzt, welche letztere eigentlich La Vallée du Lac de Joux genannt wird. Ganz oben in dem Tal, gegen den Fuß der Septmoncels, liegt der Lac des Rousses, der keinen sichtlichen einzelnen Ursprung hat, sondern sich aus quelligem Boden und den überall auslaufenden Brunnen sammelt. Aus demselben fließt die Orbe, durchstreicht das ganze französische und einen großen Teil des Berner Gebiets, bis sie wieder unten gegen die Dent de Vaulion sich zum Lac de Joux bildet, der seitwärts in einen kleinen See abfällt, woraus das Wasser endlich sich unter der Erde verlieret. Die Breite des Tals ist verschieden, oben beim Lac des Rousses etwa eine halbe Stunde, alsdann verengert sich's und läuft wieder unten aus einander, wo etwa die größte Breite anderthalb Stunden wird. So viel zum bessern Verständnis des Folgenden, wobei ich Sie einen Blick auf die Karte zu tun bitte, ob ich sie gleich alle, was diese Gegend betrifft, unrichtig gefunden habe.

Den 24. Okt. ritten wir, in Begleitung eines Hauptmanns und Oberforstmeisters dieser Gegenden, erstlich nach Mont, einem kleinen zerstreuten Ort, der eigentlicher eine Kette von Reb- und Landhäusern genennet werden mag, durch die Weinberge hinan. Das Wetter war sehr hell; wir hatten, wenn wir uns umkehrten, die Aussicht auf den Genfersee, die Savoyer und Wallis-Gebirge, konnten Lausanne erkennen und durch einen leichten Nebel auch die Gegend von Genf. Der Montblanc, der über alle Gebirge des Faucigni ragt, kam immer mehr hervor. Die Sonne ging klar unter, es war so ein großer Anblick, daß ein menschlich Auge nicht dazu hinreicht. Der fast volle Mond kam herauf und wir immer höher. Durch Fichtenwälder stiegen wir weiter den Jura hinan und sahen den See in Duft und den Widerschein des Monds darin. Es wurde immer heller. Der Weg ist eine wohlgemachte Chaussee, nur angelegt, um das Holz aus dem Gebirg bequemer in das Land herunter zu bringen. Wir waren wohl drei Stunden gestiegen, als es hinterwärts sachte wieder hinabzugehen anfing. Wir glaubten unter uns einen großen See zu erblicken, indem ein tiefer Nebel das ganze Tal, was wir übersehen konnten, ausfüllte. Wir kamen ihm endlich näher, sahen einen weißen Bogen, den der Mond darin bildete, und wurden bald ganz vom Nebel eingewickelt. Die Begleitung des Hauptmanns verschaffte uns Quartier in einem Hause, wo man sonst nicht Fremde aufzunehmen pflegt. Es unterschied sich in der innern Bauart von gewöhnlichen Gebäuden in nichts, als daß der große Raum mitteninne zugleich Küche, Versammlungsplatz, Vorsaal ist und man von da in die Zimmer gleicher Erde und auch die Treppe hinaufgeht. Auf der einen Seite war an dem Boden auf steinernen Platten das Feuer angezündet, davon ein weiter Schornstein, mit Brettern dauerhaft und sauber ausgeschlagen, den Rauch aufnahm. In der Ecke waren die Türen zu den Backöfen, der ganze Fußboden gedielet, bis auf ein kleines Eckchen am Fenster um den Spülstein, welches gepflastert war, übrigens ringsherum, auch in der Höhe über den Balken, eine Menge Hausrat und Gerätschaften in schöner Ordnung angebracht, alles nicht unreinlich gehalten.

Den 25. Morgens war helles kaltes Wetter, die Wiesen bereift, hier und da zogen leichte Nebel; wir konnten den untern Teil des Tals ziemlich übersehen, unser Haus lag am Fuß des östlichen noir Mont. Gegen Achte ritten wir ab und, um der Sonne gleich zu genießen, an der Abendseite hin. Der Teil des Tals, an dem wir hinritten, besteht in abgeteilten Wiesen, die gegen den See zu etwas sumpfichter werden. Die Orbe fließt in der Mitte durch. Die Einwohner haben sich teils in einzelnen Häusern an der Seite angebaut, teils sind sie in Dörfern näher zusammengerückt, welche einfache Namen von ihrer Lage führen. Das erste, wodurch wir kamen, war le Sentier. Wir sahen von weitem die Dent de Vaulion über einem Nebel, der auf dem See stand, hervorragen. Das Tal ward breiter, wir kamen hinter einem Felsgrat, der uns den See verdeckte, durch ein ander Dorf, le Lieu genannt, die Nebel stiegen und fielen wechselsweise vor der Sonne. Hier nahebei ist ein kleiner See, der keinen Zu- und Abfluß zu haben scheint. Das Wetter klärte sich völlig auf, und wir kamen gegen den Fuß der Dent de Vaulion und trafen hier ans nördliche Ende des großen Sees, der, indem er sich westwärts wendet, in den kleinen durch einen Damm, unter einer Brücke weg, seinen Ausfluß hat. Das Dorf drüben heißt le Pont. Die Lage des kleinen Sees ist wie in einem eignen kleinen Tal, was man niedlich sagen kann. An dem westlichen Ende ist eine merkwürdige Mühle in einer Felskluft angebracht, welche ehemals der kleine See ausfüllte. Nunmehr ist er abgedämmt und die Mühle in die Tiefe gebaut. Das Wasser läuft durch Schleusen auf die Räder, es stürzt sich von da in Felsritzen, wo es eingeschluckt wird und erst eine Stunde von da im Valorbe hervorkommt, wo es den Namen des Orbeflusses führt. Diese Abzüge (entonnoirs) müssen rein gehalten werden, sonst würde das Wasser steigen, die Kluft wieder ausfüllen und über die Mühle weggehen, wie es schon mehr geschehen ist. Sie waren stark in der Arbeit begriffen, den morschen Kalkfelsen teils wegzuschaffen, teils zu befestigen. Wir ritten zurück über die Brücke nach Pont, nahmen einen Wegweiser auf la Dent. Im Aufsteigen sahen wir nunmehr den großen See völlig hinter uns. Ostwärts ist der noir Mont seine Grenze, hinter dem der kahle Gipfel der Dôle hervorkommt, westwärts hält ihn der Felsrücken, der gegen den See ganz nackt ist, zusammen. Die Sonne schien heiß, es war zwischen Eilf und Mittag. Nach und nach übersahen wir das ganze Tal, konnten in der Ferne den Lac des Rousses erkennen und weiter her bis zu unsern Füßen die Gegend, durch die wir gekommen waren, und den Weg, der uns rückwärts noch überblieb. Im Aufsteigen wurde von der großen Strecke Landes und den Herrschaften, die man oben unterscheiden könnte, gesprochen, und in solchen Gedanken betraten wir den Gipfel; allein uns war ein ander Schauspiel zubereitet. Nur die hohen Gebirgketten waren unter einem klaren und heitern Himmel sichtbar, alle niederen Gegenden mit einem weißen wolkigen Nebelmeer überdeckt, das sich von Genf bis nordwärts an den Horizont erstreckte und in der Sonne glänzte. Daraus stieg ostwärts die ganze reine Reihe aller Schnee- und Eisgebirge, ohne Unterschied von Namen der Völker und Fürsten, die sie zu besitzen glauben, nur *einem* großen Herrn und dem Blick der Sonne unterworfen, der sie schön rötete. Der Montblanc gegen uns über schien der höchste, die Eisgebirge des Wallis und des Oberlandes folgten, zuletzt schlossen niedere Berge des Kantons Bern. Gegen Abend war an einem Platze das Nebelmeer unbegrenzt, zur Linken in der weitsten Ferne zeigten sich sodann die Gebirge von Solothurn, näher die von Neuchâtel, gleich vor uns einige niedere Gipfel des Jura, unter uns lagen einige Häuser von Vaulion, dahin die Dent gehört und daher den Namen hat. Gegen Abend schließt die Franche-Comté mit flachstreichenden waldigen Bergen den ganzen Horizont, wovon ein einziger ganz in der Ferne gegen Nordwest sich unterschied. Grad ab war ein schöner Anblick. Hier ist die Spitze, die diesem Gipfel den Namen eines Zahns gibt. Er geht steil und eher etwas einwärts hinunter, in der Tiefe schließt ein kleines Fichtental an mit schönen Grasplätzen, gleich drüber liegt das Tal Valorbe genannt, wo man die Orbe aus dem Felsen kommen sieht und rückwärts zum kleinen See ihren unterirdischen Lauf in Gedanken verfolgen kann. Das Städtchen Valorbe liegt auch in diesem Tal. Ungern schieden wir. Einige Stunden längeren Aufenthalts, indem der Nebel um diese Zeit sich zu zerstreuen pflegt, hätten uns das tiefere Land mit dem See entdecken lassen; so aber mußte, damit der Genuß vollkommen werde, noch etwas zu wünschen übrig bleiben. Abwärts hatten wir unser ganzes Tal in aller Klarheit vor uns, stiegen bei Pont zu Pferde, ritten an der Ostseite den See hinauf, kamen durch l'Abbaye de Joux, welches jetzt ein Dorf ist, ehemals aber ein Sitz der Geistlichen war, denen das ganze Tal zugehörte. Gegen viere langten wir in unserm Wirtshaus an und fanden ein Essen, wovon uns die Wirtin versicherte, daß es um Mittag gut gewesen sei, aber auch übergar trefflich schmeckte.

Daß ich noch einiges, wie man mir es erzählt, hinzufüge. Wie ich eben erwähnte, soll ehedem das Tal Mönchen gehört haben, die es dann wieder vereinzelt, und zu Zeiten der Reformation mit den übrigen ausgetrieben worden. Jetzt gehört es zum Kanton Bern und sind die Gebirge umher die Holzkammer von dem Pays de Vaud. Die meisten Hölzer sind Privatbesitzungen, werden unter Aufsicht geschlagen und so ins Land gefahren. Auch werden hier die Dauben zu fichtenen Fässern geschnitten, Eimer, Bottiche und allerlei hölzerne Gefäße verfertigt. Die Leute sind gut gebildet und gesittet. Neben dem Holzverkauf treiben sie die Viehzucht; sie haben kleines Vieh und machen gute Käse. Sie sind geschäftig, und ein Erdschollen ist ihnen viel wert. Wir fanden einen, der die wenige aus einem Gräbchen aufgeworfene Erde mit Pferd und Karren in einige Vertiefungen eben der Wiese führte. Die Steine legen sie sorgfältig zusammen und bringen sie auf kleine Haufen. Es sind viele Steinschleifer hier, die für Genfer und andere Kaufleute arbeiten, mit welchem Erwerb sich auch die Frauen und Kinder beschäftigen. Die Häuser sind dauerhaft und sauber gebaut, die Form und Einrichtung nach dem Bedürfnis der Gegend und der Bewohner; vor jedem Hause läuft ein Brunnen, und durchaus spürt man Fleiß, Rührigkeit und Wohlstand. Über alles aber muß man die schönen Wege preisen, für die, in diesen entfernten Gegenden, der Stand Bern wie durch den ganzen übrigen Kanton sorgt. Es geht eine Chaussee um das ganze Tal herum, nicht übermäßig breit, aber wohl unterhalten, so daß die Einwohner mit der größten Bequemlichkeit ihr Gewerbe treiben, mit kleinen Pferden und leichten Wagen fortkommen können. Die Luft ist sehr rein und gesund.

194

Den 26. ward beim Frühstück überlegt, welchen Weg man zurück nehmen wolle. Da wir hörten, daß die Dôle, der höchste Gipfel des Jura, nicht weit von dem obern Ende des Tals liege, da das Wetter sich auf das herrlichste anließ und wir hoffen konnten, was uns gestern noch gefehlt, heute vom Glück alles zu erlangen, so wurde dahin zu gehen beschlossen. Wir packten einem Boten Käse, Butter, Brot und Wein auf und ritten gegen Achte ab. Unser Weg ging nun durch den obern Teil des Tals in dem Schatten des noir Mont hin. Es war sehr kalt, hatte gereift und gefroren; wir hatten noch eine Stunde im Bernischen zu reiten, wo sich die Chaussee, die man eben zu Ende bringt, abschneiden wird. Durch einen kleinen Fichtenwald rückten wir ins französische Gebiet ein. Hier verändert sich der Schauplatz sehr. Was wir zuerst bemerkten, waren die schlechten Wege. Der Boden ist sehr steinicht, überall liegen große Haufen zusammen gelesen; wieder ist er eines Teils sehr morastig und quellig; die Waldungen umher sind sehr ruiniert; den Häusern und Einwohnern sieht man, ich will nicht sagen Mangel, aber doch bald ein sehr enges Bedürfnis an. Sie gehören fast als Leibeigene an die Canonici von St. Claude, sie sind an die Erde gebunden, viele Abgaben liegen auf ihnen (sujets à la main morte et au droit de la suite), wovon mündlich ein mehreres, wie auch von dem neusten Edikt des Königs, wodurch das droit de la suite aufgehoben wird, die Eigentümer und Besitzer aber eingeladen werden, gegen ein gewisses Geld der main morte zu entsagen. Doch ist auch dieser Teil des Tals sehr angebaut. Sie nähren sich mühsam und lieben doch ihr Vaterland sehr, stehlen gelegentlich den Bernern Holz und verkaufen's wieder ins Land. Der erste Sprengel heißt le Bois d'Amont, durch den wir in das Kirchspiel les Rousses kamen, wo wir den kleinen Lac des Rousses und les sept Moncels, sieben kleine, verschieden gestaltete und verbundene Hügel, die mittägige Grenze des Tals, vor uns sahen. Wir kamen bald auf die neue Straße, die aus dem Pays de Vaud nach Paris führt; wir folgten ihr eine Weile abwärts und waren nunmehr von unserm Tale geschieden; der kahle Gipfel der Dôle lag vor uns, wir stiegen ab, unsre Pferde zogen auf der Straße voraus nach St. Sergues, und wir stiegen die Dôle hinan. Es war gegen Mittag, die Sonne schien heiß, aber es wechselte ein kühler Mittagswind. Wenn wir, auszuruhen, uns umsahen, hatten wir les sept Moncels hinter uns, wir sahen noch einen Teil des Lac des Rousses und um ihn die zerstreuten Häuser des Kirchspiels, der noir Mont deckte uns das übrige ganze Tal, höher hatten wir wieder ungefähr die gestrige Aussicht in die Franche-Comté und näher bei uns, gegen Mittag, die letzten Berge und Täler des Jura. Sorgfältig hüteten wir uns, nicht durch einen Bug der Hügel uns nach der Gegend umzusehen, um derentwillen wir eigentlich heraufstiegen. Ich war in einiger Sorge wegen des Nebels, doch zog ich aus der Gestalt des obern Himmels einige gute Vorbedeutungen. Wir betraten endlich den obern Gipfel und sahen mit größtem Vergnügen uns heute gegönnt, was uns gestern versagt war. Das ganze Pays de Vaud und de Gex lag wie eine Flurkarte unter uns, alle Besitzungen mit grünen Zäunen abgeschnitten, wie die Beete eines Parterres. Wir waren so hoch, daß die Höhen und Vertiefungen des vordern Landes gar nicht erschienen. Dörfer, Städtchen, Landhäuser, Weinberge, und höher herauf, wo Wald und Alpen angehen, Sennhütten, meistens weiß und hell angestrichen, leuchteten gegen die Sonne. Vom Lemaner See hatte sich der Nebel schon zurücke gezogen, wir sahen den nächsten Teil an der diesseitigen Küste deutlich; den sogenannten kleinen See, wo sich der große verengt und gegen Genf zugeht, dem wir gegenüber waren, überblickten wir ganz, und gegenüber klärte sich das Land auf, das ihn einschließt. Vor allem aber behauptete der Anblick über die Eis- und Schneeberge seine Rechte. Wir setzten uns vor der kühlen Luft in Schutz hinter Felsen, ließen uns von der Sonne bescheinen, das Essen und Trinken schmeckte trefflich. Wir sahen dem Nebel zu, der sich nach und nach verzog, jeder entdeckte etwas oder glaubte etwas zu entdecken. Wir sahen nach und nach Lausanne mit allen Gartenhäusern umher, Vevey und das Schloß von Chillon ganz deutlich, das Gebirg, das uns den Eingang vom Wallis verdeckte, bis in den See, von da, an der Savoyer Küste, Evian, Ripaille, Tonon, Dörfchen und Häuschen zwischen inne; Genf kam endlich rechts auch aus dem Nebel, aber weiter gegen Mittag, gegen den Mont-crédo und Mont-vauche, wo das Fort l'Ecluse inne liegt, zog er sich gar nicht weg. Wendeten wir uns wieder links, so lag das ganze Land von Lausanne bis Solothurn in leichtem Duft. Die näheren Berge und Höhen, auch alles, was weiße Häuser hatte, konnten wir erkennen; man zeigte uns das Schloß Chanvan blinken, das vom Neuburgersee links liegt, woraus wir seine Lage mutmaßen, ihn aber in dem blauen Duft nicht erkennen konnten. Es sind keine Worte für die Größe und Schöne dieses Anblicks, man ist sich im Augenblick selbst kaum bewußt, daß man sieht, man ruft sich nur gern die Namen und alten Gestalten der bekannten Städte und Orte zurück und freut sich in einer taumelnden Erkenntnis, daß das eben die weißen Punkte sind, die man vor sich hat.

Und immer wieder zog die Reihe der glänzenden Eisgebirge das Aug und die Seele an sich. Die Sonne wendete sich mehr gegen Abend und erleuchtete ihre größeren Flächen gegen uns zu. Schon was vom See auf für schwarze Felsrücken, Zähne, Türme und Mauern in vielfachen Reihen vor ihnen aufsteigen! wilde, ungeheure, undurchdringliche Vorhöfe bilden! wenn sie dann erst selbst in der Reinheit und Klarheit in der freien Luft mannigfaltig da liegen: man gibt da gern jede Prätension ans Unendliche auf, da man nicht einmal mit dem Endlichen im Anschauen und Gedanken fertig werden kann.

Vor uns sahen wir ein fruchtbares bewohntes Land; der Boden, worauf wir stunden, ein hohes kahles Gebirge, trägt noch Gras, Futter für Tiere, von denen der Mensch Nutzen zieht. Das kann sich der einbildische Herr der Welt noch zueignen; aber jene sind wie eine heilige Reihe von Jungfrauen, die der Geist des Himmels in unzugänglichen Gegenden, für sich allein, vor unsern Augen in ewiger Reinheit aufbewahrt. Wir blieben und reizten einander wechselsweise, Städte, Berge und Gegenden, bald mit bloßem Auge, bald mit dem Teleskop, zu entdecken, und gingen nicht eher abwärts, als bis die Sonne, im Weichen, den Nebel seinen Abendhauch über den See breiten ließ. Wir kamen mit Sonnenuntergang auf die Ruinen des Fort de St. Sergues. Auch näher am Tal waren unsre Augen nur auf die Eisgebirge gegenüber gerichtet. Die letzten, links im Oberland, schienen in einen leichten Feuerdampf aufzuschmelzen; die nächsten standen noch mit wohlbestimmten roten Seiten gegen uns, nach und nach wurden jene weiß, grün, graulich. Es sah fast ängstlich aus. Wie ein gewaltiger Körper von außen gegen das Herz zu abstirbt, so erblaßten alle langsam gegen den Montblanc zu, dessen weiter Busen noch immer rot herüber glänzte und auch zuletzt uns noch einen rötlichen Schein zu behalten schien, wie man den Tod des Geliebten nicht gleich bekennen und den Augenblick, wo der Puls zu schlagen aufhört, nicht abschneiden will. Auch nun gingen wir ungern weg. Die Pferde fanden wir in St. Sergues, und daß nichts fehle, stieg der Mond auf und leuchtete uns nach Nyon, indes unterweges unsere gespannten Sinnen sich wieder lieblich falten konnten, wieder freundlich wurden, um mit frischer Lust aus den Fenstern des Wirtshauses den breitschwimmenden Widerglanz des Mondes im ganz reinen See genießen zu können.

Hier und da auf der ganzen Reise ward so viel von den Merkwürdigkeiten der Savoyer Eisgebirge gesprochen, und wie wir nach Genf kamen, hörten wir, es werde immer mehr Mode, sie zu sehen, daß der Graf eine sonderliche Lust kriegte, unsern Weg dahin zu leiten, von Genf aus über Cluse und Salenche ins Tal Chamouni zu gehen, die Wunder zu betrachten, dann über Valorsine und Trient nach Martinach ins Wallis zu fallen. Dieser Weg, den die meisten Reisenden nehmen, schien wegen der Jahrszeit etwas bedenklich. Der Herr de Saussure wurde deswegen auf seinem Landgute besucht und um Rat gefragt. Er versicherte, daß man ohne

Bedenken den Weg machen könne: es liege auf den mittleren Bergen noch kein Schnee, und wenn wir in der Folge aufs Wetter und auf den guten Rat der Landleute achten wollten, der niemals fehl schlage, so könnten wir mit aller Sicherheit diese Reise unternehmen. Hier ist die Abschrift eines sehr eiligen Tageregisters.

———

Cluse in Savoyen, den 3. November.
Heute beim Abscheiden von Genf teilte sich die Gesellschaft; der Graf, mit mir und einem Jäger, zog nach Savoyen zu; Freund W. mit den Pferden durchs Pays de Vaud ins Wallis. Wir, in einem leichten Kabriolett mit vier Rädern, fuhren erst, Hubern auf seinem Landgute zu besuchen, den Mann, dem Geist, Imagination, Nachahmungsbegierde zu allen Gliedern heraus will, einen der wenigen ganzen Menschen, die wir angetroffen haben. Er setzte uns auf den Weg, und wir fuhren sodann, die hohen Schneegebirge, an die wir wollten, vor Augen, weiter. Vom Genfersee laufen die vordern Bergketten gegeneinander, bis da, wo Bonneville zwischen der Mole, einem ansehnlichen Berge, und der Arve inne liegt. Da aßen wir zu Mittag. Hinter der Stadt schließt sich das Tal an, obgleich noch sehr breit, die Arve fließt sachte durch, die Mittagseite ist sehr angebaut und durchaus der Boden benutzt. Wir hatten seit früh etwas Regen, wenigstens auf die Nacht, befürchtet, aber die Wolken verließen nach und nach die Berge und teilten sich in Schäfchen, die uns schon mehr ein gutes Zeichen gewesen. Die Luft war so warm wie Anfang Septembers, und die Gegend sehr schön, noch viele Bäume grün, die meisten braungelb, wenige ganz kahl, die Saat hoch grün, die Berge im Abendrot rosenfarb ins Violette, und diese Farben auf großen, schönen, gefälligen Formen der Landschaft. Wir schwatzten viel Gutes. Gegen Fünfe kamen wir

nach Cluse, wo das Tal sich schließet und nur *einen* Ausgang läßt, wo die Arve aus dem Gebirge kommt und wir morgen hinein gehen. Wir stiegen auf einen Berg und sahen unter uns die Stadt an einen Fels gegenüber mit der einen Seite angelehnt, die andere mehr in die Fläche des Tals hingebaut, das wir mit vergnügten Blicken durchliefen, und, auf abgestürzten Granitstücken sitzend, die Ankunft der Nacht mit ruhigen und mannigfaltigen Gesprächen erwarteten. Gegen sieben, als wir hinabstiegen, war es noch nicht kühler, als es im Sommer um neun Uhr zu sein pflegt. In einem schlechten Wirtshaus, bei muntern und willigen Leuten, an deren Patois man sich erlustigt, erschlafen wir nun den morgenden Tag, vor dessen Anbruch wir schon unsern Stab weitersetzen wollen.

(Abends gegen Zehn.)

———

Salenche, den 4. Nov. Mittags.
Bis ein schlechtes Mittagessen von sehr willigen Händen wird bereitet sein, versuche ich das Merkwürdigste von heute früh aufzuschreiben. Mit Tages Anbruch gingen wir zu Fuße von Cluse ab, den Weg nach Balme. Angenehm frisch wars im Tal, das letzte Mondviertel ging vor der Sonne hell auf und erfreute uns, weil man es selten so zu sehen gewohnt ist. Leichte, einzelne Nebel stiegen aus den Felsritzen aufwärts, als wenn die Morgenluft junge Geister aufweckte, die Lust fühlten, ihre Brust der Sonne entgegenzutragen und sie an ihren Blicken zu vergülden. Der obere Himmel war ganz rein, nur wenige durchleuchtete Wolkenstreifen zogen quer darüber hin. Balme ist ein elendes Dorf, unfern vom Weg, wo sich eine Felsschlucht wendet. Wir verlangten von den Leuten, daß sie uns zur Höhle führen sollten, von der der Ort seinen Ruf hat. Da sahen sich die Leute unter einander an und sagten einer zum an-

dern: Nimm du die Leiter, ich will den Strick nehmen, kommt ihr Herrn nur mit! Diese wunderbare Einladung schreckte uns nicht ab, ihnen zu folgen. Zuerst ging der Stieg durch abgestürzte Kalkfelsenstücke hinauf, die durch die Zeit vor die steile Felswand aufgestuft worden und mit Hasel- und Buchenbüschen durchwachsen sind. Auf ihnen kommt man endlich an die Schicht der Felswand, wo man mühselig und leidig, auf der Leiter und Felsstufen, mit Hülfe übergebogener Nußbaum-Äste und dran befestigter Stricke, hinaufklettern muß; dann steht man fröhlich in einem Portal, das in den Felsen eingewittert ist, übersieht das Tal und das Dorf unter sich. Wir bereiteten uns zum Eingang in die Höhle, zündeten Lichter an und luden eine Pistole, die wir losschießen wollten. Die Höhle ist ein langer Gang, meist ebenen Bodens, auf *einer* Schicht, bald zu einem, bald zu zwei Menschen breit, bald über Mannshöhe, dann wieder zum Bücken und auch zum Durchkriechen. Gegen die Mitte steigt eine Kluft aufwärts und bildet einen spitzigen Dom. In einer Ecke schiebt eine Kluft abwärts, wo wir immer gelassen siebzehn bis neunzehn gezählt haben, eh' ein Stein, mit verschiedentlich widerschallenden Sprüngen, endlich in die Tiefe kam. An den Wänden sintert ein Tropfstein, doch ist sie an den wenigsten Orten feucht, auch bilden sich lange nicht die reichen wunderbaren Figuren wie in der Baumannshöhle. Wir drangen so weit vor, als es die Wasser zuließen, schossen im Herausgehen die Pistole los, davon die Höhle mit einem starken dumpfen Klang erschüttert wurde und um uns wie eine Glocke summte. Wir brauchten eine starke Viertelstunde, wieder herauszugehen, machten uns die Felsen wieder hinunter fanden unsern Wagen und fuhren weiter. Wir sahen einen schönen Wasserfall auf Staubbachs Art; er war weder sehr hoch noch sehr reich, doch sehr interessant, weil die Felsen um ihn wie eine runde Nische bilden, in der er herabstürzt, und weil die Kalkschichten an ihm, in sich selbst umgeschlagen, neue und ungewohnte Formen bilden. Bei hohem Sonnenschein kamen wir hier an, nicht hungrig genug, das Mittagessen, das aus einem aufgewärmten Fisch, Kuhfleisch und hartem Brot bestehet, gut zu finden. Von hier geht weiter ins Gebirg kein Fuhrweg für eine so stattliche Reisekutsche, wie wir haben; diese geht nach Genf zurück, und ich nehme Abschied von Ihnen, um den Weg weiter fortzusetzen. Ein Maulesel mit dem Gepäck wird uns auf dem Fuße folgen.

Chamouni, den 4. Nov. Abends gegen Neun.

Nur daß ich mit diesem Blatt Ihnen um so viel näher rücken kann, nehme ich die Feder; sonst wäre es besser, meine Geister ruhen zu lassen. Wir ließen Salenche in einem schönen offnen Tale hinter uns, der Himmel hatte sich während unsrer Mittagrast mit weißen Schäfchen überzogen, von denen ich hier eine besondre Anmerkung machen muß. Wir haben sie so schön und noch schöner an einem heitern Tag von den Berner Eisbergen aufsteigen sehen. Auch hier schien es uns wieder so, als wenn die Sonne die leisesten Ausdünstungen von den höchsten Schneegebirgen gegen sich aufzöge und diese ganz feinen Dünste von einer leichten Luft, wie eine Schaumwolle, durch die Atmosphäre gekämmt würden. Ich erinnere mich nie in den höchsten Sommertagen, bei uns, wo dergleichen Lufterscheinungen auch vorkommen, etwas so Durchsichtiges, Leichtgewobenes gesehen zu haben. Schon sahen wir die Schneegebirge, von denen sie aufsteigen, vor uns, das Tal fing an zu stocken, die Arve schoß aus einer Felskluft hervor, wir mußten einen Berg hinan und wanden uns, die Schneegebirge rechts vor uns, immer höher. Abwechselnde Berge, alte Fichtenwälder zeigten sich uns rechts, teils in der Tiefe, teils in gleicher Höhe mit uns. Links über uns waren die Gipfel des Bergs kahl und spitzig. Wir fühlten, daß wir einem stärkern und mächtigern Satz von Bergen immer näher rückten. Wir kamen über ein breites trocknes Bett von Kieseln und Steinen, das die Wasserfluten die Länge des Berges hinab zerreißen und wieder füllen; von da in ein sehr angenehmes, rundgeschloßnes, flaches Tal, worin das Dörfchen Serves liegt. Von da geht der Weg um einige sehr bunte Felsen, wieder gegen die Arve. Wenn man über sie weg ist, steigt man einen Berg hinan, die Massen werden immer größer, die Natur hat hier mit sachter Hand das Ungeheure zu bereiten angefangen. Es wurde dunkler, wir kamen dem Chamouni-Tale näher und endlich darein. Nur die großen Massen waren uns sichtbar. Die Sterne gingen nacheinander auf, und wir bemerkten über den Gipfeln der Berge, rechts vor uns, ein Licht, das wir nicht erklären konnten. Hell, ohne Glanz wie die Milchstraße, doch dichter, fast wie die Plejaden, nur größer, unterhielt es lange unsere Aufmerksamkeit, bis es endlich, da wir unsern Standpunkt änderten, wie eine Pyramide, von einem innern geheimnisvollen Licht durchzogen, das dem Schein eines Johanniswurms am besten verglichen werden kann, über den Gipfeln aller Berge hervorragte und uns gewiß machte, daß es der Gipfel des Montblanc war. Es war die Schönheit dieses Anblicks ganz außerordentlich; denn, da er mit den Sternen, die um ihn herumstunden, zwar nicht in gleich raschem Licht, doch in einer breitern zusammenhängendern Masse leuchtete, so schien er den Augen zu einer höhern Sphäre zu gehören, und man hatte Müh', in Gedanken seine Wurzeln wieder an die Erde zu befestigen. Vor ihm sahen wir eine Reihe von Schneegebirgen dämmernder auf den Rücken von schwarzen Fichtenbergen liegen und ungeheure Gletscher zwischen den schwarzen Wäldern herunter ins Tal steigen.

Meine Beschreibung fängt an, unordentlich und ängstlich zu werden; auch brauchte es eigentlich immer zwei Menschen, einen der's sähe, und einen, der's beschriebe.

Wir sind hier in dem mittelsten Dorfe des Tals, le Prieuré genannt, wohl logieret, in einem Hause, das eine Witwe, den vielen

Fremden zu Ehren, vor einigen Jahren erbauen ließ. Wir sitzen am Kamin und lassen uns den Muskatellerwein, aus der Vallée d'Aost, besser schmecken als die Fastenspeisen, die uns aufgetischt werden.

Den 5. Nov. Abends.

Es ist immer eine Resolution, als wie wenn man ins kalte Wasser soll, eh' ich die Feder nehmen mag, zu schreiben. Hier hätt' ich nun gerade Lust, Sie auf die Beschreibung der Savoyschen Eisgebirge, die Bourit, ein passionierter Kletterer, herausgegeben hat, zu verweisen.

Erfrischt durch einige Gläser guten Weins und den Gedanken, daß diese Blätter eher als die Reisenden und Bourits Buch bei Ihnen ankommen werden, will ich mein Möglichstes tun. Das Tal Chamouni, in dem wir uns befinden, liegt sehr hoch in den Gebirgen, ist etwa sechs bis sieben Stunden lang und gehet ziemlich Mittag gegen Mitternacht. Der Charakter, der mir es vor andern auszeichnet, ist, daß es in seiner Mitte fast gar keine Fläche hat, sondern das Erdreich, wie eine Mulde, sich gleich von der Arve aus gegen die höchsten Gebirge anschmiegt. Der Montblanc und die Gebirge, die von ihm herabsteigen, die Eismassen, die diese ungeheuren Klüfte ausfüllen, machen die östliche Wand aus, an der die ganze Länge des Tals hin sieben Gletscher, einer größer als der andre, herunter kommen. Unsere Führer, die wir gedingt hatten, das Eismeer zu sehen, kamen bei Zeiten. Der eine ist ein rüstiger junger Bursche, der andre ein schon älterer und sich klug dünkender, der mit allen gelehrten Fremden Verkehr gehabt hat, von der Beschaffenheit der Eisberge sehr wohl unterrichtet und ein sehr tüchtiger Mann ist. Er versicherte uns, daß seit achtundzwanzig

Jahren — so lange führ' er Fremde auf die Gebirge — er zum erstenmale so spät im Jahr, nach Allerheiligen, jemand hinaufbringe; und doch sollten wir alles eben so gut wie im August sehen. Wir stiegen, mit Speise und Wein gerüstet, den Mont-Anvert hinan, wo uns der Anblick des Eismeers überraschte. Ich würde es, um die Backen nicht so voll zu nehmen, eigentlich das Eistal oder den Eisstrom nennen: denn die ungeheuren Eismassen nehmen ein Tal seiner Länge nach ein. Gerad hinten endigt ein spitzer Berg, von dessen beiden Seiten Neben-Eistäler sich an das Haupttal anschließen. Es lag noch nicht der mindeste Schnee auf der zackigen Fläche, und die blauen Spalten glänzten gar schön hervor. Das Wetter fing nach und nach an, sich zu überziehen, und ich sah wogige graue Wolken, die Schnee anzudeuten schienen, wie ich sie niemals gesehn. In der Gegend, wo wir stunden, ist die kleine von Steinen zusammengelegte Hütte für das Bedürfnis der Reisenden, zum Scherz das Schloß von Mont-Anvert genannt. Monsieur Blaire, ein Engländer, der sich zu Genf aufhält, hat eine geräumigere an einem schicklichern Ort, etwas weiter hinauf, erbauen lassen, wo man am Feuer sitzend, zu einem Fenster hinaus, das ganze Eistal übersehen kann. Die Gipfel der Felsen gegenüber und auch in die Tiefe des Tals hin sind sehr spitzig ausgezackt. Es kommt daher, weil sie aus einer Gesteinart zusammengesetzt sind, deren Wände fast ganz perpendikular in die Erde einschießen. Wittert eine leichter aus, so bleibt die andere spitz in die Luft stehen. Solche Zacken werden Nadeln genennet, und die Aiguille du Dru ist eine solche hohe merkwürdige Spitze, grade dem Mont-Anvert gegenüber. Wir wollten nunmehr auch das Eismeer betreten und diese ungeheuren Massen auf ihnen selbst beschauen. Wir stiegen den Berg hinunter und machten einige hundert Schritte auf den wogigen Kristallklippen herum. Es ist ein ganz trefflicher Anblick, wenn man, auf dem Eise selbst stehend, den oberwärts sich herabdrängenden und durch seltsame Spalten geschiedenen Massen entgegen sieht. Doch wollt' es uns nicht länger auf diesem schlüpfrigen Boden gefallen, wir waren weder mit Fußeisen noch mit beschlagenen Schuhen gerüstet; vielmehr hatten sich unsere Absätze durch den langen Marsch abgerundet und geglättet. Wir machten uns also wieder zu den Hütten hinauf und nach einigem Ausruhen zur Abreise fertig. Wir stiegen den Berg hinab und kamen an den Ort, wo der Eisstrom stufenweis bis hinunter ins Tal dringt, und traten in die Höhle, in der er sein Wasser ausgießt. Sie ist weit, tief, von dem schönsten Blau, und es steht sich sichrer im Grund als vorn an der Mündung, weil an ihr sich immer große Stücke Eis schmelzend ablösen. Wir nahmen unsern Weg nach dem Wirtshause zu, bei der Wohnung zweier Blondins vorbei: Kinder von zwölf bis vierzehn Jahren, die sehr weiße Haut, weiße, doch schroffe Haare, rote und bewegliche Augen wie die Kaninchen haben. Die tiefe Nacht, die im Tale liegt, lädt mich zeitig zu Bette, und ich habe kaum noch so viel Munterkeit, Ihnen zu sagen, daß wir einen jungen zahmen Steinbock gesehen haben, der sich unter den Ziegen ausnimmt wie der natürliche Sohn eines großen Herrn, dessen Erziehung in der Stille einer bürgerlichen Familie aufgetragen ist. Von unsern Diskursen geht's nicht an, daß ich etwas außer der Reihe mitteile. An Graniten, Gneisen, Lärchen- und Zirbelbäumen finden Sie auch keine große Erbauung, doch sollen Sie ehestens merkwürdige Früchte von unserm Botanisieren zu sehen kriegen. Ich bilde mir ein, sehr schlaftrunken zu sein, und kann nicht eine Zeile weiter schreiben.

Chamouni, den 6. Nov. früh.

Zufrieden mit dem, was uns die Jahreszeit hier zu sehen erlaubte, sind wir reisefertig, noch heute ins Wallis durchzudringen. Das ganze Tal ist über und über bis an die Hälfte der Berge mit Nebel bedeckt, und wir müssen erwarten, was Sonne und Wind zu unserm Vorteil tun werden. Unser Führer schlägt uns einen Weg über den Col de Balme vor: ein hoher Berg, der an der nördlichen Seite des Tals gegen Wallis zu liegt, auf dem wir, wenn wir glücklich sind, das Tal Chamouni, mit seinen meisten Merkwürdigkeiten, noch auf einmal von der Höhe übersehen können. Indem ich dieses schreibe, geschieht an dem Himmel eine herrliche Erscheinung: die Nebel, die sich bewegen und sich an einigen Orten brechen, lassen wie durch Tagelöcher den blauen Himmel sehen und zugleich die Gipfel der Berge, die oben, über unsrer Dunstdecke, von der Morgensonne beschienen werden. Auch ohne die Hoffnung eines schönen Tags ist dieser Anblick dem Aug eine rechte Weide. Erst jetzo hat man einiges Maß für die Höhe der Berge. Erst in einer ziemlichen Höhe vom Tal auf streichen die Nebel an dem Berg hin, hohe Wolken steigen von da auf, und alsdann sieht man noch über ihnen die Gipfel der Berge in der Verklärung schimmern. Es wird Zeit! Ich nehme zugleich von diesem geliebten Tal und von Ihnen Abschied.

Martinach im Wallis, den 6. Nov. Abends.

Glücklich sind wir herübergekommen, und so wäre auch dieses Abenteuer bestanden. Die Freude über unser gutes Schicksal wird mir noch eine halbe Stunde die Feder lebendig erhalten.

Unser Gepäck auf ein Maultier geladen, zogen wir heute früh gegen Neune von Prieuré aus. Die Wolken wechselten, daß die Gipfel der Berge bald erschienen, bald verschwanden, bald die Sonne streifweis ins Tal dringen konnte, bald die Gegend wieder verdeckt wurde. Wir gingen das Tal hinauf, den Ausguß des Eistals vorbei, ferner den Glacier d'Argentière hin, den höchsten von allen, dessen oberster Gipfel uns aber von Wolken bedeckt war. In der Gegend wurde Rat gehalten, ob wir den Stieg über den Col de Balme unternehmen und den Weg über Valorsine verlassen wollten. Der Anschein war nicht der vorteilhafteste; doch da hier nichts zu verlieren und viel zu gewinnen war, traten wir unsern Weg keck gegen die dunkle Nebel- und Wolkenregion an. Als wir gegen den Glacier du Tour kamen, rissen sich die Wolken aus einander, und wir sahen auch diesen schönen Gletscher in völligem Lichte. Wir setzten uns nieder, tranken eine Flasche Wein aus und aßen etwas Weniges. Wir stiegen nunmehr immer den Quellen der Arve auf rauhern Matten und schlecht beras'ten Flecken entgegen und kamen dem Nebelkreis immer näher, bis er uns endlich völlig aufnahm. Wir stiegen eine Weile geduldig fort, als es auf einmal, indem wir aufschritten, wieder über unsern Häuptern helle zu werden anfing. Kurze Zeit dauerte es, so traten wir aus den Wolken heraus, sahen sie in ihrer ganzen Last unter uns auf dem Tale liegen und konnten die Berge, die es rechts und links einschließen, außer dem Gipfel des Montblanc, der mit Wolken bedeckt war, sehen, deuten und mit Namen nennen. Wir sahen einige Gletscher von ihren Höhen bis zu der Wolkentiefe herabsteigen, von andern sahen wir nur die Plätze, indem uns die Eismassen durch die Bergschrunden verdeckt wurden. Über die ganze Wolkenfläche sahen wir, außerhalb dem mittägigen Ende des Tales, ferne Berge im Sonnenschein. Was soll ich Ihnen die Namen von den Gipfeln, Spitzen, Nadeln, Eis- und Schneemassen vorerzählen, die Ihnen doch kein Bild, weder vom Ganzen noch vom Einzelnen, in die Seele bringen. Merkwürdiger ist's, wie die Geister der Luft sich unter uns zu streiten schienen. Kaum hatten wir eine Weile gestanden und uns an der großen Aussicht ergötzt, so schien eine feindselige Gärung in dem Nebel zu entstehen, der auf einmal aufwärts strich und uns aufs neue einzuwickeln drohte. Wir stiegen stärker den Berg hinan, ihm nochmals zu entgehn, allein er überflügelte uns und hüllte uns ein. Wir stiegen immer frisch aufwärts, und bald kam uns ein Gegenwind vom Berge selbst zu Hülfe, welcher durch den Sattel, der zwei Gipfel verbindet, hereinstrich und den Nebel wieder ins Tal zurücktrieb. Dieser wundersame Streit wiederholte sich öfter, und wir langten endlich glücklich auf dem Col de Balme an. Es war ein seltsamer, eigener Anblick. Der höchste Himmel über den Gipfeln der Berge war überzogen, unter uns sahen wir durch den manchmal zerrissenen Nebel ins ganze Tal Chamouni, und zwischen diesen beiden Wolkenschichten waren die Gipfel der Berge alle sichtbar. Auf der Ostseite waren wir von schroffen Gebirgen eingeschlossen, auf der Abendseite sahen wir in ungeheure Täler, wo doch auf einigen Matten sich menschliche Wohnungen zeigten. Vorwärts lag uns das Wallistal, wo man mit *einem* Blick bis Martinach und weiter hinein mannigfaltig übereinandergeschlungene Berge sehen konnte. Auf allen Seiten von Gebirgen umschlossen, die sich weiter gegen den Horizont immer zu vermehren und aufzutürmen schienen, so standen wir auf der Grenze von Savoyen und Wallis. Einige Contrebandiers kamen mit Mauleseln den Berg herauf und erschraken vor uns, da sie an dem Platz jetzo niemand vermuteten. Sie taten einen Schuß, als ob sie sagen wollten: damit ihr seht, daß sie geladen sind; und einer ging voraus, um uns zu rekognoszieren. Da er unsern Führer erkannte und unsre harmlosen Figuren sah, rückten die andern auch näher, und wir zogen mit wechselseitigen Glückwünschen an einander vorbei. Der Wind ging scharf, und es fing ein wenig an zu schneien. Nunmehr ging es einen sehr rauhen und wilden Stieg abwärts, durch einen alten Fichtenwald, der sich auf Felsplatten von Gneis eingewurzelt hatte. Vom Wind übereinander gerissen, verfaulten hier die Stämme mit ihren Wurzeln, und die zugleich losgebrochnen Felsen lagen schroff durch einander. Endlich kamen wir ins Tal, wo der Trientfluß aus einem Gletscher entspringt, ließen das Dörfchen Trient ganz nahe rechts liegen und folgten dem Tale durch einen ziemlich unbequemen Weg, bis wir endlich gegen Sechse hier in Martinach auf flachem Wallisboden angekommen sind, wo wir uns zu weitern Unternehmungen ausruhen wollen.

Wie unsre Reise ununterbrochen fortgeht, knüpft sich auch ein Blatt meiner Unterhaltung mit Ihnen ans andre, und kaum hab ich das Ende unsrer Savoyer Wanderungen gefaltet und beiseitegelegt, nehm' ich schon wieder ein andres Papier, um Sie mit dem bekannt zu machen, was wir zunächst vorhaben.

Zu Nacht sind wir in ein Land getreten, nach welchem unsre Neugier schon lange gespannt ist. Noch haben wir nichts als die Gipfel der Berge, die das Tal von beiden Seiten einschließen, in der Abenddämmerung gesehn. Wir sind im Wirtshause untergekrochen, sehen zum Fenster hinaus die Wolken wechseln, es ist uns so heimlich und so wohl, daß wir ein Dach haben, als Kindern, die sich aus Stühlen, Tischblättern und Teppichen eine Hütte am Ofen machen und sich darin bereden, es regne und schneie draußen, um angenehme eingebildete Schauer in ihren kleinen Seelen in Bewegung zu bringen. So sind wir in der Herbstnacht in einem fremden unbekannten Lande. Aus der Karte wissen wir, daß wir in dem Winkel eines Ellenbogens sitzen, von wo aus der kleinere Teil des Wallis, ungefähr von Mittag gegen Mitternacht, die Rhone hinunter sich an den Genfersee anschließt, der andre aber und längste, von Abend gegen Morgen, die Rhone hinauf bis an ihren Ursprung, die Furka, streicht. Das Wallis selbst zu durchreisen, macht uns eine angenehme Aussicht; nur wie wir oben hinaus kommen werden, erregt einige Sorge. Zuvörderst ist festgesetzt, daß wir, um den untern Teil zu sehen, morgen bis St. Maurice gehen, wo der Freund, der mit den Pferden durch das Pays de Vaud gegangen, eingetroffen sein wird. Morgen Abend gedenken wir wieder hier zu sein, und übermorgen soll es das Land hinauf. Wenn es nach dem Rat des Herrn de Saussure geht, so machen wir den Weg bis an die Furka zu Pferde, sodann wieder bis Brieg zurück über den Simpelberg, wo bei jeder Witterung eine gute Passage ist, über Domo d'ossola, den Lago maggiore, über Bellinzona, und dann den Gotthard hinauf. Der Weg soll gut und durchaus für Pferde praktikabel sein. Am liebsten gingen wir über die Furka auf den Gotthard, der Kürze wegen und weil der Schwanz durch die italienischen Provinzen von Anfang an nicht in unserm Plane war; allein wo mit den Pferden hin? die sich nicht über die Furka schleppen lassen, wo vielleicht gar schon Fußgängern der Weg durch Schnee versperrt ist. Wir sind darüber ganz ruhig und hoffen von Augenblick zu Augenblick wie bisher von den Umständen selbst guten Rat zu nehmen. Merkwürdig ist in diesem Wirtshause eine Magd, die bei einer großen Dummheit alle Manieren eines sich empfindsam zierenden deutschen Fräulein hat. Es gab ein großes Gelächter, als wir uns die müden Füße mit rotem Wein und Kleien, auf Anraten unsers Führers, badeten und sie von dieser annehmlichen Dirne abtrocknen ließen.

Nach Tische.

Am Essen haben wir uns nicht sehr erholt und hoffen, daß der Schlaf besser schmecken soll.

Den 7ten. St. Maurice, gegen Mittag.

Unter Weges ist meine Art, die schönen Gegenden zu genießen, daß ich mir meine abwesenden Freunde wechselsweise herbeirufe und mich mit ihnen über die herrlichen Gegenstände unterhalte. Komm' ich in ein Wirtshaus, so ist ausruhen, mich rückerinnern und an Sie schreiben Eins, wenn schon manchmal die allzusehr ausgespannte Seele lieber in sich selbst zusammenfiele und mit einem halben Schlaf sich erholte. Heute früh gingen wir in der Dämmerung von Martinach weg; ein frischer Nordwind ward mit dem Tage lebendig, wir kamen an einem alten Schlosse vorbei, das auf der Ecke steht, wo die beiden Arme des Wallis ein Y machen. Das Tal ist eng und wird auf beiden Seiten von mannigfaltigen Bergen beschlossen, welche wieder zusammen von eigenem, erhaben lieblichem Charakter sind. Wir kamen dahin, wo der Trientstrom um enge und gerade Felsenwände herum in das Tal dringt, daß man zweifelhaft ist, ob er nicht unter den Felsen hervorkomme. Gleich dabei steht die alte, vorm Jahr durch den Fluß beschädigte Brücke, unweit welcher ungeheure Felsstücke vor kurzer Zeit vom Gebirge herab die Landstraße verschüttet haben. Diese Gruppe zusammen würde ein außerordentlich schönes Bild machen. Nicht weit davon hat man eine neue hölzerne Brücke gebaut und ein ander Stück Landstraße eingeleitet. Wir wußten, daß wir uns dem berühmten Wasserfall der Pisse vache näherten, und wünschten einen Sonnenblick, wozu uns die wechselnden Wolken einige Hoffnung machten. An dem Wege betrachteten wir die vielen Granit- und Gneisstücke, die bei ihrer Verschiedenheit doch alle *eines* Ursprungs zu sein schienen. Endlich traten wir vor den Wasserfall, der seinen Ruhm vor vielen andern verdient. In ziemlicher Höhe schießt aus einer engen Felskluft ein starker Bach flammend herunter in ein Becken, wo er in Staub und Schaum sich weit und breit im Wind herumtreibt. Die Sonne trat hervor und machte den Anblick doppelt lebendig. Unten im Wasserstaube hat man einen Regenbogen hin und wieder, wie man geht, ganz nahe vor sich. Tritt man weiter hinauf, so sieht man noch eine schönere Erscheinung. Die luftigen schäumenden Wellen des obern Strahls, wenn sie gischend und flüchtig die Linien berühren, wo in unsern Augen der Regenbogen entstehet, färben sich flammend, ohne daß die aneinanderhängende Gestalt eines Bogens erschiene; und so ist an dem Platze immer eine wechselnde feurige Bewegung. Wir kletterten dran herum, setzten uns dabei nieder und wünschten ganze

Tage und gute Stunden des Lebens dabei zubringen zu können. Auch hier wieder, wie so oft auf dieser Reise, fühlten wir, daß große Gegenstände im Vorübergehen gar nicht empfunden und genossen werden können. Wir kamen in ein Dorf, wo lustige Soldaten waren, und tranken daselbst neuen Wein, den man uns gestern auch schon vorgesetzt hatte. Er sieht aus wie Seifenwasser, doch mag ich ihn lieber trinken als ihren sauren jährigen und zweijährigen. Wenn man durstig ist, bekommt alles wohl. Wir sahen St. Maurice von weitem, wie es just an einem Platze liegt, wo das Tal sich zu einem Passe zusammendrückt. Links über der Stadt sahen wir an einer Felsenwand eine kleine Kirche mit einer Einsiedelei angeflickt, wo wir noch hinauf zu steigen denken. Hier im Wirtshaus fanden wir ein Billett vom Freunde, der zu Bex, drei Viertel Stunden von hier, geblieben ist. Wir haben ihm einen Boten geschickt. Der Graf ist spazieren gegangen, vorwärts die Gegend noch zu sehen; ich will einen Bissen essen und alsdann auch nach der berühmten Brücke und dem Paß zu gehn.

Nach Eins.

Ich bin wieder zurück von dem Fleckchen, wo man Tage lang sitzen, zeichnen, herumschleichen und ohne müde zu werden sich mit sich selbst unterhalten könnte. Wenn ich jemanden einen Weg ins Wallis raten sollte, so wär' es dieser vom Genfersee die Rhone herauf. Ich bin auf dem Weg nach Bex zu über die große Brücke gegangen, wo man gleich ins Berner Gebiet eintritt. Die Rhone fließt dort hinunter, und das Tal wird nach dem See zu etwas weiter. Wie ich mich umkehrte, sah ich die Felsen sich bei St. Maurice zusammendrücken, und über die Rhone, die unten durchrauscht, in einem hohen Bogen eine schmale leichte Brücke kühn hinüberge-

sprengt. Die mannigfaltigen Erker und Türme einer Burg schließen
drüben gleich an, und mit einem einzigen Tore ist der Eingang ins
Wallis gesperrt. Ich ging über die Brücke nach St. Maurice zurück,
suchte noch vorher einen Gesichtspunkt, den ich bei Hubern gezeichnet gesehn habe und auch ungefähr fand.

Der Graf ist wiedergekommen, er war den Pferden entgegen gegangen und hat sich auf seinem Braunen vorausgemacht. Er sagt,
die Brücke sei so schön und leicht gebaut, daß es aussehe, als wenn
ein Pferd flüchtig über einen Graben setzt. Der Freund kommt
auch an, zufrieden von seiner Reise. Er hat den Weg am Genfersee
her bis Bex in wenigen Tagen zurückgelegt, und es ist eine allgemeine Freude, sich wieder zu sehen.

———

Martinach, gegen Neun.
Wir sind tief in die Nacht geritten, und der Herweg hat uns länger
geschienen als der Hinweg, wo wir von einem Gegenstand zu dem
andern gelockt worden sind. Auch habe ich aller Beschreibungen
und Reflexionen für heute herzlich satt, doch will ich zwei schöne
noch geschwind in der Erinnerung festsetzen. An der Pisse vache
kamen wir in tiefer Dämmrung wieder vorbei. Die Berge, das Tal
und selbst der Himmel waren dunkel und dämmernd. Graulich
und mit stillem Rauschen sah man den herabschießenden Strom
von allen andern Gegenständen sich unterscheiden, man bemerkte
fast gar keine Bewegung. Es war immer dunkler geworden. Auf
einmal sahen wir den Gipfel einer sehr hohen Klippe, völlig wie ge-
schmolzen Erz im Ofen, glühen und roten Dampf davon aufsteigen. Dieses sonderbare Phänomen wirkte die Abendsonne, welche
den Schnee und den davon aufsteigenden Nebel erleuchtete.

Wir haben heute früh einen Fehlritt getan und uns wenigstens um drei Stunden versäumet. Wir ritten vor Tag von Martinach weg, um bei Zeiten in Sion zu sein. Das Wetter war außerordentlich schön, nur daß die Sonne, wegen ihres niedern Standes, von den Bergen gehindert war, den Weg, den wir ritten, zu bescheinen. Der Anblick des wunderschönen Wallistals machte manchen guten und muntern Gedanken rege. Wir waren schon drei Stunden die Landstraße hinan, die Rhone uns linker Hand, geritten; wir sahen Sion vor uns liegen und freuten uns auf das bald zu veranstaltende Mittagsessen, als wir die Brücke, die wir zu passieren hatten, abgetragen fanden. Es blieb uns, nach Angabe der Leute, die dabei beschäftigt waren, nichts übrig, als entweder einen kleinen Fußpfad, der an dem Felsen hinging, zu wählen, oder eine Stunde wieder zurück zu reiten und alsdann über einige andere Brücken der Rhone zu gehen. Wir wählten das letzte und ließen uns von keinem üblen Humor anfechten, sondern schrieben diesen Unfall wieder auf Rechnung eines guten Geistes, der uns bei der schönsten Tageszeit durch ein so interessantes Land spazieren führen wollte. Die Rhone macht überhaupt in diesem engen Lande böse Händel. Wir mußten, um zu den andern Brücken zu kommen, über anderthalb Stunden durch die sandigen Flecke reiten, die sie durch Überschwemmungen sehr oft zu verändern pflegt und die nur zu Erlen- und Weidengebüsche zu benutzen sind. Endlich kamen wir an die Brücken, die sehr bös, schwankend, lang und von falschen Klüppeln zusammengesetzt sind. Wir mußten einzeln unsere Pferde, nicht ohne Sorge, darüber führen. Nun ging es an der linken Seite des Wallis wieder nach Sion zu. Der Weg an sich war meistenteils schlecht und steinig, doch zeigte uns jeder Schritt eine Landschaft, die eines Gemäldes wert gewesen wäre. Besonders führte er uns auf ein Schloß hinauf, wo herunter sich eine der schönsten Aussichten zeigte, die ich auf dem ganzen Wege gesehen habe. Die nächsten Berge schossen auf beiden Seiten mit ihren Lagen in die Erde ein und verjüngten durch ihre Gestalt die Gegend gleichsam perspektivisch. Die ganze Breite des Wallis von Berg zu Berg lag bequem anzusehen unter uns; die Rhone kam, mit ihren mannigfaltigen Krümmen und Buschwerken, bei Dörfern, Wiesen und angebauten Hügeln vorbeigeflossen; in der Entfernung sah man die Burg von Sion und die verschiedenen Hügel, die sich dahinter zu erheben anfingen; die letzte Gegend ward wie mit einem Amphitheaterbogen durch eine Reihe von Schneegebirgen geschlossen, die wie das übrige Ganze von der hohen Mittagssonne erleuchtet stunden. So unangenehm und steinig der Weg war, den wir zu reiten hatten, so erfreulich fanden wir die noch ziemlich grünen Reblauben, die ihn bedeckten. Die Einwohner, denen jedes Fleckchen Erdreich kostbar ist, pflanzen ihre Weinstöcke gleich an die Mauern, die ihre Güter von dem Wege scheiden; sie wachsen zu außerordentlicher Dicke und werden vermittelst Pfählen und Latten über den Weg gezogen, so daß er fast eine aneinanderhangende Laube bildet. In dem untern Teile war meistens Wiesewachs, doch fanden wir auch, da wir uns Sion näherten, einigen Feldbau. Gegen diese Stadt zu wird die Gegend durch wechselnde Hügel außerordentlich mannigfaltig, und man wünschte eine längere Zeit des Aufenthalts genießen zu können. Doch unterbricht die Häßlichkeit der Städte und der Menschen die angenehmen Empfindungen, welche die Landschaft erregt, gar sehr. Die scheußlichen Kröpfe haben mich ganz und gar üblen Humors gemacht. Unsern Pferden dürfen wir wohl heute nichts mehr zumuten und denken deswegen zu Fuße nach Seyters zu gehen. Hier in Sion ist das Wirtshaus abscheulich, und die Stadt hat ein widriges schwarzes Ansehn.

Da wir bei einbrechendem Abend erst von Sion weggegangen, sind wir bei Nacht unter einem hellen Strernenhimmel hier angekommen. Wir haben einige schöne Aussichten darüber verloren, merk' ich wohl. Besonders wünschten wir das Schloß Tourbillon, das bei Sion liegt, erstiegen zu haben; es muß von da aus eine ganz ungemeine Aussicht sein. Ein Bote, den wir mitnahmen, brachte uns glücklich durch einige böse Flecke, wo das Wasser ausgetreten war. Bald erreichten wir die Höhe und hatten die Rhone immer rechts unter uns. Mit verschiedenen astronomischen Gesprächen verkürzten wir den Weg und sind bei guten Leuten, die ihr Bestes tun werden, uns zu bewirten, eingekehrt. Wenn man zurückdenkt, kommt einem so ein durchlebter Tag, wegen der mancherlei Gegenstände, fast wie eine Woche vor. Es fängt mir an recht leid zu tun, daß ich nicht Zeit und Geschick habe, die merkwürdigsten Gegenden auch nur linienweise zu zeichnen; es ist immer besser für einen Abwesenden als alle Beschreibungen.

—

Seyters, den 9ten.

Noch eh' wir aufbrechen, kann ich Ihnen einen guten Morgen bieten. Der Graf wird mit mir links ins Gebirg nach dem Leukerbad zu gehen, der Freund indessen die Pferde hier erwarten und uns morgen in Leuk wieder antreffen.

—

Leukerbad, den 9ten, am Fuß des Gemmiberges.

In einem kleinen bretternen Haus, wo wir von sehr braven Leuten gar freundlich aufgenommen worden, sitzen wir in einer schmalen und niedrigen Stube, und ich will sehen, wie viel von unsrer heutigen sehr interessanten Tour durch Worte mitzuteilen ist. Von Seyters stiegen wir früh drei Stunden lang einen Berg herauf, nachdem wir vorher große Verwüstungen der Bergwasser unterwegs angetroffen hatten. Es reißt ein solcher schnell entstehender Strom auf Stunden weit alles zusammen, überführt mit Steinen und Kies Felder, Wiesen und Gärten, die denn nach und nach kümmerlich, wenn es allenfalls noch möglich ist, von den Leuten wieder hergestellt und nach ein paar Generationen vielleicht wieder verschüttet werden. Wir hatten einen grauen Tag mit abwechselnden Sonnenblicken. Es ist nicht zu beschreiben, wie mannigfaltig auch hier das Wallis wieder wird; mit jedem Augenblick biegt und verändert sich die Landschaft. Es scheint alles sehr nah beisammen zu liegen, und man ist doch durch große Schluchten und Täler getrennt. Wir hatten bisher noch meist das offene Wallistal rechts neben uns gehabt, als sich auf einmal ein schöner Anblick ins Gebirg vor uns auftat.

Ich muß, um anschaulicher zu machen, was ich beschreiben will, etwas von der geographischen Lage der Gegend, wo wir uns befinden, sagen. Wir waren nun schon drei Stunden aufwärts in das ungeheure Gebirg gestiegen, das Wallis von Bern trennt. Es ist eben der Stock von Bergen, der in einem fort vom Genfersee bis auf den Gotthard läuft, und auf dem sich in dem Berner Gebiet die großen Eis- und Schneemassen eingenistet haben. Hier sind *oben* und *unten* relative Worte des Augenblicks. Ich sage: unter mir auf einer Fläche liegt ein Dorf; und eben diese Fläche liegt vielleicht wieder an einem Abgrund, der viel höher ist als mein Verhältnis zu ihr.

Wir sahen, als wir um eine Ecke herumkamen und bei einem Heiligenstock ausruhten, unter uns am Ende einer schönen grünen Matte, die an einem ungeheuren Felsschlund herging, das Dorf Inden mit einer weißen Kirche ganz am Hange des Felsens in der

Mitte der Landschaft liegen. Über der Schlucht drüben gingen wieder Matten und Tannenwälder aufwärts, gleich hinter dem Dorfe stieg eine große Kluft zwischen Felsen in die Höhe, die Berge von der linken Seite schlossen sich bis zu uns an, die von der rechten setzten auch ihre Rücken weiter fort, so daß das Dörfchen mit seiner weißen Kirche gleichsam wie im Brennpunkt von so viel zusammenlaufenden Felsen und Klüften dastand. Der Weg nach Inden ist in die steile Felswand gehauen, die dieses Amphitheater von der linken Seite, im Hingehen gerechnet, einschließt. Es ist dieses kein gefährlicher Weg, aber er sieht fürchterlich aus. Er geht auf den Lagen einer schroffen Felswand hinunter, an der rechten Seite mit einer geringen Planke von dem Abgrunde gesondert. Ein Kerl, der mit einem Maulesel neben uns hinabstieg, faßte sein Tier, wenn es an gefährliche Stellen kam, beim Schweife, um ihm einige Hülfe zu geben, wenn es gar zu steil vor sich hinunter in den Felsen hinein mußte. Endlich kamen wir in Inden an, und da unser Bote wohl bekannt war, so fiel es uns leicht, von einer willigen Frau ein gut Glas roten Wein und Brot zu erhalten, da sie eigentlich in dieser Gegend keine Wirtshäuser haben. Nun ging es die hohe Schlucht hinter Inden hinauf, wo wir denn bald den so schrecklich beschriebenen Gemmiberg vor uns sahen und das Leukerbad an seinem Fuß, zwischen andern hohen, unwegsamen und mit Schnee bedeckten Gebirgen, gleichsam wie in einer hohlen Hand liegen fanden. Es war gegen Drei, als wir ankamen; unser Führer schaffte uns bald Quartier. Es ist kein Gasthof hier, sondern alle Leute sind so ziemlich, wegen der vielen Badegäste, die hieher kommen, eingerichtet. Unsere Wirtin liegt seit gestern in den Wochen, und ihr Mann macht mit einer alten Mutter und der Magd ganz artig die Ehre des Hauses. Wir bestellten etwas zu essen und ließen uns die warmen Quellen zeigen, die an verschiedenen Orten sehr stark aus der Erde hervorkommen und reinlich eingefaßt sind. Außer dem Dorfe, gegen das Gebirg zu, sollen noch einige stärkere sein. Es hat dieses Wasser nicht den mindesten schwefelichten

Geruch, setzt, wo es quillt und wo es durchfließt, nicht den mindesten Ocker noch sonst irgend etwas Mineralisches oder Irdisches an, sondern läßt wie ein anderes reines Wasser keine Spur zurück. Es ist, wenn es aus der Erde kommt, sehr heiß und wegen seiner guten Kräfte berühmt. Wir hatten noch Zeit zu einem Spaziergang gegen den Fuß des Gemmi, der uns ganz nah zu liegen schien. Ich muß hier wieder bemerken, was schon so oft vorgekommen, daß, wenn man mit Gebirgen umschlossen ist, einem alle Gegenstände so außerordentlich nahe scheinen. Wir hatten eine starke Stunde über heruntergestürzte Felsstücke und dawischengeschwemmten Kies hinauf zu steigen, bis wir uns an dem Fuß des ungeheuren Gemmibergs, wo der Weg an steilen Klippen aufwärts gehet, befanden. Es ist dies der Übergang ins Berner Gebiet, wo alle Kranken sich müssen in Sänften heruntertragen lassen. Hieß' uns die Jahrszeit nicht eilen, so würde wahrscheinlicher Weise morgen ein Versuch gemacht werden, diesen so merkwürdigen Berg zu besteigen: so aber werden wir uns mit der bloßen Ansicht für diesmal begnügen müssen. Wie wir zurückgingen, sahen wir dem Gebäude der Wolken zu, das in der jetzigen Jahrszeit in diesen Gegenden äußerst interessant ist. Über das schöne Wetter haben wir bisher ganz vergessen, daß wir im November leben; es ist auch, wie man uns im Bernschen voraussagte, hier der Herbst sehr gefällig. Die frühen Abende und Schnee verkündenden Wolken erinnern uns aber doch manchmal, daß wir tief in der Jahrszeit sind. Das wunderbare Wehen, das sie heute Abend verführten, war außerordentlich schön. Als wir vom Fuß des Gemmiberges zurückkamen, sahen wir, aus der Schlucht von Inden herauf, leichte Nebelwolken sich mit großer Schnelligkeit bewegen. Sie wechselten bald rückwärts, bald vorwärts und kamen endlich aufsteigend dem Leukerbad so nah, daß wir wohl sahen, wir mußten unsere Schritte verdoppeln, um bei hereinbrechender Nacht nicht in Wolken eingewickelt zu werden. Wir kamen auch glücklich zu Hause an, und während ich dieses hinschreibe, legen sich wirklich die Wolken ganz ernstlich in einen kleinen artigen Schnee aus einander. Es ist dieser der erste, den wir haben, und, wenn wir auf unsere gestrige warme Reise von Martinach nach Sion, auf die noch ziemlich belaubten Rebengeländer zurückdenken, eine sehr schnelle Abwechselung. Ich bin an die Türe getreten, ich habe dem Wesen der Wolken eine Weile zugesehen, das über alle Beschreibung schön ist. Eigentlich ist es noch nicht Nacht, aber sie verhüllen abwechselnd den Himmel und machen dunkel. Aus den tiefen Felsschluchten steigen sie herauf, bis sie an die höchsten Gipfel der Berge reichen; von diesen angezogen scheinen sie sich zu verdicken und von der Kälte gepackt in Gestalt des Schnees niederzufallen. Es ist eine unaussprechliche Einsamkeit hier oben, in so großer Höhe doch noch wie in einem Brunnen zu sein, wo man nur vorwärts durch die Abgründe einen Fußpfad hinaus vermutet. Die Wolken, die sich hier in diesem Sacke stoßen, die ungeheuren Felsen bald zudecken und in eine undurchdringliche öde Dämmerung verschlingen, bald Teile davon wieder als Gespenster sehen lassen, geben dem Zustand ein trauriges Leben. Man ist voller Ahnung bei diesen Wirkungen der Natur. Die Wolken, eine dem Menschen von Jugend auf so merkwürdige Lufterscheinung, ist man in dem platten Lande doch nur als etwas Fremdes, Überirdisches anzusehen gewohnt. Man betrachtet sie nur als Gäste, als Streichvögel, die, unter einem andern Himmel geboren, von dieser oder jener Gegend bei uns augenblicklich vorbeigezogen kommen; als prächtige Teppiche, womit die Götter ihre Herrlichkeit vor unsern Augen verschließen. Hier aber ist man von ihnen selbst, wie sie sich erzeugen, eingehüllt, und die ewige innerliche Kraft der Natur fühlt man sich ahnungsvoll durch jede Nerve bewegen.

Auf die Nebel, die bei uns ebendiese Wirkungen hervorbringen, gibt man weniger Acht; auch weil sie uns weniger vors Auge gedrängt sind, ist ihre Wirtschaft schwerer zu beobachten. Bei allen diesen Gegenständen wünscht man nur länger sich verweilen und an solchen Orten mehrere Tage zubringen zu können; ja, ist man ein Liebhaber von dergleichen Betrachtungen, so wird der Wunsch immer lebhafter, wenn man bedenkt, daß jede Jahrszeit, Tagszeit und Witterung neue Erscheinungen, die man gar nicht erwartet, hervorbringen muß. Und wie in jedem Menschen, auch selbst dem gemeinen, sonderbare Spuren übrig bleiben, wenn er bei großen ungewöhnlichen Handlungen etwa einmal gegenwärtig gewesen ist; wie er sich von diesem einen Flecke gleichsam größer fühlt, unermüdlich ebendasselbe erzählend wiederholt und so, auf jene Weise, einen Schatz für sein ganzes Leben gewonnen hat — so ist es auch dem Menschen, der solche große Gegenstände der Natur gesehen und mit ihnen vertraut geworden ist. Er hat, wenn er diese Eindrücke zu bewahren, sie mit andern Empfindungen und Gedanken, die in ihm entstehen, zu verbinden weiß, gewiß einen Vorrat von Gewürz, womit er den unschmackhaften Teil des Lebens verbessern und seinem ganzen Wesen einen durchziehenden guten Geschmack geben kann.

Ich bemerke, daß ich in meinem Schreiben der Menschen wenig erwähne; sie sind auch unter diesen großen Gegenständen der Natur, besonders im Vorbeigehen, minder merkwürdig. Ich zweifle nicht, daß man bei längerm Aufenthalt gar interessante und gute Leute finden würde. Eins glaub ich überall zu beobachten: je weiter man von der Landstraße und dem größern Gewerbe der Menschen abkömmt, je mehr in den Gebirgen die Menschen beschränkt, abgeschnitten und auf die allerersten Bedürfnisse des Lebens zurückgewiesen sind, je mehr sie sich von einem einfachen, langsamen, unveränderlichen Erwerbe nähren, desto besser, willfähriger, freundlicher, uneigennütziger, gastfreier bei ihrer Armut hab ich sie gefunden.

Leukerbad, den 10. Nov.

Wir machen uns bei Licht zurechte, um mit Tages Anbruch wieder hinunter zu gehen. Diese Nacht habe ich ziemlich unruhig zugebracht. Ich lag kaum im Bette, so kam mir vor, als wenn ich über und über mit einer Nesselsucht befallen wäre; doch merkte ich bald, daß es ein großes Heer hüpfender Insekten waren, die den neuen Ankömmling blutdürstig überfielen. Diese Tiere erzeugen sich in den hölzernen Häusern in großer Menge. Die Nacht ward mir sehr lang, und ich war zufrieden, als man uns den Morgen Licht brachte.

———

Leuk, gegen 10 Uhr.

Wir haben nicht viel Zeit, doch will ich, eh' wir hier weggehen, die merkwürdige Trennung unsrer Gesellschaft melden, die hier vorgegangen ist, und was sie veranlaßt hat. Wir gingen mit Tages Anbruch heute von Leukerbad aus und hatten im frischen Schnee einen schlüpfrigen Weg über die Matten zu machen. Wir kamen bald nach Inden, wo wir dann den steilen Weg, den wir gestern herunter kamen, zur Rechten über uns ließen und auf der Matte nach der Schlucht, die uns nunmehr links lag, hinabstiegen. Es ist diese wild und mit Bäumen verwachsen, doch geht ein ganz leidlicher Weg hinunter. Durch diese Felsklüfte hat das Wasser, das vom Leukerbad kommt, seine Abflüsse ins Wallistal. Wir sahen in der Höhe an der Seite des Felsens, den wir gestern herunter gekommen waren, eine Wasserleitung gar künstlich eingehauen, wodurch ein Bach, erst daran her, dann durch eine Höhle aus dem Gebirge in das benachbarte Dorf geleitet wird. Wir mußten nunmehr wieder einen Hügel hinauf und sahen dann bald das offene Wallis und die garstige Stadt Leuk unter uns liegen. Es sind diese Städtchen meist an die Berge angeflickt, die Dächer mit groben gerißnen Schindeln unzierlich gedeckt, die durch die Jahrszeit ganz schwarz gefault und vermoost sind. Wie man auch nur hinein tritt, so ekelt's einem, denn es ist überall unsauber; Mangel und ängstlicher Erwerb dieser privilegierten und freien Bewohner kommt überall zum Vorschein. Wir fanden den Freund, der die schlimme Nachricht brachte, daß es nunmehr mit den Pferden sehr beschwerlich weiterzugehen anfinge. Die Ställe werden kleiner und enger, weil sie nur auf Maulesel und Saumrosse eingerichtet sind; der Haber fängt auch an, sehr selten zu werden, ja man sagt, daß weiter hin ins Gebirg gar keiner mehr anzutreffen sei. Ein Beschluß war bald gefaßt: der Freund sollte mit den Pferden das Wallis wieder hinunter über Bex, Vevey, Lausanne, Fribourg, Bern auf Luzern gehen, der Graf und ich wollten unsern Weg das Wallis hinauf fortsetzen, versuchen, wo wir auf den Gotthard hinaufdringen könnten, alsdann durch den Kanton Uri über den Vierwaldstättersee gleichfalls in Luzern eintreffen. Man findet in dieser Gegend überall Maultiere, die auf solchen Wegen immer besser sind als Pferde, und zu Fuße zu gehen ist am Ende doch immer das Angenehmste. Wir haben unsere Sachen getrennet. Der Freund ist fort, unser Mantelsack wird auf ein Maultier, das wir gemietet haben, gepackt. So wollen wir aufbrechen und unsern Weg zu Fuße nach Brieg nehmen. Am Himmel sieht es bunt aus, doch ich denke, das gute Glück, das uns bisher begleitet und uns so weit gelockt hat, soll uns auf dem Platze nicht verlassen, wo wir es am nötigsten brauchen.

———

Brieg, den 10. Abends.

Von unserm heutigen Weg kann ich wenig erzählen, ausgenommen, wenn Sie mit einer weitläuftigen Wettergeschichte sich wollen unterhalten lassen. Wir gingen gegen 11 von Leuk ab, in Gesellschaft eines schwäbischen Metzgerknechts, der sich hieher verloren, in Leuk Kondition gefunden hatte und eine Art von Hanswurst machte. Unser Gepäck war auf ein Maultier geladen, das sein Herr vor sich hertrieb. Hinter uns, so weit wir in das Wallistal hineinsehen konnten, lag es mit dicken Schneewolken bedeckt, die das Land heraufgezogen kamen. Es war wirklich ein trüber Anblick, und ich befürchtete in der Stille, daß, ob es gleich so hell vor uns aufwärts war als wie im Lande Gosen, uns doch die Wolken bald einholen und wir vielleicht im Grunde des Wallis an beiden Seiten von Bergen eingeschlossen, von Wolken zugedeckt und in einer Nacht eingeschneit sein könnten. So flüsterte die Sorge, die sich meistenteils des einen Ohrs bemeistert. Auf der andern Seite sprach der gute Mut mit weit zuverlässigerer Stimme, verwies mir meinen Unglauben, hielt mir das Vergangene vor und machte mich auch auf die gegenwärtigen Lufterscheinungen aufmerksam. Wir gingen dem schönen Wetter immer entgegen; die Rhone hinauf war alles heiter, und so stark der Abendwind das Gewölk hinter uns hertrieb, so konnte es uns doch niemals erreichen. Die Ursache war diese: In das Wallistal gehen, wie ich schon so oft gesagt, sehr viele Schluchten des benachbarten Gebirges aus und ergießen sich wie kleine Bäche in den großen Strom, wie denn auch alle ihre Gewässer in der Rhone zusammenlaufen. Aus jeder solcher Öffnung streicht ein Zugwind, der sich in den Innern Tälern und Krümmungen erzeugt. Wie nun der Hauptzug der Wolken das Tal herauf an so eine Schlucht kommt, so läßt die Zugluft die Wolken nicht vorbei, sondern kämpft mit ihnen und dem Winde, der sie trägt, hält sie auf und macht ihnen wohl stundenlang den Weg streitig. Diesem Kampf sahen wir oft zu, und wenn wir glaubten, von ihnen überzogen zu werden, so fanden sie wieder ein solches Hindernis, und wenn wir schon eine Stunde vorwärts gegangen waren, konnten sie noch kaum vom Fleck. Gegen Abend ward der Himmel außerordentlich schön. Als wir uns Brieg näherten, trafen

225

die Wolken fast zu gleicher Zeit mit uns ein; doch mußten sie, weil die Sonne untergegangen war und ihnen nunmehr ein packender Morgenwind entgegenkam, stillestehen und machten von einem Berge zum andern einen großen halben Mond über das Tal. Sie waren von der kalten Luft zur Konsistenz gebracht und hatten, da wo sich ihr Saum gegen den blauen Himmel zeichnete, schöne leichte und muntre Formen. Man sah, daß sie Schnee enthielten, doch scheint uns die frische Luft zu verheißen, daß diese Nacht nicht viel fallen soll. Wir haben ein ganz artiges Wirtshaus und, was uns zu großem Vergnügen dient, in einer geräumigen Stube ein Kamin angetroffen; wir sitzen am Feuer und machen Ratschläge wegen unsrer weitern Reise. Hier in Brieg geht die gewöhnliche Straße über den Simplon nach Italien; wenn wir also unsern Gedanken, über die Furka auf den Gotthard zu gehen, aufgeben wollten, so gingen wir mit gemieteten Pferden und Maultieren auf Domo d'ossola, Margozzo, führen den Lago maggiore hinaufwärts, dann auf Bellinzona und so weiter den Gotthard hinauf, über Airolo zu den Kapuzinern. Dieser Weg ist den ganzen Winter über gebahnt und mit Pferden bequem zu machen, doch scheint er unsrer Vorstellung, da er in unserm Plane nicht war und uns fünf Tage später als unsern Freund nach Luzern führen würde, nicht reizend. Wir wünschen vielmehr das Wallis bis an sein oberes Ende zu sehen, dahin wir morgen Abend kommen werden; und wenn das Glück gut ist, so sitzen wir übermorgen um diese Zeit in Realp in dem Ursner Tal, welches auf dem Gotthard nahe bei dessen höchstem Gipfel ist. Sollten wir nicht über die Furka kommen, so bleibt uns immer der Weg hieher unverschlossen, und wir werden alsdann das aus Not ergreifen, was wir aus Wahl nicht gerne tun. Sie können sich vorstellen, daß ich hier schon wieder die Leute examiniert habe, ob sie glauben, daß die Passage über die Furka offen ist, denn das ist der Gedanke, mit dem ich aufstehe, schlafen gehe, mit dem ich den ganzen Tag über beschäftigt bin. Bisher war es einem Marsch zu vergleichen, den man gegen einen Feind richtet, und nun ist's, als wenn man sich dem Flecke nähert, wo er sich verschanzt hat und man sich mit ihm herumschlagen muß. Außer unserm Maultier sind zwei Pferde auf morgen früh bestellt.

———

Münster, den 11. Abends 6 Uhr.

Wieder einen glücklichen und angenehmen Tag zurückgelegt! Heute früh, als wir von Brieg bei guter Tageszeit ausritten, sagte uns der Wirt noch auf den Weg: Wenn der Berg, so nennen sie hier die Furka, gar zu grimmig wäre, so möchten wir wieder zurückkehren und einen andern Weg suchen. Mit unsern zwei Pferden und einem Maulesel kamen wir nun bald über angenehme Matten, wo das Tal so eng wird, daß es kaum einige Büchsenschüsse breit ist. Es hat daselbst eine schöne Weide, worauf große Bäume stehen, und Felsstücke, die sich von benachbarten Bergen abgelöst haben, zerstreut liegen. Das Tal wird immer enger, man ist genötiget, an den Bergen seitwärts hinauf zu steigen, und hat nunmehr die Rhone in einer schroffen Schlucht immer rechts unter sich. In der Höhe aber breitet sich das Land wieder aus, auf mannigfaltig gebogenen Hügeln sind schöne nahrhafte Matten, liegen hübsche Örter, die mit ihren dunkelbraunen hölzernen Häusern gar wunderlich unter dem Schnee hervorgucken. Wir gingen viel zu Fuß und taten's uns einander wechselseitig zu Gefallen. Denn ob man gleich auf den Pferden sicher ist, so sieht es doch immer gefährlich aus, wenn ein anderer, auf so schmalen Pfaden, von so einem schwachen Tiere getragen, an einem schroffen Abgrund, vor einem herreitet. Weil nun kein Vieh auf der Weide sein kann, indem die Menschen alle in den Häusern stecken, so sieht eine solche Gegend sehr einsam aus, und der Gedanke, daß man immer enger und enger zwischen ungeheuren Gebirgen eingeschlossen wird, gibt der Imagination graue und unangenehme Bilder, die einen, der nicht recht fest im Sattel säße, gar leicht herabwerfen könnten. Der Mensch ist niemals ganz Herr von sich selbst. Da er die Zukunft nicht weiß, da ihm sogar der nächste Augenblick verborgen ist, so hat er oft, wenn er etwas Ungemeines vornimmt, mit unwillkürlichen Empfindungen, Ahnungen, traumartigen Vorstellungen zu kämpfen, über die man kurz hinterdrein wohl lachen kann, die aber oft in dem Augenblicke der Entscheidung höchst beschwerlich sind. In unserm Mittagsquartier begegnete uns was Angenehmes. Wir traten bei einer Frau ein, in deren Hause es ganz rechtlich aussah. Ihre Stube war nach hiesiger Landesart ausgetäfelt, die Betten mit Schnitzwerk gezieret, die Schränke, Tische und was sonst von kleinen Repositorien an den Wänden und in den Ecken befestigt war, hatte artige Zieraten von Drechsel- und Schnitzwerk. An den Porträts, die in der Stube hingen, konnte man sehen, daß mehrere aus dieser Familie sich dem geistlichen Stand gewidmet hatten. Wir bemerkten auch eine Sammlung wohleingebundener Bücher über der Tür, die wir für eine Stiftung eines dieser Herren hielten. Wir nahmen die Legenden der Heiligen herunter und lasen drin, während das Essen vor uns zubereitet wurde. Die Wirtin fragte uns einmal, als sie in die Stube trat, ob wir auch die Geschichte des Heil. Alexis gelesen hätten? Wir sagten nein, nahmen aber weiter keine Notiz davon, und jeder las in seinem Kapitel fort. Als wir uns zu Tische gesetzt hatten, stellte sie sich zu uns und fing wieder von dem Heil. Alexis an zu reden. Wir fragten, ob es ihr Patron oder der Patron ihres Hauses sei, welches sie verneinte, dabei aber versicherte, daß dieser heilige Mann so viel aus Liebe zu Gott ausgestanden habe, daß ihr seine Geschichte erbärmlicher vorkomme als viele der übrigen. Da sie sah, daß wir gar nicht unterrichtet waren, fing sie uns an zu erzählen: Es sei der Heil. Alexis der Sohn vornehmer, reicher und gottesfürchtiger Eltern in Rom gewesen, sei ihnen, die den Armen außerordentlich viel Gutes getan, in Ausübung guter Werke mit Vergnügen gefolgt; doch habe ihm dieses noch nicht genug getan, sondern er habe sich in der Stille Gott ganz und gar geweiht und Christo eine ewige Keuschheit angelobet. Als ihn in der Folge seine Eltern an eine schöne und treffliche Jungfrau verheiraten wollen, habe er zwar sich ihrem Willen nicht widersetzt, die Trauung sei vollzogen worden; er habe sich aber, anstatt sich zu der Braut in die Kammer zu begeben, auf ein Schiff, das er bereit gefunden, gesetzt und sei damit nach Asien übergefahren. Er habe daselbst die Gestalt eines schlechten Bettlers angezogen und sei dergestalt unkenntlich geworden, daß ihn auch die Knechte seines Vaters, die man ihm nachgeschickt, nicht erkannt hätten. Er habe sich daselbst an der Türe der Hauptkirche gewöhnlich aufgehalten, dem Gottesdienst beigewohnt und sich von geringen Almosen der Gläubigen genährt. Nach drei oder vier Jahren seien verschiedene Wunder geschehen, die ein besonderes Wohlgefallen Gottes angezeigt. Der Bischof habe in der Kirche eine Stimme gehört, daß er den frömmsten Mann, dessen Gebet vor Gott am angenehmsten sei, in die Kirche rufen und an seiner Seite den Dienst verrichten sollte. Da dieser hierauf nicht gewußt, wer gemeint sei, habe ihm die Stimme den Bettler angezeigt, den er denn auch zu großem Erstaunen des Volks hereingeholt. Der Heil. Alexis, betroffen, daß die Aufmerksamkeit der Leute auf ihn rege geworden, habe sich in der Stille davon und auf ein Schiff gemacht, willens, weiter sich in die Fremde zu begeben. Durch Sturm aber und andere Umstände sei er genötiget worden, in Italien zu landen. Der heilige Mann habe hierin einen Wink Gottes gesehen und sich gefreut, eine Gelegenheit zu finden, wo er die Selbstverleugnung im höchsten Grade zeigen konnte. Er sei daher geradezu auf seine Vaterstadt losgegangen, habe sich als ein armer Bettler vor seiner Eltern Haustür gestellt, diese, ihn auch dafür haltend, haben ihn nach ihrer frommen Wohltätigkeit gut aufgenommen und einem Bedienten aufgetragen, ihn mit Quartier im Schloß und den nötigen Speisen zu versehen. Dieser Bediente, verdrießlich über die Mühe und unwillig über seiner Herrschaft Wohltätigkeit, habe diesen unscheinenden Bettler in ein schlechtes Loch unter der Treppe gewiesen und ihm daselbst geringes und sparsames Essen gleich einem Hunde vorgeworfen. Der heilige Mann, anstatt sich dadurch irre machen zu lassen, habe darüber erst Gott recht in seinem Herzen gelobt und nicht allein dieses, was er so leicht ändern können, mit gelassenem Gemüte getragen, sondern auch die andauende Betrübnis der Eltern und seiner Gemahlin über die Abwesenheit ihres so geliebten Alexis mit unglaublicher und übermenschlicher Standhaftigkeit ausgehalten. Denn seine vielgeliebten Eltern und seine schöne Gemahlin hat er des Tags wohl hundertmal seinen Namen ausrufen hören, sich nach ihm sehnen und über seine Abwesenheit ein kummervolles Leben verzehren sehen. An dieser Stelle konnte sich die Frau der Tränen nicht mehr enthalten, und ihre beiden Mädchen, die sich während der Erzählung an ihren Rock angehängt, sahen unverwandt an die Mutter hinauf. Ich weiß mir keinen erbärmlichern Zustand vorzustellen, sagte sie, und keine größere Marter, als was dieser heilige Mann bei den Seinigen und aus freiem Willen ausgestanden hat. Aber Gott hat ihm seine Beständigkeit aufs herrlichste vergolten und bei seinem Tode die größten Zeichen der Gnade vor den Augen der Gläubigen gegeben. Denn als dieser heilige Mann, nachdem er einige Jahre in diesem Zustande gelebt, täglich mit größter Inbrunst dem Gottesdienste beigewohnet, so ist er endlich krank geworden, ohne daß jemand sonderlich auf ihn Acht gegeben. Als darnach an einem Morgen der Papst, in Gegenwart des Kaisers und des ganzen Adels, selbst hohes Amt gehalten, haben auf einmal die Glocken der ganzen Stadt Rom wie zu einem vornehmen Totengeläute zu läuten angefangen; wie nun jedermänniglich darüber erstaunt, so ist dem Papste eine Offenbarung geschehen, daß dieses Wunder den Tod des heiligsten Mannes in der ganzen Stadt anzeige, der in dem Hause des Patricii *** soeben verschieden sei. Der Vater des Alexis fiel auf Befragen selbst auf den Bettler. Er ging nach Hause und fand ihn unter der Treppe wirklich tot. In den zusammengefalteten Händen hatte der heilige

Mann ein Papier stecken, welches ihm der Alte, wiewohl vergebens, herauszuziehen suchte. Er brachte diese Nachricht dem Kaiser und Papst in die Kirche zurück, die alsdann mit dem Hofe und der Klerisei sich aufmachten, um selbst den heiligen Leichnam zu besuchen. Als sie angelangt, nahm der heilige Vater ohne Mühe das Papier dem Leichnam aus den Händen, überreichte es dem Kaiser, der es sogleich von seinem Kanzler vorlesen ließ. Es enthielte dieses Papier die bisherige Geschichte dieses Heiligen. Da hätte man nun erst den übergroßen Jammer der Eltern und der Gemahlin sehen sollen, die ihren teuren Sohn und Gatten so nahe bei sich gehabt und ihm nichts zugute tun können, und nunmehre erst erfuhren, wie übel er behandelt worden. Sie fielen über den Körper her, klagten so wehmütig, daß niemand von allen Umstehenden sich des Weinens enthalten konnte. Auch waren unter der Menge Volks, die sich nach und nach zudrängten, viele Kranke, die zu dem heiligen Körper gelassen und durch dessen Berührung gesund wurden. Die Erzählerin versicherte nochmals, indem sie ihre Augen trocknete, daß sie keine erbärmlichere Geschichte niemals gehört habe; und mir kam selbst ein so großes Verlangen zu weinen an, daß ich Mühe hatte, es zu verbergen und zu unterdrücken. Nach dem Essen suchte ich im Pater Cochem die Legende selbst auf und fand, daß die gute Frau den ganzen reinen menschlichen Faden der Geschichte behalten und alle abgeschmackten Anwendungen dieses Schriftstellers vergessen hatte.

Wir gehen fleißig ins Fenster und sehen uns nach der Witterung um, denn wir sind jetzt sehr im Fall, Winde und Wolken anzubeten. Die frühe Nacht und die allgemeine Stille ist das Element, worin das Schreiben recht gut gedeiht, und ich bin überzeugt, wenn ich mich nur einige Monate an so einem Orte innehalten könnte und müßte, so würden alle meine angefangenen Dramen eins nach dem andern aus Not fertig. Wir haben schon verschiedene Leute vorgehabt und sie nach dem Übergange über die Furka gefragt, aber auch hier können wir nichts Bestimmtes erfahren, ob der Berg gleich nur zwei Stunden entfernt ist. Wir müssen uns also darüber beruhigen und morgen mit Anbruche des Tages selbst rekognoszieren und sehen, wie sich unser Schicksal entscheidet. So gefaßt ich auch sonst bin, so muß ich gestehen, daß mir's höchst verdrießlich wäre, wenn wir zurückgeschlagen würden. Glückt es, so sind wir morgen Abend in Realp auf dem Gotthard und übermorgen zu Mittage auf dem Gipfel des Bergs bei den Kapuzinern; mißlingt's, so haben wir nur zwei Wege zur Retirade offen, wovon keiner sonderlich besser ist als der andere. Durchs ganze Wallis zurück und den bekannten Weg über Bern auf Luzern; oder auf Brieg zurück und erst durch einen großen Umweg auf den Gotthard! Ich glaube, ich habe Ihnen das in diesen wenigen Blättern schon dreimal gesagt. Freilich ist es für uns von der größten Wichtigkeit. Der Ausgang wird entscheiden, ob unser Mut und Zutrauen, daß es gehen müsse, oder die Klugheit einiger Personen, die uns diesen Weg mit Gewalt widerraten wollen, recht behalten wird. Soviel ist gewiß, daß beide, Klugheit und Mut, das Glück über sich erkennen müssen. Nachdem wir vorher nochmals das Wetter examiniert, die Luft kalt, den Himmel heiter und ohne Disposition zu Schnee gesehen haben, legen wir uns ruhig zu Bette.

———

Münster, den 12. Nov. früh 6 Uhr.
Wir sind schon fertig, und alles ist eingepackt, um mit Tages Anbruch von hier wegzugehen. Wir haben zwei Stunden bis Oberwald, und von da rechnet man gewöhnlich sechs Stunden auf Realp. Unser Maultier geht mit dem Gepäck noch, so weit wir es bringen können.

Mit einbrechender Nacht sind wir hier angekommen. Es ist überstanden, und der Knoten, der uns den Weg verstrickte, entzwei geschnitten. Eh' ich Ihnen sage, wo wir eingekehrt sind, eh' ich Ihnen das Wesen unsrer Gastfreunde beschreibe, lassen Sie mich mit Vergnügen den Weg in Gedanken zurück machen, den wir mit Sorgen vor uns sahen und den wir glücklich, doch nicht ohne Beschwerde, zurückgelegt haben. Um sieben gingen wir von Münster weg und sahen das beschneite Amphitheater der hohen Gebirge vor uns zugeschlossen, hielten den Berg, der hinten quer vorsteht, für die Furka; allein wir irrten uns, wie wir nachmals erfuhren: sie war durch Berge, die uns links lagen, und durch hohe Wolken bedeckt. Der Morgenwind blies stark und schlug sich mit einigen Schneewolken herum und jagte abwechselnd leichte Gestöber an den Bergen und durch das Tal. Desto stärker trieben aber die Windweben an dem Boden hin und machten uns etlichemal den Weg verfehlen, ob wir gleich, auf beiden Seiten von Bergen eingeschlossen, Oberwald am Ende doch finden mußten. Nach Neunen trafen wir daselbst an und sprachen in einem Wirtshaus ein, wo sich die Leute nicht wenig wunderten, solche Gestalten in dieser Jahrszeit erscheinen zu sehen. Wir fragten, ob der Weg über die Furka noch gangbar wäre? Sie antworteten, daß ihre Leute den größten Teil des Winters drüber gingen; ob *wir* aber hinüber kommen würden, das wüßten sie nicht. Wir schickten sogleich nach solchen Führern; es kam ein untersetzter starker Mann, dessen Gestalt ein gutes Zutrauen gab, dem wir unsern Antrag taten: Wenn er den Weg für uns noch praktikabel hielte, so sollt' er's sagen, noch einen oder mehr Kameraden zu sich nehmen und mit uns kommen. Nach einigem Bedenken sagte er's zu, ging weg, um sich fertig zu machen und den andern mitzubringen. Wir zahlten indessen unserm Mauleseltreiber seinen Lohn, den wir mit dem Tiere nunmehr nicht weiter brauchen konnten, aßen ein weniges Käs und Brot, tranken ein Glas roten Wein und waren sehr lustig und wohlgemut, als unser Führer wiederkam und noch einen größer und stärker aussehenden Mann, der die Stärke und Tapferkeit eines Rosses zu haben schien, hinter sich hatte. Einer hockte den Mantelsack auf den Rücken, und nun ging der Zug zu fünfen zum Dorfe hinaus, da wir denn in kurzer Zeit den Fuß des Berges, der uns links lag, erreichten und allmählich in die Höhe zu steigen anfingen. Zuerst hatten wir noch einen betretenen Fußpfad, der von einer benachbarten Alpe herunterging, bald aber verlor sich dieser, und wir mußten im Schnee den Berg hinaufsteigen. Unsere Führer wandten sich durch die Felsen, um die sich der bekannte Fußpfad schlingt, sehr geschickt herum, obgleich alles überein zugeschneiet war. Noch ging der Weg durch einen Fichtenwald, wir hatten die Rhone in einem engen unfruchtbaren Tal unter uns. Nach einer kleinen Weile mußten wir selbst hinab in dieses Tal, kamen über einen kleinen Steg und sahen nunmehr den Rhonegletscher vor uns. Es ist der ungeheuerste, den wir so ganz übersehen haben. Er nimmt den Sattel eines Berges in sehr großer Breite ein, steigt ununterbrochen herunter bis da, wo unten im Tal die Rhone aus ihm herausfließt. An diesem Ausflusse hat er, wie die Leute erzählen, verschiedene Jahre her abgenommen; das will aber gegen die übrige ungeheure Masse gar nichts sagen. Obgleich alles voll Schnee lag, so waren doch die schroffen Eisklippen, wo der Wind so leicht keinen Schnee haften läßt, mit ihren vitriolblauen Spalten sichtbar, und man konnte deutlich sehen, wo der Gletscher aufhört und der beschneite Felsen anhebt. Wir gingen ganz nahe daran hin, er lag uns linker Hand. Bald kamen wir wieder auf einen leichten Steg über ein kleines Bergwasser, das in einem muldenförmigen unfruchtbaren Tal nach der Rhone zu floß. Vom Gletscher aber rechts und links und vorwärts sieht man nun keinen Baum mehr, alles ist öde und wüste. Keine schroffen und überstehenden Felsen, nur lang gedehnte Täler, sacht geschwungene Berge, die nun gar im alles vergleichenden Schnee die einfachen ununterbrochenen Flächen uns entgegenwiesen. Wir stiegen nunmehr links den Berg hinan und sanken in tiefen Schnee. Einer von unsern Führern mußte voran und brach, indem er herzhaft durchschritt, die Bahn, in der wir folgten. Es war ein seltsamer Anblick, wenn man einen Moment seine Aufmerksamkeit von dem Wege ab und auf sich selbst und die Gesellschaft wendete: in der ödesten Gegend der Welt und in einer ungeheuren einförmigen schneebedeckten Gebirgswüste, wo man rückwärts und vorwärts auf drei Stunden keine lebendige Seele weiß, eine Reihe Menschen zu sehen, deren einer in des andern tiefe Fußtapfen tritt, und wo in der ganzen glatt überzogenen Weite nichts in die Augen fällt als die Furche, die man gezogen hat. Die Tiefen, aus denen man herkommt, liegen grau und endlich im Nebel hinter einem. Die Wolken wechseln über die blasse Sonne, breitflockiger Schnee stiebt in der Tiefe und zieht über alles einen ewig beweglichen Flor. Ich bin überzeugt, daß einer, über den auf diesem Weg seine Einbildungskraft nur einigermaßen Herr würde, hier ohne unscheinende Gefahr vor Angst und Furcht vergehen müßte. Eigentlich ist auch hier keine Gefahr des Sturzes, sondern nur die Lauinen, wenn der Schnee stärker wird, als er jetzt ist, und durch seine Last zu rollen anfängt, sind gefährlich. Doch erzählten uns unsere Führer, daß sie den ganzen Winter durch drüber gingen, um Ziegenfelle aus dem Wallis auf den Gotthard zu tragen, womit ein starker Handel getrieben wird. Sie gehen alsdann, um die Lauinen zu vermeiden, nicht da, wo wir gingen, den Berg allmählich hinauf, sondern bleiben eine Weile unten im breitern Tal und steigen alsdann den steilen Berg gerade hinauf. Der Weg ist da sicherer, aber auch viel unbequemer. Nach viertehalb Stunden Marsch kamen wir auf dem Sattel der Furka an, beim Kreuz, wo sich Wallis und Uri scheiden. Auch hier ward uns der doppelte Gipfel der Furka, woher sie ihren Namen hat, nicht sichtbar. Wir hofften nunmehr einen bequemem Hinabstieg, allein unsere Führer verkündigten uns einen noch tiefern Schnee, den wir auch bald fanden. Unser Zug ging wie vorher hinter einander fort, und der vorderste, der die Bahn brach, saß oft bis über den Gürtel darin. Die Geschicklichkeit der Leute und die Leichtigkeit, womit sie die Sache traktierten, erhielt auch unsern guten Mut; und ich muß sagen, daß ich für meine Person so glücklich gewesen bin, den Weg ohne große Mühseligkeit zu überstehen, ob ich gleich damit nicht sagen will, daß es ein Spaziergang sei. Der Jäger Hermann versicherte, daß er auf dem Thüringerwalde auch schon so tiefen Schnee gehabt habe, doch ließ er sich am Ende verlauten, die Furka sei ein Schindluder. Es kam ein Lämmergeier mit unglaublicher Schnelle über uns hergeflogen; er war das einzige Lebende, was wir in diesen Wüsten antrafen, und in der Ferne sahen wir die Berge des Ursner Tals im Sonnenschein. Unsere Führer wollten in einer verlassenen, steinernen und halb zugeschneiten Hirtenhütte einkehren und etwas essen, allein wir trieben sie fort, um in der Kälte nicht stille zu stehen. Hier schlingen sich wieder andere Täler ein, und endlich hatten wir den offenen Anblick ins Ursner Tal. Wir gingen schärfer, und nach viertehalb Stunden Wegs vom Kreuz an sahen wir die zerstreuten Dächer von Realp. Wir hatten unsere Führer schon verschiedentlich gefragt, was für ein Wirtshaus und besonders was für Wein wir in Realp zu erwarten hätten. Die Hoffnung, die sie uns gaben, war nicht sonderlich, doch versicherten sie, daß die Kapuziner daselbst, die zwar nicht, wie die auf dem Gotthard, ein Hospitium hätten, dennoch manchmal Fremde aufzunehmen pflegten. Bei diesen würden wir einen guten roten Wein und besseres Essen als im Wirtshaus finden. Wir schickten einen deswegen voraus, daß er die Patres disponieren und uns Quartier machen sollte. Wir säumten nicht, ihm nachzugehen, und kamen bald nach ihm an, da uns denn ein großer ansehnlicher Pater an der Tür empfing. Er hieß uns mit großer Freundlichkeit eintreten und bat noch auf der Schwelle, daß wir mit ihnen vorlieb nehmen möchten, da sie eigentlich, besonders in jetziger Jahrszeit, nicht eingerichtet wären, solche Gäste zu empfangen. Er führte uns sogleich in eine warme Stube und war sehr geschäftig, uns, indem wir unsere Stiefeln auszogen und Wäsche wechselten, zu bedienen. Er bat uns einmal über das andere, wir möchten ja völlig tun, als ob wir zu Hause wären. Wegen des Essens müßten wir, sagte er, in Geduld stehen, indem sie in ihrer langen Fasten begriffen wären, die bis Weihnachten dauert. Wir versicherten ihm, daß eine warme Stube, ein Stück Brot und ein Glas Wein unter gegenwärtigen Umständen alle unsere Wünsche erfülle. Er reichte uns das Verlangte, und wir hatten uns kaum ein wenig erholt, als er uns ihre Umstände und ihr Verhältnis hier auf diesem öden Flecke zu erzählen anfing. Wir haben, sagte er, kein Hospitium wie die Patres auf dem Gotthard; wir sind hier Pfarrherrn und unser drei: ich habe das Predigtamt auf mir, der zweite Pater die Schullehre, und der Bruder die Haushaltung. Er fuhr fort zu erzählen, wie beschwerlich ihre Geschäfte seien, am Ende eines einsamen, von aller Welt abgesonderten Tales zu liegen und für sehr geringe Einkünfte viele Arbeit zu tun. Es sei sonst diese, wie die übrigen dergleichen Stellen, von einem Weltgeistlichen versehen worden, der aber, als einstens eine Schneelauine einen Teil des Dorfs bedeckt, sich mit der Monstranz geflüchtet; da man ihn denn abgesetzt und sie, denen man mehr Resignation zutraue, an dessen Stelle eingeführet habe. Ich habe mich, um dieses zu schreiben, in eine obere Stube begeben, die durch ein Loch von untenauf geheizt wird. Es kommt die Nachricht, daß das Essen fertig ist, die, ob wir gleich einiges vorgearbeitet haben, sehr willkommen klingt.

Nach Neun.

Die Patres, Herren, Knechte und Träger haben alle zusammen *an einem* Tische gegessen; nur der Frater, der die Küche besorgte, war erst ganz gegen Ende der Tafel sichtbar. Er hatte aus Eiern, Milch und Mehl gar mannigfaltige Speisen zusammengebracht, die wir uns eine nach der andern sehr wohl schmecken ließen. Die Träger, die eine große Freude hatten, von unsrer glücklich vollbrachten Expedition zu reden, lobten unsre seltene Geschicklichkeit im Gehen und versicherten, daß sie es nicht mit einem jeden unternehmen würden. Sie gestanden uns nun, daß heute früh, als sie gefordert wurden, erst einer gegangen sei, uns zu rekognoszieren, um zu sehen, ob wir wohl die Miene hätten, mit ihnen fortzukommen; denn sie hüteten sich, alte oder schwache Leute in dieser Jahrszeit zu begleiten, weil es ihre Pflicht sei, denjenigen, dem sie einmal zugesagt, ihn hinüberzubringen, im Fall er matt oder krank würde, zu tragen und, selbst wenn er stürbe, nicht liegen zu lassen, außer wenn sie in augenscheinliche Gefahr ihres eignen Lebens kämen. Es war nunmehr durch dieses Geständnis die Schleuse der Erzählung aufgezogen, und nun brachte einer nach dem andern Geschichten von beschwerlichen oder verunglückten Bergwanderungen hervor, worin die Leute hier gleichsam wie in einem Elemente leben, so daß sie mit der größten Gelassenheit Unglücksfälle erzählen, denen sie täglich selbst unterworfen sind. Der eine brachte eine Geschichte vor, wie er auf dem Kandersteg, über den Gemmi gehend, mit noch einem Kameraden, der denn auch immer mit Vor- und Zunamen genannt wird, in tiefem Schnee, eine arme Familie angetroffen, die Mutter sterbend, den Knaben halbtot, und den Vater in einer Gleichgültigkeit, die dem Wahnsinne ähnlich gewesen. Er habe die Frau aufgehockt, sein Kamerade den Sohn, und so haben sie den Vater, der nicht vom Flecke gewollt, vor sich hergetrieben. Beim Absteigen vom Gemmi sei die Frau ihm auf dem Rücken gestorben, und er habe sie noch tot bis hinunter ins Leukerbad gebracht. Auf Befragen, was es für Leute gewesen seien, und wie sie in dieser Jahrszeit auf die Gebirge gekommen, sagte er: es seien arme Leute aus dem Kanton Bern gewesen, die, von Mangel getrieben, sich in unschicklicher Jahrszeit auf den Weg gemacht, um Verwandte im Wallis oder den italienischen Provinzen aufzusuchen, und seien von der Witterung übereilt worden. Sie erzählten ferner Geschichten, die ihnen begegnen, wenn sie winters Ziegenfelle über die Furka tragen, wo sie aber immer gesellschaftsweise zusammen gingen. Der Pater machte dazwischen viele Entschuldigungen wegen seines Essens, und wir verdoppelten unsere Versicherungen, daß wir nicht mehr wünschten, und erfuhren, da er das Gespräch auf sich und seinen Zustand lenkte, daß er noch nicht sehr lange an diesem Platze sei. Er fing an, vom Predigtamte zu sprechen und von dem Geschick, das ein Prediger haben müsse; er verglich ihn mit einem Kaufmann, der seine Ware wohl herauszustreichen und durch einen gefälligen Vortrag den Leuten angenehm zu machen habe. Er setzte nach Tisch die Unterredung fort, und indem er aufgestanden die linke Hand auf den Tisch stemmte, mit der rechten seine Worte begleitete und von der Rede selbst rednerisch redete, so schien er in dem Augenblick uns überzeugen zu wollen, daß er selbst der geschickte Kaufmann sei. Wir gaben ihm Beifall, und er kam von dem Vortrage auf die Sache selbst. Er lobte die katholische Religion. Eine Regel des Glaubens müssen wir haben, sagte er: und daß diese so fest und unveränderlich als möglich sei, ist ihr größter Vorzug. Die Schrift haben wir zum Fundamente unsers Glaubens, allein dies ist nicht hinreichend. Dem gemeinen Manne dürfen wir sie nicht in die Hände geben; denn so heilig sie ist und von dem Geiste Gottes auf allen Blättern zeugt, so kann doch der irdisch gesinnte Mensch dieses nicht begreifen, sondern findet überall leicht Verwirrung und Anstoß. Was soll ein Laie Gutes aus den schändlichen Geschichten, die darin vorkommen und die doch zur Stärkung des Glaubens für geprüfte und erfahrne Kinder Gottes von dem heiligen Geiste aufgezeichnet worden, was soll ein gemeiner Mann daraus Gutes ziehen, der die Sachen nicht in ihrem Zusammenhange betrachtet? Wie soll er sich aus den hier und da anscheinenden Widersprüchen, aus der Unordnung der Bücher, aus der mannigfaltigen Schreibart herauswickeln, da es den Gelehrten selbst so schwer wird und die Gläubigen über so viele Stellen ihre Vernunft gefangennehmen müssen? Was sollen wir also lehren? Eine auf die Schrift gegründete, mit der besten Schriftauslegung bewiesene Regel! Und wer soll die Schrift auslegen? wer soll diese Regel festsetzen? Etwa ich oder ein anderer einzelner Mensch? Mitnichten! Jeder hängt die Sache auf eine andere Art zusammen, stellt sie sich nach seinem Konzepte vor. Das würde eben so viele Lehren als Köpfe geben und unsägliche Verwirrungen hervorbringen, wie es auch schon getan hat. Nein, es bleibt der allerheiligsten Kirche allein, die Schrift auszulegen und die Regel zu bestimmen, wornach wir unsere Seelenführung einzurichten haben. Und wer ist diese Kirche? Es ist nicht etwa ein oder das andere Oberhaupt, ein oder das andere Glied derselben, nein! es sind die heiligsten, gelehrtesten, erfahrensten Männer aller Zeiten, die sich zusammen vereiniget haben, nach und nach, unter dem Beistand des heiligen Geistes, dieses übereinstimmende große und allgemeine Gebäude aufzuführen; die auf den großen Versammlungen ihre Gedanken einander mitgeteilet, sich wechselseitig erbaut, die Irrtümer verbannt und eine Sicherheit, eine Gewißheit unsrer allerheiligsten Religion gegeben haben, deren sich keine andre rühmen kann; ihr einen Grund gegraben und eine Brustwehr aufgeführet, die die Hölle selbst nicht überwältigen wird. Eben so ist es auch mit dem Texte der heiligen Schrift. Wir haben die Vulgata, wir haben eine approbierte Übersetzung der Vulgata und zu jedem Spruche eine Auslegung, welche von der Kirche gebilliget ist. Daher kommt diese Übereinstimmung, die einen jeden erstaunen muß. Ob Sie mich hier reden hören an diesem entlegenen Winkel der Welt, oder einen Prediger in der größten Hauptstadt in dem entferntesten Lande, den ungeschicktesten oder den fähigsten — alle werden *eine* Sprache führen, ein katholischer Christ wird immer dasselbige hören, überall auf dieselbe Weise unterrichtet und erbauet werden: und das ist's, was die Gewißheit unsers Glaubens macht, was uns die süße Zufriedenheit und Versicherung gibt, in der wir einer mit dem andern fest verbunden leben, und mit der Gewißheit, uns glücklicher wiederzufinden, von einander scheiden können. Er hatte diese Rede, wie einen Diskurs, eins auf das andre, folgen lassen, mehr in dem innern behaglichen Gefühl, daß er sich uns von einer vorteilhaften Seite zeige, als mit dem Ton einer bigotten Belehrungssucht. Er wechselte teils mit den Händen dabei ab, schob sie einmal in die Kuttenärmel zusammen, ließ sie über dem Bauch ruhen, bald holte er mit gutem Anstand seine Dose aus der Kapuze und warf sie nach dem Gebrauch wieder hinein. Wir hörten ihm aufmerksam zu, und er schien mit unsrer Art, seine Sachen aufzunehmen, vergnügt zu sein. Wie sehr würde er sich gewundert haben, wenn ihm ein Geist im Augenblicke offenbaret hätte, daß er seine Peroration an einen Nachkommen Friedrichs des Weisen richte.

———

Den 13. Nov., oben auf dem Gipfel des Gotthards
bei den Kapuzinern. Morgens um Zehn.

Endlich sind wir auf dem Gipfel unsrer Reise glücklich angelangt! Hier, ist's beschlossen, wollen wir stillestehen und uns wieder nach dem Vaterlande zuwenden. Ich komme mir sehr wunderbar hier oben vor; wo ich mich vor vier Jahren mit ganz andern Sorgen, Gesinnungen, Planen und Hoffnungen, in einer andern Jahrszeit, einige Tage aufhielt und, mein künftiges Schicksal unvorahnend, durch ein ich weiß nicht was bewegt, Italien den Rücken zukehrte und meiner jetzigen Bestimmung unwissend entgegenging. Ich erkannte das Haus nicht wieder. Vor einiger Zeit ist es durch eine Schneelauine stark beschädigt worden; die Patres haben diese Gelegenheit ergriffen, eine Beisteuer im Lande eingesammelt, ihre Wohnung erweitert und bequemer gemacht. Beide Patres, die hier oben wohnen, sind nicht zu Hause, doch, wie ich höre, noch ebendieselben, die ich vor vier Jahren antraf. Pater Seraphim, der schon dreizehn Jahre auf diesem Posten aushält, ist gegenwärtig in Mailand, den andern erwarten sie noch heute von Airolo herauf. In dieser reinen Luft ist eine ganz grimmige Kälte. Sobald wir gegessen haben, will ich weiter fortfahren, denn vor die Tür merk' ich schon, werden wir nicht viel kommen.

Nach Tische.

Es wird immer kälter, man mag gar nicht von dem Ofen weg. Ja es ist die größte Lust, sich oben drauf zu setzen, welches in diese Gegenden, wo die Öfen von steinernen Platten zusammengesetz sind, gar wohl angeht. Zuvörderst also wollen wir an den Abschied von Realp und unsern Weg hieher.

Noch gestern Abend, ehe wir zu Bette gingen, führte uns der Pater in sein Schlafzimmer, wo alles auf einen sehr kleinen Platz zusammen gestellt war. Sein Bett, das aus einem Strohsack und einer wollenen Decke bestand, schien uns, die wir uns an ein gleiches Lager gewöhnt, nichts Verdienstliches zu haben. Er zeigte uns alles mit großem Vergnügen und innerer Zufriedenheit, seinen Bücherschrank und andere Dinge. Wir lobten ihm alles und schieden sehr zufrieden von einander, um zu Bette zu gehen. Bei der Einrichtung des Zimmers hatte man, um zwei Betten an *eine* Wand anzubringen, beide kleiner als gehörig gemacht. Diese Unbequemlichkeit hielt mich vom Schlaf ab, bis ich mir durch zusammengestellte Stühle zu helfen suchte. Erst heute früh bei hellem Tage erwachten wir wieder und gingen hinunter, da wir denn durchaus vergnügte und freundliche Gesichter antrafen. Unsere Führer, im Begriff, den lieblichen gestrigen Weg wieder zurück zu machen, schienen es als Epoche anzusehn und als Geschichte, mit der sie sich in der Folge gegen andere Fremde was zugute tun könnten; und da sie gut bezahlt wurden, mochte bei ihnen der Begriff von Abenteuer vollkommen werden. Wir nahmen noch ein starkes Frühstück zu uns und schieden. Unser Weg ging nunmehr durchs Ursner Tal, das merkwürdig ist, weil es in so großer Höhe schöne Matten und Viehzucht hat. Es werden hier Käse gemacht, denen ich einen besondern Vorzug gebe. Hier wachsen keine Bäume; Büsche von Salweiden fassen den Bach ein, und an den Gebirgen flechten sich kleine Sträucher durch einander. Mir ist's unter allen Gegenden, die ich kenne, die liebste und interessanteste; es sei nun, daß alte Erinnerungen sie wert machen, oder daß mir das Gefühl von so viel zusammengeketteten Wundern der Natur ein heimliches und unnennbares Vergnügen erregt. Ich setze zum voraus, die ganze Gegend, durch die ich Sie führe, ist mit Schnee bedeckt, Fels und Matte und Weg sind alle überein verschneit. Der Himmel war ganz klar ohne irgend eine Wolke, das Blau viel tiefer als man es in dem platten Lande gewohnt ist, die Rücken der Berge, die sich weiß davon abschnitten, teils hell im Sonnenlicht, teils blaulich im Schatten. In anderthalb Stunden waren wir in Hospital; ein Örtchen, das noch im Ursner Tal am Weg auf den Gotthard liegt. Hier betrat ich zum erstenmale wieder die Bahn meiner vorigen Reise. Wir kehrten ein, bestellten uns auf morgen ein Mittagessen und stiegen den Berg hinauf. Ein großer Zug von Mauleseln machte mit seinen Glocken die ganze Gegend lebendig. Es ist ein Ton, der alle Bergerinnerungen rege macht. Der größte Teil war schon vor uns aufgestiegen und hatte den glatten Weg mit den scharfen Eisen schon ziemlich aufgehauen. Wir fanden auch einige Wegeknechte, die bestellt sind, das Glatteis mit Erde zu überfahren, um den Weg praktikabel zu erhalten. Der Wunsch, den ich in vorigen Zeiten getan hatte, diese Gegend einmal im Schnee zu sehen, ist mir nun auch gewährt. Der Weg geht an der über Felsen sich immer hinabstürzenden Reuß hinauf, und die Wasserfälle bilden hier die schönsten Formen. Wir verweilten lange bei der Schönheit des einen, der über schwarze Felsen in ziemlicher Breite herunter kam. Hier und da hatten sich in den Ritzen und auf den Flächen Eismassen angesetzt, und das Wasser schien über schwarz und weiß gesprengten Marmor herzulaufen. Das Eis blinkte wie Kristalladern und Strahlen in der Sonne, und das Wasser lief rein und frisch dazwischen hinunter. Auf den Gebirgen ist keine beschwerlichere Reisegesellschaft als Maultiere. Sie halten einen ungleichen Schritt, indem sie, durch einen sonderbaren Instinkt, unten an einem steilen Orte erst stehen bleiben, dann denselben schnell hinauf schreiten und oben wieder ausruhen. Sie halten auch auf geraden Flächen, die hier und da vorkommen, manchmal inne, bis sie durch den Treiber oder durch die nachfolgenden Tiere vom Platze bewegt werden. Und so, indem man einen gleichen Schritt hält, drängt man sich an ihnen auf dem schmalen Wege vorbei und gewinnt über so eine ganze Reihe den Vorteil. Steht man still, um etwas zu betrachten, so kommen sie einem wieder zuvor, und der betäubende Laut ihrer Klingeln und ihre breit auf die Seite stehende Bürde sind einem hinderlich und beschwerlich. So langten wir endlich auf dem Gipfel des Berges an, den Sie sich wie einen kahlen Scheitel, mit einer Krone umgeben, denken müssen. Man ist hier auf einer Fläche, ringsum wieder von Gipfeln umgeben, und die Aussicht wird in der Nähe und Ferne von kahlen und auch meistens mit Schnee bedeckten Rippen und Klippen eingeschränkt.

Man kann sich kaum erwärmen, besonders da sie nur mit Reisig heizen können und auch dieses sparen müssen, weil sie es fast drei Stunden herauf zu schleppen haben, und oberwärts, wie gesagt, fast gar kein Holz wächst. Der Pater ist von Airolo heraufgekommen, so erfroren, daß er bei seiner Ankunft kein Wort hervorbringen konnte. Ob sie gleich hier oben sich bequemer als die übrigen vom Orden tragen dürfen, so ist es doch immer ein Anzug, der für dieses Klima nicht gemacht ist. Er war von Airolo herauf den sehr glatten Weg gegen den Wind gestiegen; der Bart war ihm eingefroren, und es währte eine ganze Weile, bis er sich besinnen konnte. Wir unterhielten uns von der Beschwerlichkeit dieses Aufenthalts; er erzählte, wie es ihnen das Jahr über zu gehen pflege, ihre Bemühungen und häuslichen Umstände. Er sprach nichts als Italienisch, und wir fanden hier Gelegenheit, von den Übungen, die wir uns das Frühjahr in dieser Sprache gegeben, Gebrauch zu machen. Gegen Abend traten wir einen Augenblick vor die Haustüre heraus, um uns vom Pater den Gipfel zeigen zu lassen, den man für den höchsten des Gotthards hält, wir konnten aber kaum einige Minuten dauern, so durchdringend und angreifend kalt ist es. Wir bleiben also wohl für diesmal in dem Hause eingeschlossen, bis wir morgen fortgehen, und haben Zeit genug, das Merkwürdige dieser Gegend in Gedanken zu durchreisen.

Aus einer kleinen geographischen Beschreibung werden Sie sehen, wie merkwürdig der Punkt ist, auf dem wir uns befinden. Der Gotthard ist zwar nicht das höchste Gebirg der Schweiz, und in Savoyen übertrifft ihn der Montblanc an Höhe um sehr vieles; doch behauptet er den Rang eines königlichen Gebirges über alle andere, weil die größten Gebirgketten bei ihm zusammenlaufen und sich an ihn lehnen. Ja, wenn ich mich nicht irre, so hat mir Herr Wyttenbach zu Bern, der von dem höchsten Gipfel die Spitzen der übrigen Gebirge gesehen, erzählt, daß sich diese alle gleichsam gegen ihn zu neigen schienen. Die Gebirge von Schwyz und Unterwalden, gekettet an die von Uri, steigen von Mitternacht, von Morgen die Gebirge des Graubündter Landes, von Mittag die der italienischen Vogteien herauf, und von Abend drängt sich durch die Furka das doppelte Gebirg, welches Wallis einschließt, an ihn heran. Nicht weit vom Hause her sind zwei kleine Seen, davon der eine den Tessin durch Schluchten und Täler nach Italien, der andere gleicherweise die Reuß nach dem Vierwaldstätter See ausgießt. Nicht fern von hier entspringt der Rhein und läuft gegen Morgen, und wenn man alsdann die Rhone dazu nimmt, die an einem Fuß der Furka entspringt und nach Abend durch das Wallis läuft, so befindet man sich hier auf einem Kreuzpunkte, von dem aus Gebirge und Flüsse in alle vier Himmelsgegenden auslaufen.

An Werther

Noch einmal wagst du, vielbeweinter Schatten,
Hervor dich an das Tageslicht,
Begegnest mir auf neubeblümten Matten,
Und meinen Anblick scheust du nicht.
Es ist, als ob du lebtest in der Frühe,
Wo uns der Tau auf *einem* Feld erquickt
Und nach des Tages unwillkommner Mühe
Der Scheidesonne letzter Strahl entzückt;
Zum Bleiben ich, zum Scheiden du erkoren,
Gingst du voran — und hast nicht viel verloren.

Des Menschen Leben scheint ein herrlich Los:
Der Tag wie lieblich, so die Nacht wie groß!
Und wir, gepflanzt in Paradieses Wonne,
Genießen kaum der hocherlauchten Sonne,
Da kämpft sogleich verworrene Bestrebung
Bald mit uns selbst und bald mit der Umgebung.
Keins wird vom andern wünschenswert ergänzt,
Von außen düstert's, wenn es innen glänzt,
Ein glänzend Äußres deckt ein trüber Blick,
Da steht es nah — und man verkennt das Glück.

Nun glauben wir's zu kennen! Mit Gewalt
Ergreift uns Liebreiz weiblicher Gestalt:
Der Jüngling, froh wie in der Kindheit Flor,
Im Frühling tritt als Frühling selbst hervor,
Entzückt, erstaunt, wer dies ihm angetan?
Er schaut umher, die Welt gehört ihm an.

Ins Weite zieht ihn unbefangne Hast,
Nichts engt ihn ein, nicht Mauer, nicht Palast;
Wie Vögelschar an Wäldergipfeln streift,
So schwebt auch er, der um die Liebste schweift,
Er sucht vom Äther, den er gern verläßt,
Den treuen Blick, und dieser hält ihn fest.

Doch erst zu früh und dann zu spät gewarnt,
Fühlt er den Flug gehemmt, fühlt sich umgarnt.
Das Wiedersehn ist froh, das Scheiden schwer,
Das Wieder-Wiedersehn beglückt noch mehr,
Und Jahre sind im Augenblick ersetzt;
Doch tückisch harrt das Lebewohl zuletzt.

Du lächelst, Freund, gefühlvoll, wie sich ziemt:
Ein gräßlich Scheiden machte dich berühmt;
Wir feierten dein kläglich Mißgeschick,
Du ließest uns zu Wohl und Weh zurück.
Dann zog uns wieder ungewisse Bahn
Der Leidenschaften labyrinthisch an;
Und wir, verschlungen wiederholter Not,
Dem Scheiden endlich — Scheiden ist der Tod!
Wie klingt es rührend, wenn der Dichter singt,
Den Tod zu meiden, den das Scheiden bringt!
Verstrickt in solche Qualen, halbverschuldet,
Geb' ihm ein Gott, zu sagen, was er duldet.

Über diese Ausgabe

Die Leiden des jungen Werthers erschien erstmals im September 1774. Der schmale Briefroman, den der gerade vierundzwanzigjährige Goethe in wenigen Monaten niederschrieb, stieß beim Publikum auf außergewöhnliches Interesse und machte Goethe zu einem der bekanntesten Autoren Deutschlands. Die heftigen Reaktionen führten unmittelbar zu Verboten, Nachdrucken, Imitationen und Übersetzungen, ein in der Literaturgeschichte einmaliges Ereignis. Spektakulär für die Zeit war vor allem die offene Auseinandersetzung mit der Seelenwelt des jungen empfindsamen Helden, den seine Gefühle in den Untergang treiben, und mit dem als unerhört geltenden Thema Selbstmord. So etwas schreibe sich nicht mit heiler Haut, soll Goethe später sein Jugendwerk kommentiert haben, das zum Inbegriff für die Epoche des *Sturm und Drang* wurde.

Entstanden ist der Roman vor dem biographischen Hintergrund einiger gefühlsmäßig bedeutender Erlebnisse aus den Jahren 1772 bis 1774. Es war Goethes Zuneigung zu Charlotte Buff, die Braut von Johann Christian Kestner, aus dem Sommer 1772; am 30. Oktober dann der Selbstmord des Legationssekretärs Karl Wilhelm Jerusalem, der sich aus Liebe zu der Ehefrau seines Pfälzischen Amtskollegen mit der von Kestner geliehenen Pistole erschoß; sowie Goethes 1774 beginnende leidenschaftliche Liebe zu Maximiliane LaRoche, die kurz nach der Niederschrift des *Werthers* den italienischen Kaufmann Peter Anton Brentano heiratete. Doch erst nach zweimaliger Überarbeitung, auch aus Rücksicht auf die Indiskretion gegenüber den lebenden Protagonisten, dem Ehepaar Kestner, entstand die vorliegende Fassung, die Goethe ab 1786 in seine Werkausgabe übernahm.

Die Briefe aus der Schweiz bestehen aus zwei in verschiedenen Epochen entstandenen Texten. Die *Erste Abteilung* der tagebuchartigen Aufzeichnungen stammen von seiner ersten Schweizer Reise im Jahre 1775, mit der Goethe versuchte, sich durch Abstand über die Gefühle zu seiner Verlobten Lili Schönemann klar zu werden. Der kurze Text wurde vom Dichter 1796 für Schillers *Horen* überarbeitet und durch die Fiktion »in Werthers Nachlaß gefunden« mit dem Jugendroman verknüpft. Allerdings erschien er dann nicht in Schillers Zeitschrift, sondern einige der dokumentarisch beschreibenden Briefe von der zweiten Reise 1779. An die Öffentlichkeit gelangten die fingierten Aufzeichnungen Werthers erst gemeinsam mit einer unvollständigen Fassung der Briefe von 1779 in der Ausgabe der Werke von 1808.

Die Briefe aus der Schweiz 1779 wiederum sind von Goethe 1780 redaktionell zusammengestellt worden nach seiner zweiten, fast viermonatigen Reise in die Schweiz mit Herzog Karl August. Grundlage dafür bildeten die Reisebriefe an Knebel, Lavater, Merck vor allem aber an Frau von Stein. Nach seiner Rückkehr in Weimar mündlich vorgetragen, erschienen sie erstmalig 1796 in der frühen Version einer Frau von Stein geschenkten Abschrift unter dem Titel *Briefe auf einer Reise nach dem Gotthard* in den *Horen*. Die Handschrift ging verloren.

Die Leiden des jungen Werthers und *Briefe aus der Schweiz 1779* folgen wie die weiteren Texte dieser Werk-Ausgabe, soweit nicht anders angegeben, der Ausgabe: Goethes Werke, Auswahl in fünfzehn Bänden, herausgegeben von Eduard von der Hellen, Stuttgart und Berlin 1921 bis 1922.

Der Text *Briefe aus der Schweiz, Erste Abteilung* ist der Ausgabe: Goethe's sämmtliche Werke in vierzig Bänden, Stuttgart und Tübingen 1854, entnommen.

Für seine freundliche Unterstützung danken wir dem Goethe-Museum, Anton-und-Katharina-Kippenberg-Stiftung in Düsseldorf, das uns die Abbildungen zur Verfügung stellte.

2 *Johann Wolfgang von Goethe*, Radierung von Georg Friedrich Schmoll, 1774 (Fassung mit offenen Haaren).

12 *Idealporträt Werthers*, Kupferstich von Daniel Berger nach Daniel Nikolaus Chodowiecki, für die Himburgische Ausgabe 1775 (oberer Teil des Stiches).

33 *Erste Begegnung mit Lotte*, auf dem Titelblatt der französischen Werther-Übersetzung, Maestricht 1776, Kupferstich nach Daniel Nikolaus Chodowiecki.

35 *Lotte und Werther beim Aufbruch zum Ball, von den Geschwistern umringt*, Kupferstich nach Daniel Nikolaus Chodowiecki.

80 *Idealporträt Lottes*, Kupferstich nach Daniel Nikolaus Chodowiecki, 3. Fassung zur 3. Auflage der Himburgischen Ausgabe (oberer Teil des Stiches).

149 *Kußszene Werther und Lotte*, unterer Teil des Stiches vgl. Abb. Seite 12

156 *Lotte, die Pistolen überreichend*, unterer Teil des Stiches vgl. Abb. Seite 80